幻戯書房

善渡爾宗衛、杉山淳 編

百本杭の首無死体

泉斜汀幕末探偵奇譚集

目次

協力　千葉俊二
　　　五萬堂書店
装丁　真田幸治
装画　小村雪岱

泉斜汀幕末探偵奇譚集

百本杭の首無死体

凡例

一、本書は、泉斜汀（一八八〇～一九三三）が大正五年（一九一六）から十五年（一九二六）までに発表した小説十篇の、編年による作品集です。斜汀の小説の処女作は明治三十三年（一九〇〇）九月の文芸雑誌「新声」掲載の「監督喇叭」とされており、本書収録の十篇は後期作品に当たります。なかでも「印旛沼の怪」「幕末奇談　破れた錦絵　或る武家の断絶」「捕物哀話　恋の火柱」「与力覚帳　女の血刀」「お道松太郎　酒匂川氾濫」「相撲と江戸児　おさんの意気」「浪花の侠客　雁金文七」「新講談　小蝶の幻」の八篇は初の単行本収録となります。

一、巻末には、斜汀が「捕物帳」執筆のために直接取材した江戸時代の与力・佐久間長敬の記録である井上精二の「幕末名探偵彌太吉老人を訪う」と、斜汀の前期作品をめぐる批評である伊狩章の「斜汀泉豊春論」を付録とし、また編者による解説を加えました。なお、井上精二の著作権継承者が判明せず、ご存知の方は編集部までご一報ください。

一、初出媒体の情報については、各篇の末尾に簡潔に付しています。

一、本文の表記について、踊り字を含め、原則として新漢字・現代仮名遣いに改めています。引用、ルビ等も同様ですが、とくに固有名詞については例外もあります。

一、ルビは初出時ほぼ総てに振られていましたが、適宜整理しています。句読点や括弧、記号等の約物も同様です。

一、明白な誤字脱字は正していますが、それ以外は初出に従い、送り仮名も含め、全篇を通した表記の統一は行なっていません。

一、今日では不適切とされる表現が見受けられますが、著者が故人であることを考慮し、また時代背景を鑑みて、右の編集方針に沿い掲載しています。

（幻戯書房編集部）

印旛沼の怪

三夜塚《さんやづか》の由来

毎年《まいねん》秋になると上州から絹物を背負《しょ》って売りに来る、吉次《きちじ》、吉内《きちない》、吉三郎《きちさぶろう》と云う三人の兄弟がありました。

利根川の水が氾濫して、印旛沼《いんばぬま》の堤防が破壊して、村一面水になった時の事です。

毎年定《きま》って宿をして貰う萩野村《はぎのむら》の庄九郎《しょうくろう》と云う者の家へ泊ると、兄弟は久しい間、可恐《おそろ》しいドシャ降雨に降り込められたが素より商売はして了《しま》ったた後だったので、沢山金を持って居ました、が、国へ帰るにも帰られず、兄弟三人額を鳩《あつ》めて何《ど》うしたものだろうと弱って居ると、「水が多いから渡してやろう」と言って、親切に、宿の主の庄九郎が船を調《ととの》えてくれた。

兄弟はそれに乗って出ると、旋《やが》て庄九郎の家の前を徐々《じょじょ》として庄九郎は船を漕ぎ出しました。が、旋て甚兵衛新田《しんでん》の土堤が崩れて、大きな堀をなした「久右衛門《きゅうえもん》おッ堀《ぽり》」の辺りまで来ると、庄九郎は突然研ぎ澄した鎌で、坐って水を臨んで居た吉次の首を掻き切りました。次いで、驚いて吉内の飛上る処を、その脇腹を又突き刺しました。偖《さ》て又吉三郎を縊《くび》り殺して了いました。而《そう》して三人の胴巻を探ると、数多の黄金《こがね》を懐中《ふところ》にして、庄九郎は人の気付かぬ間に、三人の死骸は永久人目に懸《かか》らぬように、重石《おもし》を付けておッ堀の底へ沈めて了いました。

　程経て庄九郎は俄大尽《にわかだいじん》になり澄しました。が、その後間もなく庄九郎の家の炉の自在鉤《じざいかぎ》には、不思議な三尾《ぴき》の蛇が纏《まつ》わって、その自在鉤を上ったり降りたりする。

　一尾は紅い蛇で、一尾は黒い蛇で、一尾は白い蛇である。が、素より大した大きな蛇ではない小蛇である。が、それが不思議と人さえ庄九郎の宅に行けば、屹度《きっと》――恰《あたか》も人目に懸り度《た》がるように――竈の中からちょろちょろと出たり、仏壇の中から出たり入ったりする。

凝《じっ》と囲炉裡で莨《たばこ》を呑んでる時など、庄九郎も余り好い気持でない。

で、庄九郎も耐《たま》り兼ねて、久右衛門おッ堀の土堤へ持って行って「二十三夜様《さんやさま》」の塚を建てた。

而して三人の跡弔《あととむらい》をした――此《こ》の塚は今でもある――が、それから蛇は人目には懸らなくなりました。

　が、今も其処《そこ》の家ばかりは、屋根を葺《ふ》く時決して一度には葺かない。大きな茅屋根を半分残して置いて、今年半分葺けば又来年半分葺くというようにして、残余《あと》の古い方の半分の屋根はいつも、蛇の居所の為に残してある……。

お松の亡霊

私の妻の母は今も印旛沼の畔に居て、数多の漁師や百姓達を扱って暮して居ます。是《これ》も母の扱ってる漁師の吉兵衛と云う者の身の上に起った出来事ですが、吉兵衛は今も母の里から五六町離れた処に、二度目の妻と住《すま》っています。

吉兵衛の最初の妻を、お松と云って、二人の子までなした仲でありました。素より漁師の妻ですから、粧飾《めか》しては居りませんでしたが、それでも一寸《ちょっと》渋皮の剝けた、怜悧《りこう》な、綺麗な女でした。そのお松の実家《さと》の弟の嫁の姉に、矢張り是も人妻になって居るお濱《はま》と云う、一寸した女がありました。亭主は利根川の堤防工事などに出る石工で名を金次という人の好い仏のような、顔立ちも満更ではない養子でしたが、何うしたものかお濱は、家附の娘の我儘《わがまま》から、それも鬼のような吉兵衛と——吉兵衛は又、自分の妻の弟の嫁の姉と云う縁故から、女房の里へも度々往来する内——二人はいつの間にか関係が出来て了いました。

処がこのお濱と云う女は、何うせ人の亭主を寝取るくらいな女ですから、顔立は満更ではないが、腹のよくない女なのですから、自分の非を覆わんが為に、何がなお松に難癖をつけようと、春次《はるじ》と云う——是も母の里の埜番《のばん》——に焚付けて、お松に関係せよと嗾《すす》めたのです。

お松も、怜悧な女でしたが、閨《ねや》寂しき折からではあり、それが自分の亭主を寝取った、お濱の策略でありとは知らずに、ついした事からその春次と、是も関係をして了ったのです。

と、それを自分の関係して居るお濱の口から聞知った吉兵衛は、自分の悪事を棚へ上げて、怒ったの怒らぬのではない。

或日夜網打《よあみうち》に行く時に、自分の女房を船に乗せて、行って、葭《よし》と葭との間《なか》に入ると、突然《いきなり》女房を足蹴にかけて、背後《うしろ》から船棹《ふなざお》で打ちました。したたかに打ちました。と、お松は前へ突ン踣《のめ》る拍子に、舷《ふなべり》でグワンと胸を打《ぶ》って、肋骨《あばら》を二三枚折りました。而して、それが原因《もと》で肺病になりました。

然《しか》し吉兵衛の責め折檻は、そればかりでは足りませんでした。お松が病気になってからも、度々——亭主が家を留守にして、お濱の家へ入浸って居るので（もう其頃《そのころ》は、お濱の亭主は、女房の不乱次《ふしだら》に愛想を尽して、実家《さと》へ帰って了って家に居りませんでした）——家の用が重なってなりません。で、二人の子供の手を曳いては長い堤の上を、夜遅く、お濱の家へ迎いに行くと、吉兵衛は、お濱の家は無事に出ても、外へ出ると、突然《いきなり》暗闇の中で、髻《たぶさ》を摑んでお松を打《ぶ》ち打擲《ちょうちゃく》しました。子供が、暗闇の土手を走って、

「誰か来てくろよう、お母《つか》アが殺されちまうよう」

と吹鳴って歩いた事も、二度や三度ではなかったのです。

又、亭主がおッ堀（洪水の為に土手が崩れて、大きな水溜りの出来てる処）で、釣をしてる時そのおッ堀へ抛《ほう》り込まれて、水に浸けられたり、引上げられたりした事も一度や二度ではなかったのです。

で、終いにはお松も辛抱しかねて、子供を残して実家《さと》へ帰って了った。二年ばかり病《わずら》って寝て居たが、到頭肺を打ったのが原因《もと》でお松は死んで了いました。お濱は又、それを好い事に、間もなく吉兵衛の家へ入《い》り込んで来て了いました。

と、或夜の事、それは真暗な闇の夜でありました。亭主は又夜網打に、船を漕いで沼へ出ました。いつか女房を打った辺りへ来て、船を停めて網を仕掛けようとする、と、朦朧として煙の如きものが、舳《へさき》に当って立現われます。ハテナと思うと旋《やが》てそれが、漸々《だんだん》と近《ちか》づいて来て舷《ふなべり》から這い上ったのを見ると、半絞りの手拭を持って、味噌漉縞《みそこしじま》の袷《あわせ》を着て居ます。而して顔を見ると真蒼で、擬《まご》う方《かた》なきお松の姿です。

吉兵衛は唯胴の間《ま》へ蹲《しゃが》んだ限《きり》、南無阿弥陀仏南無阿弥陀仏と、念仏を唱えました。それから家へ帰ってから病って寝て了いました。

次いでお濱が病い出しました。永い間医者に罹ったが、いつまで経ってもよくなりません。する内お松の実家《さと》の母は——是も母に使われている老女《ばあや》ですが——、その近処を通り懸ったので、吉兵衛が病ってると云う事を聞いて、ぶらりと見舞に立寄りました。而して、吉兵衛が何心《なにごころ》なく夜網打に行って、半絞りの手拭を持って、味噌漉縞の袷を着た、お松の姿を見たと話すと、お松の母も蒼くなって了いました。

お松の母が、お松の死骸を、柩の中へ入れてやる時に着せてやった着物も味噌漉縞の袷なら又、その死骸《なきがら》の手に持たせてやった手拭《もの》も半絞りの手拭だったからです。

然し、吉兵衛は、何しろ捨てて了ったくらいの女房の事ですから、その葬《とむらい》にも行きませんでした。又、素より半絞りの手拭も、味噌漉縞の袷も、知る訳はなかったのです。

其内吉兵衛は少し快《よ》くなりましたが、お濱が中々快くなりません。で、市巫《いちこ》に見て貰うと、「先妻の子の二人もあるのに、其子の自由をさえ奪って、思うようには、実家《さと》の祖母《ばば》にも逢わせぬからだ。」と市巫はお濱に申しました。而して、市巫は又それと同時に、お濱に、「百日の尼になって、近所へ来たから寄ったと云うような振をして、何がな其家の食物なり、飲む物なりを斎《とき》について帰れ」と、暗に死んだお松の実家《さと》へ、詫に行けと云うような事を申しました。素より市巫には何を一つ打明けた事も無かったのです。

が、お濱はそれを聞くと、発心をして百日の尼になりました。無論天窓《あたま》だけの尼ですが、髪は剃り落して了ったのです。而して、世間へは病気の為に髪を剃り落したと云うように言い触らして置いて、自分は市巫に言われたように、「一寸御近所まで参りましたから、お寄り申しました」と云うように言って、お松の実家《さと》へ立寄って「喉が乾いて乾いて仕方がないから、お茶を一杯御馳走して下さい。」と、その母に申しました。

お松の母は機嫌好く、

「さアさア召食《めしあが》れ」と言って茶を出してくれました。

其限《それかぎり》、お濱の病気は治りました。又、何の祟りもありませんでした。

が、又、吉兵衛との間に二人目の子供が出来て、其子を、「余り早過ぎるから」と言って、堕《だ》孕《たい》したことがあります、ところが何者か密告する者があって、お濱は村の駐在所へ引かれました。又、千葉の裁判所へ引かれて行きました。

が、裁判所へまで引かれて行って見ると、有繋《さすが》に村の人達も、気の毒でなりません。で、其事を聞知った、大勢の人達は、鎮守へ、「無事に帰るように」と、お祈りを致しました。

すると、お濱は、無事に帰って来たが、洒蛙洒蛙《しやあしやあ》たるもので、止せば好いのに女房を案じて迎えに行った吉兵衛と、相乗俥《あいのりぐるま》で帰って来たものです。

と、恰もその相乗俥が、皆《みん》なの見て居る鎮守の華表《とりい》の前を通る時、梶棒がポッキと折れて、二人は仰反様《あおむけさま》に転げ落ちて了いました。而して、強《えら》い怪我をしました……

何だか講談にでもありそうな話です。が、二人は今不思議と、先《せん》の女房の、お松の船棹で打《ぶ》たれた跡へ（水が引いて埜地《やち》が出来たのです）小さな家を建てて其子供と住んで居ます。左右は猟をする為に埜地を切開いた川になって居ます、又、前は渺々《びようびよう》たる印旛沼で、背後《うしろ》は蓬々《ほうほう》たる茅原です。二人は此処《ここ》で、冬は水鳥を打ったり、春は家鴨《あひる》の卵を孵化《かえ》したり、夏は、鰻や、鯉や、鮒や、鯰《なまず》や、鯔《ぼら》を漁したり、秋は茅を刈ったりして消息《くら》して居ます。

が、お松の実家《さと》へ帰って居る、娘が寄せた市巫の説に依ると、何でも最《も》う一度祟りがあると云う事です。すると、場所が場所なり、今に又何う云う祟りが二人の身の上にもあろうも知れぬと、村の人達は恐れをなしてるそうです。

森さんの魂

是も母の知って居る百姓で、よく母の処へも、百姓の事など世話をしに来てくれた森さんと云う人です。

森さんは一昨年《おととし》死にました。が、死ぬ前よく戯談《じようだん》に、親戚のお婆さんに恁麼《こんな》事を言い言いして居ました。

「殿が先へ死んだらば門《かど》送りに行く。俺が先に死んだら火の玉になって出る……」

殿と云うのはその親戚のお婆さんの渾名《あだな》です。殿様のように威張ってると云う処から、その森さんの付けた渾名なのです。

すると森さんは、戯談が本当になって、胃病が原因で一週間ばかり病《わずら》って、訳もなく死んで了ったのです。が、死ぬ前森さんは野へ出て居ると、森さんの天窓《あたま》の上で真黒になって大変な鴉《からす》の鳴声です。宛《まる》で黒雲《くろくも》のように何百羽となしに行ったり来たりして、事有りげにガアガアガアガア鳴立てます。森さんは顔を上げて見ながら、

「此の野郎まア、こんなに騒いで、俺でも死ぬんだッペ、戯談じゃアねえ」と笑いながら見て居ましたが、不思議と其翌日から病い付いて、森さんは寝て了いました。

すると、森さんが病ってから五日目頃に、殿婆さんは森さんの見舞に行きました。が、何うも森さんの容体が穏かでない。殿婆さんは何うかな何うかなと案じながら夜遅く帰って来ると、土

堤の下に住職の居ないお寺がある。その寺の傍《そば》に墓場がある。道は何《な》でも彼《か》んでも、坂を通って、その墓場の傍を通らねばならぬ事になってるので、殿婆さんが坂道を降りると、その墓場――森さんの先祖代々の墓もある――から、ころころと小さな黄色い物が転がり出した。

殿婆さんは二度までは気が付かないで、唯の火の玉だッぺと思って居たが、三度目のを見るとハッと気が付いた。而して、その途端、ハテナ、平常《ふだん》から、森は、「殿が先へ死んだら門送りする、俺が先へ死んだら火の玉になって出る」と言って居たが、是は亡くなる知らせなんじゃあるまいか知らんと思ったので、生きてる者に物を言うように、

「分ったよう、分ったよう、もう沢山だよ、分ったよう」

と言うとふッと消えて了った。が、婆さんは一時《じ》に怖くなって、そのお寺の直ぐ傍の家へ、駈け込んだ。而して家まで送って貰おうと思った。

と、生憎其処の家は、家内中睡って了って居ると見えて起きてくれない。それから又其次の家へ寄ったが、矢張り此処でも寝て了って居る。又その隣りの家へ寄ったが、此処でも矢張り寝て了って居る。四軒目の家へ寄ると、漸《や》っと起きて居たので、其話をして、漸う《ようよ》家まで送って貰った。が、家へ帰って後も、殿婆さんは怖くって碌々夜中《よじゅう》に睡られなかった。

それから二日目経って森さんは亡なって亡《しま》った。

旋て葬いが済んで了ってから、殿婆さんはその話をして皆なに聞かせると、森さんの実家《さと》でも同じような事を見た。が、それは庭一杯の大きな火の玉で、庭中が真黄色になって、樹も草も皆

な見えた。

それから騒いで家内中出て見ると、何の事もなかったが、不思議だ不思議だと言ってる内に、森さんから死亡の通知《しらせ》の人が来たので、此方《このほう》は死んだ夜の事なのです。

稲荷堂の由来

根本を通ると茅の中に、綺麗な白狐が寝て居ました。猟夫《かりゅうど》が狙いを定めて其日の獲物にしようとする時、通り懸った若い者が、可哀そうだと思ったので、

「エヘン！」と云って大きな咳払いをしました。

白狐はその音に目を覚して、四辺《あたり》をキョロキョロ晌《みま》わしましたが、猟夫の居たのを見ると、慌てて茅原の中へ逃げ込んで了いました。

猟夫は怒ったの怒らぬのではない。

「怪《け》しからぬ奴だ、手前《てめえ》さえ巫山戯《ふざけ》た真似をしなけりゃア、あの狐は逃げようがなかったんだ。弁償《つぐない》をしろ」と云うもので、謝罪《あやま》ったが勘弁しない。仕方がないから若い者は、薦《むしろ》を売って来た売溜金《うりだめきん》を、残らず猟夫に渡して、漸《やっ》と家へ帰って来た。が、其日の糧にも差支えるくらいの、細《ほそ》々《ぼそ》とした生活《くらし》のものであったので、早速食うに困って、独り淋しく、転寝《ごろね》をして居た或日暮《ゆうぐれ》の事である。

表に年を老《と》ったお婆さんが悄然《しょんぼり》、若い娘に手を引かれて、若者を訪《おとの》うた、而《そ》して一夜の宿をしてくれと言った。が、若い者には食べ物の準備《したく》がない。「折角だが上げるものがないから」と言って断ると、「何処《どこ》でもいいいから一晩だけ泊めて下さい、食物《しょくもつ》の準備はあるから」「それならば」と云う事になって、若い者は泊めた。而《そう》して自分も米の飯の御馳走になった。

と、その翌朝、お婆さんは、「一寸用事があるから行って来ます」と、出て行った限《き》りいつまで経っても帰って来ない。

後に残ったのは一人の娘である。娘は、目も覚むるばかり、﨟長《ろうた》けた綺麗な女であった。が、忠実忠実《まめまめ》しく立働いて、滌洗濯《すすぎ》から、煮炊から、何から何まで親切に世話をしてくれる。

若者も喜んで居ると、又、近所の人達は、熟々《つくづく》と感心して、「何うせ一人は貰わなくちゃアならぬ体だ。あの娘なら申分《もうしぶん》あるまいから、嫁にしたら可《よ》かろう」と言う事になって、若者も勧めらるるままに、到頭同衾《ひとつね》をすることになった。が、「明日は田植をしなくちゃならぬ」と思うと、夜が明けて見ると、夜の中に植《うち》てある。「余所《よそ》の家のよりも疎《まば》らで見られないような稲である、何うしたものだろう」と心配そうに言うと、夜の中に、余所の家より倍になって居る。と云うもので、若者も、年々に工面もよくなって夫婦の中《なか》には一人の子さえ出来て、その子が旋て五つぐらいに育った時であった。

嫁さんはその子の添寝《そいぶし》をしながら、蠅を追う時、パタリパタリパタリパタリと何だか変な物の音をさせる。無邪気な子供は飛起きて、

「アラ、母さんのお尻から恁麼物《こんな》が出たよ」と言って尻尾を摑えたのが最期なのです。

嫁さんは、「私はね、本当は根本の狐なのだよ、お前ももう大きくなったから、私はもう帰るからね、よく父さんの言う事を聞いて、大人しくしなくっては可《い》けませんよ」と言うかと思うと掻き消す如くその姿は見えなくなって了いました。と、子供はわッと言って声立てて泣出しました。其声を聞付けて、父親は表から飛んで帰りました。が、子供の口から其事を聞くと、直ぐに子供の手を曳いて、急いで根本へ行って見ました。と、其処に一宇《いちう》の御堂がありました。

父親は参詣をしながら、「此子が可愛そうだからもう一度出てくれ」と云うと、姿はなくて、声ばかりして、

「もう恁麼《こんな》姿では逢われない……」

「何でもいいからもう一度出てくれ」と云うと漸々《ようよう》狐の姿が現われました。而して、子供に乳を飲ませて、可懐《なつか》しそうに良人《おっと》の姿を見ながら、涙を呑んで又お堂の影へ隠れて了ったのです。

何だか「保名《やすな》」に似たような話ですが、此の御堂は今でもあります。而して、常陸丸《ひたちまる》の沈没した時も、此社《ここ》の御守護《おまもり》を身につけて居た、十人が十人皆、棒に摑って無事に助かりました。

講談雑誌　大正五年（一九一六）九月号

彌太吉老人捕物帳　幕末探偵奇談

百本杭の首無死体

一

大阪毎日新聞のT君が面白い老人を紹介すると言って呉れたのは、焼けつくような土用の或晩の事だった。

庭の灯籠に火が這入って、夕闇に白の花魁草《おいらんそう》がポッカリと浮いて居た。これも親しい竹馬の友の、今は劇作家のK君の書斎での話だ。一体に物事に敏感すぎる位のKは、

「そりゃ面白い、是非逢ったらいいだろう。如何《どう》した老人なんだい」とまだ何とも分らない中《うち》から独《ひとり》で決めて居る。

私もつい釣込まれて膝をすり出さずには居られなかった。夏の夜の郊外は静《しずか》に更けて、つい近くの軌道《レール》の上を辷《すべ》って行く電車の響と赤い窓の灯が此の夜の静寂を破って行く、庭では何やら虫が啼き出した。

「旧幕の与力をした男で、大正の今日《こんにち》まで生き残って居るのは此《この》老人独り位なものだと老人自身

でも言って居る。兎に角、老人が其《その》若い血気の時代に取扱った種々《さまざま》の事件の中には、血の沸くような事も、怖ろしい身の毛も竦《よだ》つような話も、不思議に錯雑《こんがらが》った、探っても探っても分らない怪事件の真相やら、疑獄断罪の事実譚《ものがたり》は汲めども尽きない泉のように、今も新しく老人の記憶に活きて居るんです。まず東洋のシャアロックホルムスと言った老人ですよ。しかも事柄が皆其手に懸けた事実なんだから小説よりも面白い、生命があるといった訳なんです。」

T君は言葉を継いで、

「隼《はやぶさ》の彌太吉《やたきち》旦那と言っちゃ当時（安政四年）南町奉行配下名代《なだい》の腕前《うできき》で、此男に睨まれたら、鬼をも砕《ひし》ぎ兼ない強《ごう》悪人も恐れ入ったという位、それで居て一面に慈悲の心も深かったから、ついした涙で我慢の悪党もホロリと人情負《まけ》がして口が開《あい》たという。彌太吉というのは其頃老人の通称だったのですよ。傑《えら》い男で、今はもう寄る年波の七十幾歳《いくつ》で川越在に隠退して居るが、気が向くと息子や孫の顔を見に東京へ出て来るんです。齢《とし》はとっても元気で、頭も腰も確《たしか》なもの。併《しか》し何《なん》を言っても年寄で、自分ももう老先も余り長くはあるまい、死後の思出《おもいで》に自分一代の捕物語を残して置きたいと言ってるから、そうして遣《やっ》たらと思って居たんです。今度来たら是非紹介しましょう。まア聴いて御覧なさい。面白い噺がある」と言って渠《かれ》の略歴を掻抓《かいつま》んで伝う説明した。

私達はもう其老人に逢って、其物語の中に引入られたような興味に我を忘れて了《しま》った。

彌太吉老人の家は、先祖以来八代連綿と引続いて江戸の住居、昔から南町奉行の与力を勤めた家柄で、徳川幕府の政刑に就ては大小となく関係《たずさわ》って居たし、直接手を下して働いた者だった。だからそうした方面の事柄には家の私記というような物もあって精通して居た。

彌太吉老人の代になっても依然として彼は南町奉行の配下に属して、八丁堀に役宅を構えて与力の職を執って居た。安政四年に裁判役になったのを手始に、次第に功績を顕して年番《ねんばん》にまでなった、年番というのは与力の総取締役で、町奉行所の総取締役をも司って傍ら役所の会計やら何やら一切を切盛せねばならぬ重要な位置なので、従って奉行所所属二十五人の与力の中でも、技倆なり貫禄なり人格なり備えた者でなければ勤まらなかったものだそうな。

恁うして彌太吉老人も腕に覚えの大小、割羽織、細袴、福草履というお定まりの扮装《いでたち》で徳川政府の司法行政を司って居たのである。然るに世は何日《いつ》までも太平の小唄に明暮《あけくれ》はせずして、浦賀の港に一発の砲声が轟いて長夜《ちょうや》の夢から醒めた我国民の上下、勤王の志ある者は各地に蜂起して、終に王政復古の大光明に接することになった。是の維新の改革は茲《ここ》に事新しく書く迄もなく世間に普《あまね》く知れ渡って居る事実、幾万の志士の血が流れて凝《こ》って此一大事業が成就したのである。斯うした時代、革命の過渡時代に於ては無政府の状態が幾日《いくか》も幾月《いくげつ》も続いて、人心は迷いに迷った。人々の安き心もない無秩序大混雑に乗じて夜盗追剥の類《やから》は勿論、白昼公然抜身で押込をする者さえ出て来た。彌太吉老人は悲憤の涙を拳に払って、此の時代の潮流と共に流れるより外はなかった。

そうこうする中に新政府の樹立と共に、騒擾《さわぎ》も漸次《しだい》に鎮まって、軈《やが》て年号も明治と改元され、江戸南北の両町奉行の事務も新に出来た総督府というのに引渡す事になった。

「其時奉行所側引渡の役人は、調役《しらべやく》兼与力と申して、吉田駒次郎、秋山久蔵《きゅうぞう》の両人《ふたり》と私を加えて三人でした。何しろ徳川三百年の行政司法に関する一件書類其他一切を引渡すんですから大した物で、書類だけでも庫《くら》に幾棟となく充ち揃って居ました。総督府の引渡を受けた役人達の中で、今名高いのは当時の土方大一郎《ひじかただいいちろう》、現今の土方久元伯《ひさもと》などは其一人《にん》です。折角の書類も其後幾度かの大火や、心ない役人達の粗漏で失くなって了ったようです。よい政刑資料を誠に残念だと思います。」

其後老人に逢った時に、渠《かれ》は憮然として、腮《あご》の疎髯《そぜん》をしごき乍《なが》ら恁う謂って、其湖水のように碧く澄んだ両の眼を塞ぐるのでした。老人の身に取ては懐かしい思出の形見《けいけん》の滅んだ事は、どんなに残り惜く悲くあったろうかと想像《おもわれ》ます。

彌太吉老人は暫《しばら》く閑散の身を楽んだが、間もなく再び南町奉行の後身――市政裁判所――に召出されて判事となって、得意の刑事事件に身を委ねる事となった。土方伯なども当時矢張り同役の判事だった。間もなく老人は民部大蔵省へ転じたが、時の大臣は今の大隈侯爵だったのである。「腕白《わんぱく》八太郎大臣と云って、大隈さんは其頃から太ッ腹の剛情我慢な傑物《えらもの》でした」と老人は笑って居た。

其後司法省判事となったが、時の大臣は有名な刑政家江藤新平――佐賀の乱に身を滅《ほろぼ》した――其人だったという。老人は茲ですっぱり役人を思い切って、当時創めて出来た代言人《だいげんにん》になって昔断罪の身を専ら民権の保護に尽力することになった。幾分か罪滅しの者もあったのであろう。間もなくそれも止めて、愈々真実《いよいよほんと》に閑日月《かんじつげつ》を楽むようになって、此頃では倅共の家を廻ってまア楽隠居という身分。

「今でも何処となく威があって、一文字に結んだ口の辺りに八丁堀の旦那衆という気品も面影も遺って居る。まア逢って見れば判りますよ。仲々壮者《わかいもの》を凌ぐ元気で堅い豆でも噛る」と言ってT君はカラカラと笑った。

夜は更けて黒雲が一杯に低く垂れて、明日は雨だろう、星の影さえ無い。花魁草がゆらゆらと微かな風に揺《ゆら》れて居る。灯籠の灯が何時の間にか消えて、庭は唯一色《いっしき》の暗《やみ》になって居た。

私は彌太吉老人に逢う日を待焦れるようになった。

二

それから四五日すると、此幕末の名探偵ホルムス老人は朝早く私の寝床《しんしょう》を驚かした。夢を破られた私は老人の来訪と知ると雀躍《こおどり》するまで嬉《よろこ》び騒いで急いで玄関に出迎えた。

「私が……」

佶《こう》した初対面の窮屈な挨拶がすんで私は老人を眺めた。頭髪も鬚髯《ひげ》も大分霜になって、額にも頬にも争われない浮世の年の波が幾筋も寄せて居た。併し、其顔の色沢《いろつや》は私が嘗て見た老人《としより》の誰よりも沢々《つやつや》して滑かに底光りがして居た。そして其厳重な赧《あか》い胸にも筋立た腕にも拳にも昔の面影が潜で居る。湖水のように清く澄んだ其双眸《そうぼう》には些《すこし》の曇もなく、其底には今も尚強い鋭い一条の光が潜んで居る。恐らくそれに睨まれたら如何《いか》な極悪の人間も恐入って本音を吐たろうと想像された。

黄麻《きびら》の単衣《ひとえ》に黒麻の紋付、そうした今の姿の何処かに昔の二本差た面影が残って居る。

「いや長い私の生涯には面白い事も危険な事も沢山ありましたよ。何しろ御承知の通り丁度世の中が物騒になり掛てから滅茶苦茶に乱れた時代に跨って居るんですから、随分と骨も折たもんです。二つとない大切《だいじ》な生命《いのち》の既に危《あや》うかった事も二度や三度じゃなかった位です。現在《いま》から考えると能《よ》くあんな危険な瀬戸際を思切って無事に渡り終《おわら》せたもんだと不思議に考える位です。始て役に就てから足掛五十余年の半生の間には、私が取扱った御用の数でも千件以上でしょう。微些《ちいさい》事件は数知れずです。今の警察制度は昔と違って余程文明的に出来ては居るそうですが、昔は今より却って人権を尊重した傾向《かたむき》があります。一片の嫌疑位では仲々捕まえなかった者です。一概に昔の咄だと馬鹿には出来ないと思います。参考になるような事は沢山ありますよ。私が扱った事件の中にも当今の言葉で謂うなら、探偵奇談とか、疑獄の真相とかいう、探っても探っても分らない不思議に難かしい事件が、思《おも》も染《そめ》ぬ意外な端緒《いとぐち》から明瞭《わかっ》て来るといった筋のものが、百件以上もありました。まアポツポツお噺ししましょう。話下手だから体屈《たいくつ》するかもしれませんぜ」と笑った。

「処で今日はどんな話がして戴けるんです、貴下《あなた》が扱った中で、一番面白かったのはどんな事件でしたか？」と漸次《そろそろ》水を向けると、

「ヤ仲々短兵急ですな、奈何《どんな》って種々《いろいろ》ありますよ。別に順序もありませんから思出す儘《まま》に話して行く事にしましょう。どうも今日も暑くなりそうですな。手洗《ちょうず》がまだなんでしょう。どうも年を寄《と》ると気が短くて朝早く目が醒るので直《す》ぐ出掛けるという事にするんです。御免を蒙って、浴衣でも拝借して悠々《ゆるゆる》諜舌《しゃべ》るという事にしようじゃありませんか」と砕けたものである。

私は欣々《いそいそ》と一枚それへ出すと、手を通して、

「やア是《これ》で薩張《さっぱり》した」と膝を頽《くず》して扇《うちわ》をハタハタと煽って居る。

派手な浴衣が老人を二十年も若くする。

漸く手洗を使って対座《さしむかい》になると、

「御飯はどうです。空きますぜ」と仲々如才がない。後程にと話を急ぐ様子を見て取て、

「じゃそろそろ始めましょう。沢山ありますが、今日は『首無《くびなし》死体の犯罪』を話してあげましょう。恐ろしく兇暴を極めた事件で、随分訊ね厭《あぐ》んだ怪事実ですよ。」

恁う前置をして老人は口をきった。

三

嘉永六年の霜月半過《なかば》ぎ、筑波颪《おろし》の鉄砲風は容捨《ようしゃ》もなく都大路を吹き荒れて、浅草寺の夜半の鐘も裂《ひび》が入《い》ろうと思われる位の極寒の冴え、毎年《まいねん》の事ながら綿を重ねた肌も切れそうに身に徹《こた》える。殊に二三日降り続いた雨が昨日の昼頃に止んだばかり、それに代って風が一層吹募って一晩中荒れたので、土手にはまだ吉原帰りの壮俠《わかもの》の影も見えない午前六時前後の事である。隅田川の流れが黄に濁って、三四尺も増したかと思われる水量が、物凄い唸りをして流れて居る両国百本杭の渦《うずまき》の中に不思議な藍色の樽のような物が流れ漂って居た。

流石に武蔵と下総の国境、朝早く通行の人達もチラホラ見えて、目敏《ざと》く発見《みつけ》た素足に尻端折《はしより》の若者が、頓狂な声を挙げて、

「何だ何だ、手古変《てこへん》な物が浮いてけつかるぞ。オット待て待て流れるぞ。ドッコイ。」

腰を屈めて手ごろな礫《つぶて》を拾い取って、件《くだん》の物体に発矢《はっし》と投げ付た。カンというかと思った素足の男は案に相違した顔色で、

「オヤッ」と言って眼を見張る。

物見高い人達がもう四五人集《あつま》って、何だろうと喧騒噂《がやがや》し合った。

「西瓜じゃねえか。」

「馬鹿吐《ぬか》せ、犬の死骸《しんだん》だろう。」

「犬にしちゃ毛らしい物がねえぜ。そして犬より大《でけ》えじゃないか。」

犬か西瓜か、件の怪物は杭に防げられて流れもせず、グルグル廻りをして弥次馬共の下馬評に委《まか》せて居る。ト風に一吹捲られて大きく蜒《うね》った縦波がドブリと岸を洗うと、件の怪物は余波を喰ってズブリと沈んだがニュッと反対に姿を顕わした。途端に、酒屋の御用聞らしい小僧が身震いして、

「人だッ！」と叫喚《わめい》た。

「何、人だッ？」

「人間ですって。やア褌《ふんどし》をして居る！」

「箆棒奴《べらぼうめ》、越中をしてる女があるかイ」と呑気に警句を弄する者さえある。

「ソレッ」と言うので、気早の一人《にん》が着物を手早く脱棄ててドブンと飛び込むと続いて一人《ひとり》。及腰に件の褌を片手に摑むとグイと曳いたが、恐ろしい声を挙げて、

「首が無えぞ、首がッ」と呶鳴った。

肌寒の朝風を両袖《りょうしゅう》に被って、興味ある此見物《みもの》を瞠《みつ》めて居た群集《ぐんじゅ》は、此の叫声《さわぎ》に更に一層肝を冷して、ズルズルと曳上られた件の死骸を一眼視ると一様に顔を反《そむ》けずには居られなかった。それ程此の死体は惨鼻を極めて居たからだ。何者の仕業か知らないが、頸部《くび》から咽喉部《のどのところ》へ懸けてザキザキと引斬って、成程首は胴を離れて既に無い物になって居る。肉は裂け骨は砕けて柘榴《ざくろ》のよう、気管の周囲の筋肉は乱れ撥《はじ》けて蒼黒くなって居た。死人は此寒空に裸一貫、身に附《つい》た物とては下《した》

帯《ひも》一本より外に何もない。水に漬ったからでもあろうが色の白い小肥りに肥った骨組のいい体軀《からだ》、背中から両腕内股へ懸けて一面に文覚上人《もんがくしょうにん》那智の瀧荒行の美事な刺青《ほりもの》があって、それが体は死んでも活きて居た。墨《すみ》七分朱《しゅ》三部、如何《どんな》名人の針に仕上たのかと、一度面《おもて》を背けた人達の眼も惚々《ほれぼれ》として今にも「南無……」と呪文を称えて生きて気高い上人の抜出しそうな姿に吸い込まれて居た。

「何と惨《むご》い事をしたものですね。可愛そうに意趣斬《ぎり》でしょうね。」

「何あに物盗りでしょう、殺して剝いだんでしょう。」

「否《いんにゃ》、小塚原《こづかっぱら》もんだろう、首が無《ね》えじゃねえか。」

唯騒ぎ散すばかりで始末が付かない。其中一人分別顔なのが役所に届け出ろというので気が附《つ》くと若いのが一人駈け出した。そうこうする中に陽は永代の橋向《むかい》から昇って河縁に引上げた死体には朝日が容捨なく斜に射し、其弾力を失った皮膚を照し初めた。一人が近所から筵《むしろ》を持って来て兎に角醜骸《しゅうがい》は隠された。併し物見高い群集は後から後からと集まって、半時経たぬ間に人の黒垣を作った。そして菰《こも》を捲って覗いて見る者はあっても、親戚《みより》の者だと名乗って現れる者は一人もなかった。

「現今《いまどき》なら早速夕刊に三段抜位で、首無の惨殺死体漂着すと出る処だ」と言って彌太吉老人は茶を啜りながら眼を細くして笑った。

検死の役人が来たのは今の午前九時過た頃だったろう。何分肝心の首が無いので見当が皆悉附《からっきし》かず、一通り検《あらた》めた上調書――見物なんぞの口供聞取書《こうきょう》――を取って引上た。勿論死体は引取人がないから町名主に引渡して夫々《それぞれ》型の通り始末をするように申付た。

一段落を告げたのを見て、物好な見物達はまだいろいろと噂仕合いながら散って了った。

「検死をしたのは貴下《あなた》でしたか？」

「イヤ」と老人は頭を振って、「私じゃない、私は調書で其事件を知ったのだ。」

私は失望した。ト老人は顔を見て「併し、犯人は私が捕《あ》げた。是からが面白い事実の真相に這入る処だ」と附加えた。

黙って肯《き》いて私は茶を換《かえ》に起《た》った。

四

徳川の末葉、嘉永という歳はもう一体に世間が騒敷《さわがしく》なる頃だった。黒船が相州浦賀に来たのも此時代である。各地各藩に雌伏して所謂《いわゆる》勤皇家が密に往来して謀議に耽って居たのも此頃である。人心何となく落付かずに、幕府の勢望も昔日のように輝かず、其をいい事にして追剝夜盗の類が跋扈して良家良民を荒し廻る事が頻々としてあった。中には両刀を帯する身が、其日の糊口に追れて、或は軍資金の調達を口実に黒装束黒の覆面に身を隠して押込強盗を威張ってやる者も出来掛って来た。両町奉行の組下《くみした》は必死になって是等の取締に寝食を忘れた位であったが、幕府の綱紀は弛廃《しはい》した時代ではあり、襲われた者も後難を恐れて泣寝入にする者などあって思うように行かない事が往々《まま》あった。それを附目に悪人は愈々増長して江戸八百八街《がい》を大手を振って横行するという情けない有様だった。

怙《こ》うした世間の物騒に乗じて近頃——嘉永五年九月の末——日本橋切ての豪商越後屋太郎左衛門方へ押入ったのを手始に、物の十日とは置かずに同じ手口の七人組の強盗が雫の垂れるように氷の刃《やいば》を提《ひっさ》げて、江戸の金持町家《ちょうか》を荒し廻った。昨日は神田、其前は下谷と変現出没の妙《みょう》を極めて、一様の黒装束黒頭巾押込むと長い奴をギラギラと引抜《ひっこぬ》いて、

「命が惜くば有金残らず眼の前に積め。小粒大粒の区別《けじめ》は附けねえ、千両箱は箱儘《ごと》積め」と主人手代の寝間に踏込んで大束を握ると、余《ほか》の同類は捷軽《すばや》く八方へ散って、老人女房《としよりにょうぼ》、小僧下婢《かひ》の末まで一様に白刃で頬を撫でられて柱に縛られて居るのであった。時偶《ときたま》腕自慢の者があって抵抗を試みたが最後、

「何をッ」と一太刀二太刀で血に塗《まみ》れて居た。此傍若無人の兇暴な悪漢は定《きま》って七人連の一団であった。そして如何《どん》な場合でも金銀以外の家財什宝には目も呉ないのが例となって居た。

「宅にはお金と申しては別に御座いません。その代り目星い品物、何なりと御自由にお持帰り下さいませ。決して包み隠しは致しません、ハイ。」

「唐変木奴、俺達《おれっち》に小袖や伽羅が何になる。愚図愚図渋らずと器用に出しちまえ。巫山戯《ふざける》と為にならねえぞ。命は入用《いら》ねえのか命は、確《しっか》りしゃあがれ」と言って畳にザクリと長いのが刃を向て

立っては、どんな欲張りでも堪らない。

「ソレッ」と手分をして箪笥長持から仏壇の奥、天井床下まで詮索して探さねば置かないのが習いであった。愈々金銀がないとなると、

「婦女《おんな》を出せ。」

それから後《のち》は見込違の腹立まぎれに落花狼藉を極めて、恥て苦んで、悲鳴を挙げて救助《たすけ》を求むる者には猿轡《さるぐつわ》を喰《はま》して思う儘に凌辱を敢行するのであった。実に暴戻《ぼうれい》非道の極みと寄ると触ると噂で、市民は安き心もなく針の筵に坐する思で、一刻も早く暁を待って夜も落付て眠らぬ程怖《お》じ恐れた。そして渠《かれ》等の一団は飽迄《あくまで》大胆不敵の振舞で、腹が空いたと言っては飯を喰い酒を飲み、時には提灯まで奪って、

「火の元を気を付ろ」と捨科白《すてぜりふ》を残して悠々と夜の明方間近く一勢に何処《いずこ》とも影を潜めてしまうのが常であった。

「何者だろう。」

「浪人者の仕業じゃなかろうか?」

「旗本共の悪戯かな。」

憶測は憶測を産で、市民は噴火山上に眠る思い、各手《てんで》に獲物を枕頭《まくらもと》に安き心もなく毎夜を送る始末になった。それでも風の如くに来て風のように引上げ行く兇賊達の敏捷な働《はたらき》は目にも留らぬ早業で、一向に一寸の手懸りさえ握れなかった。

両町奉行、殊に当時の南町奉行池田播磨守《はりまのかみ》は役目の手前、公儀への申訳に此賊召捕らなければ死んでお詫をする程の覚悟で烈しく部下の与力同心に下知を伝えて鞭撻した。命を蒙った組下の面々は其でなくても我召捕えて功名手柄にしようと日夜肝胆を砕いた。彌太吉老人も其中の一人《にん》である。

　俿して其年も何の得《う》る処もなく暮してしまった。

五

　明《あく》れば嘉永六年の松の内は流石に物騒な噂も訴えもなく、千里同風芽出度齢《せんりどうふうめでたくとし》をとって、江戸の町には酒に酔った赤い顔が行ったり来たりして喜悦《よろこび》の声は彼方此方《あちらこちら》の窓から漏れた。男児《おとこのこ》は凧を揚げ女房娘は着飾って追羽根に顔を白粉《おしろい》や墨で彩ってキャッキャッと騒いだ。其中松も取れて世間は又普通《ふだん》の様うに立戻った。

　其二十四日の晩、夕方から神田連雀町《れんじゃくまち》の百万長者上総屋惣左衛門方では賑かな酒宴が開かれて居た。主人が六十歳の賀の筵を兼て、親類縁者三十人余が身内《うちわ》ばかりの肩の凝らない新年宴会である。是は上総屋が毎年の例であるが、特《わけ》て今年は主人が賀筵《がえん》も併せてというので例年より盛大に取行われた。

　散々に飲だり食たり賑《にぎわ》いだり、神明《しんめい》芸者の数を尽して底抜騒《そこぬけさわぎ》の大騒に一同ヘトヘトに疲れて客達が辞去《かえっ》たのは今の十一時過であった。主人夫婦に息子夫婦、廿歳《はたち》になった孫の善吉に十八歳のお喜代、家族と言ては此六人が酔て疲労《つかれ》て奥へ引取ると、番頭手代台処の者を併せて二十余人は床の中に潜込む奴もあれば残肴《おあまり》で又飲直す者もあるという始末、間もなく家内も静まって鼾の声と天井を馳廻る鼠の音、夜は早十二時を過たろう。待乳山《まっちやま》で鳴る鐘が大分前に響いた。

「起きろッ。」

微睡《とろとろ》とした処をドンと枕を蹴られて、若主人の惣太郎はハッと起き直る眼先にピカリと白い光が閃いた。腰を落して肝を冷して仰視《みあげ》ると両の眼ばかり光る黒扮装《くろいでたち》の大男が、有明の灯を背にして黙って突立て居た。

「ハッ」と思わず息を引て「何卒《どうぞ》御勘弁なすって……」は口の中で消えた。

曲者は一足乗出して、「文句は不用《いら》ねえ、金だ。下手に騒ぎあがると是だ」と氷のようなのが慄えて物も言えない惣太郎の左の頰を滑《な》めた。

生来蒲柳《ほりゅう》の惣太郎は一縮《ちぢみ》に縮み上って歯根《はのね》も合わない程恐ろしさを感じた。世界が闇《くら》くなって胸が絞られるように痛んだ。

曲者は冷かに笑って隣の臥床《がしょう》に頭から夜着を被ってる女房の姿に目を付けると、猿臂《えんぴ》を延してグイと引剝《ひんめく》った。お絹はガックリと髷が落て顔色は蒼白《あおじろ》に、片手を畳に乗出すと思わず夫《か》の胸の白刃に肝を冷して、「ヒエッ」と悲鳴をあげた。

「静にしろい」と曲者は刀を返して嶺打にトンと雪のようなお絹の襟首を敲《たた》いた。

其時隣の間から跫音がして、隔《へだて》の襖がガラリ開くと同じ装束《いでたち》の男が二人、四の眼が光って、

「皆片付て来た、動ける奴は一人も無え」と耳語《ささや》くように言った。

老人夫婦の身を案じて惣太郎は隣室に目をやると寝床が乱雑にはね散って姿は見えない。胸がわくわくして早鐘を衝くように覚えて、矢鱈に喉が燥《かわ》く。

「心配《しんぺえ》するな、老爺《おやじ》共は背中に手が廻って口が利《きけ》ねえだけだ。汝の者《てめえ》一つて命に別条は無《ねえ》んだ」と言って反対の障子を開いて見せた。老人夫婦は其処の柱に縛られて居た。両眼には早や涙の露が光て見えた。

倅や娘も同じ運命に泣いてるのだろうと瞬間に思ったが敢て口に出してはきけなかった。奉公人達はとも気が附たが眼前の恐怖にそう思っただけであった。

其処へドヤドヤと同じ厳重な身造《づくろい》で顕出《あらわれ》た。各手《てんで》に白刃を提《ひっさ》げて、中の一人は飯櫃の蓋に蠟燭を点して居た。其男だけ素足で色が白かった。何処を如何して忍込んだものやら、如何に喰酔って労《つか》れて眠って居たとは謂え、降て湧たような大の男が七人。

「扨《さて》は噂の兇賊」と惣太郎夫婦は一層に恐を増て魂も身に副《そわ》ないばかりに戦慄した。下手に騒いでは人を殺める事を草を刈る程にも思わぬ輩だという事は其実例に乏しくない事を知り尽して居るからである。

「さ、愚図愚図せずと案内しろ、無えとは謂わさねえ。有事《あること》を知ってお見舞《みめえ》したんだ。命と引換じゃ安いもんだ」と哄然《からから》と笑った。

夫婦は弁疏《いいわけ》する途《みち》も憐愍《あわれみ》を乞う余裕もなかった。前後左右から引立られて長い暗い廊下を鍵を手にして歩かせられた。足は厚く重ねた真綿の上を歩くように頼《たより》なかった。曲者が手にした裸蠟燭の灯がチラチラと燃えて身体《からだ》は氷よりも冷く感じた。稍《やや》もすると転《ころび》そうになる惨《いた》ましい女房お絹の帯際を取て用捨もなく引立《ひったて》て行く曲者が二無く憎らしかった。

「ウム三百七十両か、上総屋にしちゃ些《ち》と少えが我慢してやらあ。何？ 外の物は入用《いら》ねえや、大事にしろ。馬士《まご》に衣装は世間様の事よ」と嘲笑《せせらわら》って庫を出た。

「オット汝《てめえ》だけは朝まで此処で辛抱しろ。」

曲者の一人が一寸目配《くばせ》すると惣太郎の手を執て居た一人が恁う言って、庫から出ようとする処をドンと突返した。「ア若《も》し……」と縋《すが》ろうとするのを、

「エエ八釜しい」と足を挙て腰の辺を蹴た。

「アレ、郎君《あなた》……」と駈寄ろうとする女房を背の低いのが、

「お嬶《かあ》、お前《めえ》にゃ未だ用があるんだ。」

其間に惣太郎は後手に縛られ猿轡を喰まされて横倒《だおし》に遺されるとガチンと庫の錠《かぎ》が静かな暗《やみ》に響いた。

曲者が引取たのは夜の払暁《あけがた》であった。思う儘《やっ》に目的を達した彼等は悠々と腰を据《すえ》て宵の客が喰残した肴を持出すと車座になって各手《てんで》に長い刀を傍に引附ながら酒を飲んだ。縛目《しばりめ》を解《とか》れた娘の

お喜代と女房お絹は無理遣《やり》に其中に引据られて酌を強《しい》られた。

「コレお娘、取って喰やあしねえ、お酌をするんだ酌を。」と言っては眼を見合せて笑った。

店の間《ま》や台所で縛《しばら》れて居る者達が唸ったりバタバタする音を耳にすると屹度《きっと》其中の一人が起って行って凄い文句で脅した。そして曲者は裏の木戸を開けて姿を隠した。

夜が明《あけ》て、漸《やっ》と自然に縄目の苦痛を免れた小僧の仙吉が大声を揚《あげ》て救助を呼《よん》だ。隣近所其中昨夜《ゆうべ》帰ったばかりの親戚も駈付て軈《やが》て町役人付添奉行所へ訴《うったえ》出た。忘れ懸て居た世間が又再び恐怖に耳を聳《そばだ》てた。怪我した者は一人もなかったが、物の七日と経《たた》ない中に女房お絹と娘のお喜代は仏壇の前で刺違って哀れな死を遂げた。華麗《はなやか》にそして何処か寂しい其葬列の中に立った惣太郎の顔には活《いき》る色はなく眼は血走って居た。知るも知らない者も寄ると触ると種々《いろいろ》に噂をした。

六

彌太吉は此訴《うったえ》に眉を顰めて、

「畜生また始めやがったか」と太い嘆息《ためいき》を漏して手下の同心小林藤太郎《とうたろう》というのを一人連れて上総屋にやって来た。そして死んだ者のようになってる惣太郎を慰めたり励したりして一通《ひととおり》の事状を聞訂《ききただ》した。

半ば喪心したようになって顚末を物語って居る惣太郎や店の者の様子を黙って腕を組で熱心に

聴て居た彌太吉は手を挙て急に話の腰を折た。鋭い眼がキラリと閃いた。

「何足《なにあし》が白かった？」と目を光らした。

「ハイ私も……」と何やら思案する風に見えたが、「どうもああした際ですから詳《くわし》くは覚えませんが言葉附やら何やらに似合ぬ足の綺麗な男だと気が付ました。ヘイ仰しゃる通り平素足袋など穿《はき》つけて居る者かも知《しれ》ません」

「フム」と彌太吉は大きく一つ肯いて何やら傍《かたわら》の藤太郎に耳語《みみうち》すると、その後の事柄を促すのであった。

彌太吉が藤太郎を連て上総屋を出たのは午《ひる》少し過であった。二人はブラブラと柳原河岸を浅草橋の方へ足を運んだ。

春とは名ばかりの正月の末、亀井戸の梅には未だ少し間があろうという寒さである。路行く人は皆お互に袖に胸を隠したり懐手をして刻足《きざみあし》に急いで居る。

神田川には大川戻りの船頭が、皺枯《しゃがれ》た錆声で小唄を唄って上った。

「藤太郎」と呼んで振返った彌太吉は、

「何処かで一杯飲《や》りながら話すとしよう」

恰度《ちょうど》橋詰の森田屋と云う鰻屋、二人は今年換たばかりの紺の香《か》の新い暖簾を分けて這入った。

二人の姿を見付《つけ》た女中は、

「おやお珍らしい小林の旦那」と声を懸た。

「オウ久闊《しばらく》だ、豪勢美しくなったぜ」と藤太郎は如才なく戯弄《からかい》ながら、

「何処でもいい、一寸静な処にして呉れ、肴は見繕ってと……」

二人が通されたのは奥まった中二階、六畳の小瀟洒《こざっぱり》とした座敷で、床には茶がかった墨絵の横軸が懸って居る。

酒が一廻すると酌の女を外さして一膝のり出た彌太吉は声を密めて、

「小林お前はどう考えるか知らねえが、どうも奴等は只者じゃねえと思う。と云って武士《さむらい》でもねえ。俺は屹度道楽商売の仕業だと睨んだが如何思う。今日の話、足が白かったという、此奴《こいつ》はどうでもいい手懸だろうじゃねえかと思うんだ」

一杯グッとやって猪口を下に置て、

「へイいいお見込で、私《わっち》も実はそう考えたんで、度胸のいい処はお屋敷者か、でなきゃあレコ師だろうと決めっちゃったんです」と云って藤太郎は茶碗を伏《ふせ》る手模似《まね》をした。

「其通り」と言って四辺《あたり》を見廻し、更に小声になって、

「じゃその積《つもり》で盛場（遊廓矢場を指《さし》た言葉）へ当って置て呉れ、俺も其中顔を出すから」

二人は此処で更に種々相談を凝《こら》して軈《やが》て夕暮時に別れて行った。

月が代って二月は何事もなかった。

明日は雛祭と娘子は寝もやらぬ三月二日の晩、折柄の闇夜に忽然として例の七人組の一団は本所割下水《げすい》の金貸、人呼で鬼勘《おにかん》という名代《なだい》の因業爺《じじい》、柴田勘兵衛の寝込を襲った。欲に目のない老

人は予《かね》て斯《こう》した時の用意にと枕刀を欠さなかったが、賊が這入ると必死に抵抗したらしいが多勢に無勢、殊にもう五十幾歳《いくつ》の足腰も確でない処から滅茶苦茶に斬倒《きり》されて、それでも金箱の蓋を確乎《しっかり》摑んで死んで居た。遁《にげ》ようとした手代は勝手口の処で後から浴《あび》せ懸られて半身土間に乗出して虚空を摑んで居た。下女が一名、是は尻を斬られただけで不思議に命が助かった。盗《とら》れた金は死人に口なし、主人が殺されて判然しないが、少くはあるまいと噂した。併し相手が相手だけに内心小気味よがった者もあった。聴伝《きき》えて方々の金貸共は震上《ふるえ》った。

噂も新しくまだ止まない同月の十九日には深川木場の材木問屋桑名屋茂左衛門の本宅を襲って主人に重傷を負わせ、妻女とお針とを無理遣に辱めて引揚た。

恁した案梅に江戸の全市に亘って、今日も昨晩《ゆうべ》もという工合に段々其押込の度数を増し、同じ手口の惨虐を敢てして大金を奪い、婦女子に戯れ挙句の果には血を流して姿を掻消して更に手懸さえなかった。家数《やかず》にして百二十何軒、死傷も数え切れない程に多かった。そして孰《いず》れも町人物持ばかりを選《よ》って這入て、決して武家屋敷には蔭さえ見せなかった。目指す物は定《き》まって金銀ばかり、どんな貴い良い物でも什器《しなもの》には手にだも触れなかった。それればかりではなく金銀でも足の付易い封印には手を出さなかった。是が此賊等の非凡の用意の存する処であるように見えた。

流石に多年此道で飯を食って隼とまで異名を取った彌太吉も藤太郎も、指を咥《くわ》えて彼等の此振舞を傍観して居るより外はなかった。

「徳川の御代も末だ」というような言葉も折々聞えた。早刷の読売は事件を誇大して報導して歩いた。さなきだに其筋を馬鹿にし切た彼等は或時などは「鈍馬《とんま》の役人達の面《つら》が見てえと言ったと話しねえ」と豪語して立去った位だった。両町奉行所属の与力も同心衆も地団駄を踏で口惜《くやし》がったが、どうする事も出来ないのだった。実に彼等の行動は颶風《ぐふう》のそれよりも迅速で且《かつ》急激だった。彼等は何時でも七人一組だった。そして其秩序は恐しく定まって居た。が霜月の二十四日淡雪の夜、芝神明の米商上州屋吉兵衛の家へ押入った時は一人欠《かけ》て六人だった。二日置て同二十七日に日本橋小伝馬町の質商伊勢屋へ押込だ奴も六人組だった。

彌太吉は此双方の訴を聴いて是は不思議と考え込だ。其処へ小林藤太郎が訪ねて来た。

七

一目見て藤太郎の顔を解《よ》んだ彌太吉は、

「何かいい種《ねた》でも揚ったか」と鋭く問い掛《かか》るのであった。

「ヘイ別に、あれからも毎度申上た通り、今戸《いまど》の喜三《きさ》の野郎に油断なく二月から吉原《なか》の方は頑張らしてあるんですが、何も当りがないんでして、番所（吉原の大門《おおもん》口にあった）にも取締にも油断なく布《ふれ》てあるんですが、一件らしいのが懸って来なかったんです。処が今日一寸その喜三の野郎から売込んで来た話があるんで御相談旁々《かたがた》参ったような訳で……」と話を聞けば恁うなのである。

今年の五月の末から吉原角町《かどちょう》の中店勢州へ遊びに来出した小意気な若い男があった。風態《なり》言葉付なり馬丁仲間《ちゅうげん》でなければ町奴《まちやっこ》という様子、別段金遣《づかい》が荒い程ではないが、お職《しょく》花魁の桂木というのと三度五度通りて馴染を重ねる中に深い仲になった。時には手慰《なぐさみ》のいい目が出たと云って金びら切って大騒ぎもするが、と云って駄々羅《だだら》遊びに流連《ぶんなが》すでもなく器用に引揚たもんだ。男振はよし、金放《かねばなれ》は綺麗なり内証でもいい客にしてあった。

「エエ名前ですか、名前は兼吉といってたそうですよ」と云って藤太郎は膝を進めた。

其処で女もお定まりの憎くない寸法になって三度に一度は目にも余るので夫《それ》となく内証でも注意をしたけれどもそんな事が恋に夢中になって居る二人には何の痛痒を感ずるではなく、却って益々深くなるばかりであった。五月から雑と半歳、兼吉は繁々と桂木の許へ通ったが何時も一人で連という者は唯の一度もなかった。其一人の姿が如何《いか》にも寂しそうだった。

女も後《のち》には気が付て、

「主《ぬし》には何時も独《ひとり》で、偶《たま》にはお連さんでも……」と言うと、

「俺《お》らにゃ友達はねえ。女郎買に朋輩連は気が置《おけ》て面倒臭えもんだ。こんなに惚ちゃ半熟《なまじ》連は邪魔よ」

偖う冗談に混《まぎ》らして何時でも桂木の手を握ってはカラカラと笑ってのけた。

「嘘ばっかり」

「嘘だ、冗談じゃねえぜ、まア其様《そんな》事はどうでもいいじゃねえか一盃飲ねえ」と盃を差ながら中

音で小粋な端唄を唄うのが常であった。

　倸うされると人一倍張の強い桂木もツイ其気になって、柱から手馴の三味線《さみせん》を取て爪弾に音締《ねじめ》を合せたりした。

「いよウお二人さん、お楽しみ」などと事情《いいわけ》を知ってる朋輩の花魁が障紙の外から声を懸たりして廊下に重い跫音を鳴して通った。

　両人《ふたり》の噂が漸次《しだい》に廓の口の葉に喧しくなるようになると男は大変にそれを厭うらしく見えた。女はそれを気にして逢う毎に掻口説いた。

「他に増花《ますはな》が出来たんだろう。情婦《いいひと》が出来てそうなんでしょう」と怨んでは泣た。

「馬鹿を吐《ぬか》すない」と口では元気に謂っても何処となく言葉に力がなかった。

　秋風が吹き初て、大門の見返柳の葉がハラハラと僅な風に散る頃から漸次に兼吉の足は勢州に遠のいて来た。桂木は気に病《やん》で、一日逢ねば千日のという三千歳《みちとせ》の歌の思に我身をつまされては夜具の袖を濡した。遊興《あそび》の金につまっての事なれば、如何にしても、譬《たと》え年季を増足《ましたし》てもと或夜の睦言に沁々《しみじみ》繰返していうのだったが、男は別に金に困ってという様子は見えなかった。そして、

「まアいいじゃねえか」と何時になく酒を飲んだ。

　珍らしく足元もふらつく迄に酔った兼吉は桂木に介抱されながら床の上に坐って、凝《じっ》と考《かんがえ》深い目を据て女が茶《あがり》を入れる手附を眺めて居たが、ホロリとして、

「人間てえ奴は思うように行かねえもんだ。お前にも随分と世話にもなれば苦労もさしたが、お

前の其深切《しんせつ》が分らないじゃないが、何だか俺にぁ末遂《すえと》げられないような気がするんだ。別に悪気でじゃねえ、夫を考えると末の寝醒が気になって自然と足も遠のいたという奴さ。人間は産落《うまれお》ると墓石を抱てるとさえ譬に言わあ、面白くねえ世だが俺あ長命《ながいき》がしたくて堪らねえ」と独語《ひとりごと》のように言った。

「今夜は余程お前さんはどうかして居るよ。老人《としより》の寝言みたいな話は止して浮々《うきうき》するものよ。人面白くもない、茶でも飲で悠《ゆっく》りいい夢でも見るとするんさ」と言いながら桂木は起って衣桁《いこう》の丹前を取ると兼吉の背後《うしろ》に廻って着換るのであった。

男の背一面には自慢の刺青《ほりもの》が、酒の酔に墨も朱も血に色を添て活《いき》てるように一面に浮上って見えた。女は目の醒るような其美しさに今更ながら惚々と飽ず見惚れて立った。

廓も大引過《おおびけすぎ》の、辻占売《つじうらうり》の声も絶て流しの新内の音が遥に遠く響いて聴えた。

其事あって以来《このかた》、男の足は一時《ひとしきり》又繁々と前にも増て大門をくぐった。幾分か棄鉢という気も見えて、遊興《あそび》も時々思切た事をしたが、大抵朝来て宵に帰るか、夜遅く来て朝は早く帰って行った。それが恰度霜月――前月――の中頃からパッタリ足が絶て姿は愚か便りもないので、

「まア焦死《こがれじに》に死ぬって騒《さわい》で、店へも半月余り出ないんで、肝心の稼人《かせぎにん》に休まれちゃと場処柄だけに豪《えら》い話なんです」

語り畢《おわっ》て藤太郎は彌太吉の顔を見た。黙然《もくねん》と聴き了った隼の彌太吉は握って居た膝の扇子を思わずもハタと敲いて、

「素敵だ！　用意しろ、今から行こう大急ぎだ」と家の者を呼で籠の用意を命じた。

呆気に取られた藤太郎は、

「今から、何処《どちら》へ？」と眼を丸くした。

「吉原《なか》よ！」と言って何やら小声で耳語《みみうち》すると藤太郎は意外と目を光らした。

一時間後に二人を乗た籠は土手八丁の宙を大門さして飛で居た。

八

其翌朝の事である。

「許せ」と言って日本橋檜物《ひもの》町の顔役相模屋政《まさ》五郎の玄関に二人の武士が訪れた。二人とも黒羽二重に羽織に細袴、足には福草履を穿いて居た。主人の政五郎は恰度手洗《ちょうず》を遣おうと勝手口へ出ると、此声が耳に這入ったので何者とヒョイと覗くと、

「オウ八丁堀の旦那衆で、馬鹿にお早いじゃ御座んせんか。まア何卒《どうぞ》」と手を取らんばかりに招じ入れた。

両人は彌太吉と藤太郎であった。

お茶よ煙草盆よと、何様夜が明けるや否やの此二人打揃っての訪問に只事でないと悟って、含嗽《うがい》手洗もそこそこに衣服を改めて客間へ通ると恭しく時候の挨拶を述るのであった。

「して早速で御座んすが、今日お越になりました御用件は……」と訊ねかけた。

此処で少しく政五郎の人物《ひととなり》を述べ置く必要がある。此男は親の代から続いた江戸切ての大親分で相模屋と言ったら関八州に響いた顔役である。盃を貰って親分子分の誓《ちかい》をした身内が三千人からあったという、素張《すば》らしい勢を持て居た。山内容堂公お気入りの侠客で、自然四方のお邸へも出入を許されて居た。極めて太腹な、義の為には水火の中にも裸で飛込もうという町奴の錚々たる者であった。檜物町に広大に部屋を構えて、二六時中《しょっちゅう》子分や居候の二三百人はゴロゴロして遊ばして居たという程の家台骨であった。恁した事からして各大名旗本へ這入る者の口入稼業をして居た。

「相模屋、馬丁が一人」

「政五郎、仲間《ちゅうげん》が欲しいが」と言われても即座にお間に合せる事が出来た。

番組人宿取締とも言われて、政五郎の手に懸らなければ、邸奉公は叶わぬ位に幅が利いた。また相模屋から這入った者は自然と肩身を広く世間を渡る事が出来たのである。殊に馬屋仲間と称《とな》えて現今《いま》の馬丁に該当《あた》る者は殆ど政五郎の部屋から出て居たと言っていい位だった。

軈《やが》てお茶が代って菓子が出る頃、冬の日の朝日は輝々《きらきら》と庭の土塀から射込んだ。火桶を佐倉炭がパチパチと散て温い陽炎が燃えた。

彌太吉は少し膝を進めて、

「今日の役は少し面倒な話だ、まア其前に政五郎お前の手から方々の邸に何人位の仲間足軽を入れて居るか分らんかな」と不思議な質問を放つのであった。

政五郎は暫《しばら》く思案して居た顔を揚て、

「何分大勢の事で御座んすし、事に確《しか》とした手控もつい致して居りませんで、何人という確《たしか》な数は分り兼ますが、凡そ三千人近くはあるだろうと存じます。それが又どうか致しましたんで……」と問返した。

其には答えず、彌太吉は重ねて、

「フム三千人、大分じゃなア。其中《うち》馬屋仲間――馬丁――が何程あるだろうか」

「左様で、三千人の中が半分近くはあろうかと考えられます」

「すると略《ざっ》と千五百人、其者達は大抵刺青《ほりもの》をして居るだろうな」

相模屋にして見れば朝早くから押懸て来て可笑しな事を訊ねると腹の裡では思乍ら、

「ヘイ、一人前の奴は皆致して居ります筈で御座んす。何しろ野郎共は其を見得にして居る位なもんで御座います」

政五郎が言う通り当時の火消人足と、馬廻りの仲間は挙《こぞ》って精巧《たくみ》な文身《ほりもの》をしたものであった。道楽商売のまかり間違ば裸一貫の丸裸で押通せた者である。殊に馬丁は暁の霜を砕いて馬の手入をするに当って、半被《はっぴ》や布子で水懸りをするのは意気地なしとなって居たのである。褌一本、腹掛一枚で威勢のいい水際立った背の刺青に朝日を浴て、油汗を流して霧のような息を吐くのを俠《いなせ》とし粋《すい》とし勇みとした。刺青のない男は仲間中《なかまぢゅう》でも幅が利かなかった。是が当時の此者達の階級に於ける規則のようになって居たのである。是で政五郎の答の意味が解ると思う。彼等は刺青の別名《べつみよう》をがまんとさえ呼んだ。がまんは我慢である。一針一針の痛苦を耐《こら》えて、長いのは半歳一年に亘って朱を入れ墨を刺し、半身蜂の巣のようになって発熱するのである。其を凝と堪えて歯を喰縛って痛いと一言いわぬのを潔しとした。一代の名匠が絵筆を執た跡を辿って稀代の名人が針を植たものなどになると、隆々たる血気の若者の筋肉の伸縮に従って、一面の朱墨は躍動した。彼等はそれを誇りとしたものだった。

「フム」と彌太吉は肯いて、「其処で今日お前の許《とこ》へ来たというのは是非尋ねて貰いたい者があるのだ。年齢《としごろ》は二十七八、背中一面に文覚上人が那智瀧で荒行の図を朱と墨で刺青《ほっ》た男だ。名前は本名か偽名か判然しないが、兼吉と自分では言《いっ》た男だ。覚はないだろうか考えて貰いたいんだ」

「どうも馬屋者らしく思うんだ、遊人《あそび》や鳶の者じゃないと思われるんだが……」と藤太郎も傍から口を添た。

「………」

小首を傾けて政五郎は彼《あれ》か是かと頻《しきり》に思案に余るように見えた。両人は瞬《まばたき》もせず凝と相模屋の面《おもて》に其鋭い眼を放さなかった。戸外は大分賑かになったらしく、台所の方では何やら子分共の言合う声も聴えた。

暫時《しばらく》して顔を挙た政五郎は、キッと結んだ一文字の唇を開いた。眉と眉との間には当惑したという曇があった。

「種々考えて見やしたが古い事からして記憶《おぼえ》が御座んせん。併し、明朝までお待ちになる訳には参りませんでしょうか。私が入れた人間の中《うち》なら調べて分らぬ事はありますめえ、と恁う思うんで御座んす。どうも今が今じゃ一寸分り兼るんですが……」と如何にも気毒《きのどく》だという口振である。申訳ないという顔色でもあった。

両名は思わず顔を見合せた。が、

「宜しい。確と頼んだ。但し是は余程の大事な御用だから仔細は無かろうが屹度極内《ごくない》に頼入《たのみい》る。そして相分り次第沙汰をして呉れえ。仮令《たとい》他家外《よそほか》の手からの者にせよ、出来る限りの手段を尽して探って貰いたい。失策《ぬかり》はあるまいな」と彌太吉は重々しく念を押すと其儘藤太郎を連て檜物町を引取った。

九

翌日《あくるひ》早朝、籠を飛して相模屋政五郎は八丁堀の彌太吉の役宅へ遣て来た。泊込で詰て居た藤太郎と三人、人払をして何事か私語《ささやい》て居た。一時《ひととき》ばかりして政五郎が辞し去ると続いて藤太郎も何処ともなく出て行った。間もなく熨斗目《のしめ》麻上下《あさがみしも》の礼服で彌太吉も外出するようだった。二人は欣然《いそいそ》として何か包切れぬ喜悦《よろこび》を強て隠そうとするように見えた。

其日の午少し下《さが》る刻《こく》、時の老中、信州上田の城主松平伊賀守は突然色を変て下城された。当時丸之内の御邸に入《い》らせられると烈しくお側用人を召出された。主人の只ならぬ御気色に何事だろうと色を失って御前に伺候《しこう》すると、声も烈しく、

「不埒の者共、馬屋部屋の馬丁悉皆《のこらず》解雇速刻不浄門より追放致せ。一刻たりとも猶予罷りならん」と其儘座を立たれた。

寝耳の水より驚いた家臣は、主命なれば其儘長屋に其由を申伝えた。不意の沙汰で何がお気に召さないのかと、六人の馬廻の者は足軽共に引立てられて裏門から追出されてしまった。途端に、

「御用だッ」

「神妙にしろッ」

待構《かまえ》た同心衆は苦もなく高手小手《たかてこて》に縛って召捕ってしまったのである。

「是が七人組の本体だったんです。話は是で梟《けり》が付たんです」と言って老人は大きく笑った。

腑に落ない私は、

「どうしたというんです、一寸分りませんね、もう少し詳しく……」と訊ねると、

「是ら後《あと》は駄弁です。手短に話ましょう。吉原の桂木の話を藤太郎から聴て、不図私の胸に浮んだのは百本杭の首無死体でした。是は私も翌日検分に行って、能《よ》くも彫ったり、彫らしもしたと頭にあったのが若《もし》やという疑を起さしたのです。記憶の日を手繰って見ると符節を合すように合う。死骸《したい》の発見《みつか》ったのが十一月の二十日過でしたろう。それ其二十四日芝の上州屋へ這入った人《にん》

数《ず》は六人で一人欠て居る。伊勢屋質店も其通り、是はひょっとすると此奴《こいつ》等仲間の仕業じゃねえかと気が付たんでした。謂ばまア想像というより空想に近い方なんですが、其処が多年の経験で何となくそう直覚するんですな、滅多に外れる事はないもんです」と老人は附加えた。

「さあ左様《そう》なると何でもない酒の上で花魁に言った一場《いちじょう》の愚痴も私達の眼から見ると仲々意味の深いものになって来《こ》ようじゃありませんか。処へ持て来てお誂向《あつらえむき》の花魁が見た男の背には一面に綺麗な刺青《ほりもの》があったという。其兼吉の足が絶《たえ》たのが霜月十一月の半過ぎだという。そこで私は直ぐ噺を聞いた其晩藤太郎を引張って、前言った喜三《きさ》という吉原廻の岡引――目明し――を連て勢州楼へ駈付たという段取になったんです。

大晦日という一年の総勘定日を眼前《めのまえ》に控えて居ながら、此処ばかりは浮世の風は避《よ》けて吹いて、まだ賑かの最中であった。仲の町の灯は美しく輝いて、二階からも奥座敷からも引締った音締《ねじめ》の音が霜に冴た大路に漂うて聞えた。一度足を入た者の腸《はらわた》を蕩《たら》す仕懸は一盃の盃の底にも浮いて見えた。

「病気と言立《いい》て休んで居た桂木という女郎に逢って種々訊ねると、男は確に兼吉といって自慢にした刺青は文覚上人瀧の荒行――百本杭の惨殺死体が私の見込通りそれだったんです。最後に来たのが十一月の確か二十二日だったといいました」

後朝《きぬぎぬ》の別《わかれ》の床を離れると、戸外《おもて》は白い雨が降って居た。立膝で鏡台に向《むか》て髪を直して居る兼吉の襟から肩に懸て、思なしか何となく寒げに見えたので、虫が知らせたか桂木は、

「やらずの雨で御座んしょう、此様《こんな》に降るのに、いっそ今朝は……」と引留ると、

「左様《そう》も出来ねえ。都合で晩に出直そう」と首を振て、番傘を一本借ると雨の中を七三にグイと端折った姿が仲之町を真直に帰って行った。

女は今朝に限って、今宵は又逢えるというのに別離《わかれ》が惜まれて、傘を傾けて帰って行く男の姿を門《かど》に立って飽かず見尽した。

「夫《それ》っきりだといいます。兼吉は其晩また女の処へ通って行く途を土手でバッサリ殺られて了い、犯跡を隠す為に首と胴を別々に斬離して重石《おもし》を附てドンブリコとやったのを、首だけは浮ばなかったが、大水で結んだ縄が断《きれ》て胴は八本杭に引懸ったんでした。殺したのは勿論同《おなじ》部屋仲間の馬丁達なんです」と恁う言って彌太吉老人は一呼吸《ひといき》したが、すぐ話を続けて、

「私が翌日件の死骸を一見した時に、気が附たのは死人の手足の斯した身柄《みなり》の男に似合ず柔い事です、殊に足の裏の優《やさ》いのは足袋稼《たびかせぎ》の者と馬屋仲間に眼を附て居たんです。それで其者達の出入をする相模屋に兼吉の身上《みのうえ》を探らしたんです。何分千人以上の馬丁ですから随分分らなかったとの咄でした。愈々兼吉が松平伊賀守様の部屋者と判って、密偵の歩を進めると、部屋頭の藤吉というのは京都無宿入墨の前科者と知れました。尚お探ると七人が心を併合《あわせ》て荒仕事をして居たんです。昼間は博奕場を遊び歩き、金が無くなると夜の稼に出たんです。派手な浪費《かねづかい》をしなかったのが世間の眼から遁《のが》れて一年も居られたのでした。取に足らぬ小者ですが、仮にも御老中の邸の者、殊には死物狂に血でも流されてはとの考から播磨守から挨拶があったので、突然に解雇され

て、追出されるという処を召捕る段取になったんでした。是で一切がお分りなった筈だ」と老人は語り終って「ホウ大分熱くなった、今年の暑さは大分徹《こた》えますよ」と坐って居た膝を寛《くつろ》げた。

夢のように聴惚れた私は、

「や、お蔭で、併し何故兼吉は殺されたんでしょう?」と訊ねた。

「左様《そう》左様、彼奴等《きやつら》の間には堅い約束があったんです。第一金銀以外に手を触れない事、女郎買等女遊び厳禁の事、此二箇条は悪事露見の端緒《いとぐち》として堅く戒める事にして、万一犯す者は誰彼の用捨もなく、仲間の制裁を受る誓をして居たんです。その代り遊蕩の埋合に押込だ先々での悪戯を許して居たんです。兼吉が桂木の情《なさけ》に迷って繁々通うのを知た仲間の六人は、再三強談して引留たけれども、思切《きれ》ないのに見切を付た六人は違則を履行して土手で一思に殺《ばら》して後難を断つ積だったと自白しました。天網恢々《てんもうかいかい》疎《そ》にして洩さずですかねハハハハハ」と老人は笑った。

私は空腹をさえ忘れて居る程だった。時刻は一時を廻って居るのだった。

「ホウそれじゃ是で中休みとして、次には『遊女花扇《はなおうぎ》の死』という不思議な探偵談でもお咄しましょう」と老人は口を閉た。

庭では油蟬がヂリヂリと暑苦そうに松の梢で啼て居た。

彌太吉老人捕物帳　幕末探偵情話

遊女花扇の死

一

享保四年の春三月、吉原は花の盛り、別《わ》けて其時評判だったのは、大籬《おおまがき》扇屋から突出しで出る、花扇《はなおうぎ》と云って年は十九の美人。夜桜見物に行く男女達《ひと》も、一つはそれが的《あて》なのであった。

況《ま》して姉女郎は全盛並びなき小文字《こもじ》太夫。是が後押で突出されたのであるから、支度万端申分がない。先ず浪に千鳥の裲襠《うちかけ》、金波銀波《きんぱぎんぱ》を刺繡《ぬいとり》模様の錦の帯、立兵庫《たちひょうご》で、道中下駄。新造禿《しんぞかむろ》が附添って、若い者が長柄の日傘。見るも立派な道中姿。有繫《さすが》は小文字太夫のお仕込だけあって、品と云い、位と云い、何処に一つ申分もない。然《し》かも数ある太夫の中《うち》でも、稀に見る美貌であると、誰感じない者もなかった。

素見《ひやかし》ぞめきは云うに及ばず、婦女《おんな》子供さえ鳴《なり》を鎮めて見て居た。一度道中に出て見ると、此の噂は又パッと高くなった。茶屋茶屋の女将、女中、芸者、半玉の末に至る迄、誰一人誉めない者はなかった。初見世は言うに不及《およばず》、二日目の夜は、猶更に、飽かず別様の意味を以て、その蕾の咲いたような美しさを見物は眺むるのであった。

と、三日目の宵になって、又しても彼女の道中を、今か今かと見物は待つ内、突然、忌わしい風評は、廓内《くるわうち》の甲から乙へ、乙から丙へと伝えられた。見物は皆顔色を変えた。桜は目《ま》の辺り咲いて居ながら、灯籠の灯は紅《くれない》に燃えて居ながら、陰惨たる光景は、一時《じ》に紅の灯の歓楽境を、暗闇《とこやみ》の荒涼たる広野《ひろの》に化したるかと思われた。

途端に一人の若い者は、人波を掻き分け掻き分け、血相変えて、「御免御免」と、仲の町を駈抜けて、吉原の門外《そと》に出で、見返柳の傍《そば》にある、会所へと飛込んだ。

「旦那、大変でございます。一寸おいでを願います。」

「何だ？」

「何だ？」

「何だ？」「何だ？」と弥次馬も大勢駈けて来る。若い者はそれを払って置きながら悸《こ》う言った。

会所に同心が居た。茲《ここ》で一寸会所の説明をするが、吉原の会所は今で云う請願巡査の如きもので、楼主達が廓内の静謐を期する為に、上《かみ》に願って、其処に同心に居て貰った。同心の手下には所謂岡ッ引、目明しが居た。で、同心は廓内の取締りをすると同時に、又一方廓外から入《いり》込む、犯罪人の見張をして居たのである。

弥次馬には若い者の言ってる事は分らなかった。が、同心達は刀掛から刀を取って両刀を腰に帯ぶると、目明しを供に伴《つ》れて、若い者と一緒に会所を出た。

弥次馬は又大勢ゾロゾロ其跡から跟《つ》いて行った。と、もう廓内では其事が知れ渡って、廓内は上を下への騒動。

「花扇が自殺したそうだ。」

「イヤ然《そ》うではない、心中だそうだ。」

「殺されたんだ。」

「無理心中だ。」

などと勝手な事を言ってる。

同心は早速扇屋へ駈付けると、直ちに若い者の案内で、二階の花扇の部屋へ行く。楼主立会で検死をする。花扇は、綺麗に化粧《みじまい》をして、是から道中に出ようという姿で、膝を結えて死んで了って居る。其顔を密《そっ》と上げて見ると、立派に咽喉を一突に抉って縡切《こと》れて居る。傷は匕首《あいくち》の傷だ。刃物はと見ると、座蒲団の下に膝に敷いて、立派な九寸五分の護身刀《まもりがたな》がある。少しも取乱した処がない。書置が二通、一通は楼主へ宛てたもの、一通は父親へ宛てたもの、参考人小文字太夫を呼んで聞いたが、何の為に死んだかは分らない。けれども何しろ自害には相違ないから、滞りなく検死は済んで、死体は楼主へ引渡された。

けれども茲に唯不思議な事は、当時吉原でも一二を争う全盛の小文字太夫が、花扇の死後、どうも私が済まない。私が花扇さんを殺したようなものだ。私が是から働いて花扇さんの五百両の身の代金は、決して楼主の方へ迷惑を懸けない。と云って年期を増《ま》して了った。そればかりではない。小文字太夫にも書置があったが、それは決して人には見せない。又誰が何と聞いてもただ可愛そうな事をして了ったと云う限《き》りで、外《ほか》には語らず嘆いて居ると云う事である。而《そ》して又此の噂が、花扇の自害と共に、又一時パッと高くなったのである。

二

すると其時検死をした役人で、小林藤太郎《とうたろう》と云う名同心が居た。(前号参照、彌太吉老人の唯一の手下である) 炯眼《けいがん》な藤太郎だから、自害には相違がないが、第一姉女郎が口を開《あ》かない。何故死んだかも分らない。不思議だ不思議だと呟きながら、毎日八丁堀の役宅へ引取っては、始終頭脳《あたま》を悩まして居た。

と、花扇が死んで初七日の晩、藤太郎は自分の居間で、机に向って本を読んで居た。漸次《だんだん》夜も更け渡って、饂飩《うどん》屋の声も遥かに聞えた。

藤太郎は前に行灯《あんどう》を置いて、机の前にキチンと坐って、何心なく本を読んでると、机の前の、行灯を中にして、朦朧と現われた姿がある。

千鳥模様の裲襠を着て、首を項垂《うなだ》れて熟《じっ》として居る。

藤太郎はハッと思ったが、元来気の練れた男だから、不思議な事だと思いながら、是も亦《また》熟と其姿に見入った。而《そう》して黙って見て居ると、顔を俯《うつむ》向けた限《きりなん》何にも言わない。不思議に思って、

「お前は何者だ？」と云って聞いた。するとそれには答えないで、
「忠義と孝行と、義理とは何《ど》れが一番重うございましょうか」と恁う微かな声で聞いた。

茲《ここ》に一つ挿話がある。と彌太吉老人は私に話した。

自分がまだ幼い時分、親父がまだ与力をして居て、或時親子揃って外へ出かけようとして、玄関の処まで出ると、銀蔵と云う、自分の処へ、毎日出入して居る魚屋があった。気さくな面白い人間で、親父も贔屓にして可愛がって居た。先ず暢気《のんき》肌な男で、江戸ッ子で金が持てない。独り者で、親類《みより》もない、女房もない。一杯呑むと盤台まで質に入れた限幾日も幾日も帰って来ない。然《そ》うしちゃ商売が出来なくて頼みに来る。親父も亦叱りながら何とかしてやる。相変らず御用聞きに来る。一月も経って又やっつける。其男が玄関外の敷石の処に蹲踞《しゃが》み込んで小さくなって居る、寒い朝で、見ると例の通りボロボロの単衣物一枚で顫《ふる》えて居る。そしていつもの元気に似合わず、目には涙を溜めて居る。いかにも懐かしそうと熟と顔を見た。それから親父は、
「銀蔵の野郎、又暫く来なかったが、又貴様遣ったんだろう。貴様のように始終そんなじゃ仕ようがないじゃないか。こんなに早くまだ飯も食わないんだろう。いつも言う事なんだが好《いい》加減に性根を入れ換えて確乎《しっかり》しなくちゃ可《い》かんじゃないか。腹も空いてるだろうから台所へ行って飯でも食ってたら可《よ》かろう。出がけだし、遊んでろ、今度限《き》り何とかしてやるから待ってろ。話は聞かなくても分りきってる、帰って来るまで待ってろ」と言うと、いつも元気な野郎が悄々《しょうしょう》として

やって来るのが、其日は一層哀れに見えて、ボロリと涙を流して、頭を下げた。親父は又これを見ると、

「第一そんな処に蹲踞んでちゃ人が見るから家へ入れ。」

と云って、私を連れて振返りながら役所へ出掛けた。それから暫くして帰って来ると、衣服を着換えて母を呼んで、

「銀蔵の奴どうしてるか、今度野郎も大分悄《しょ》げ返って居たから余程弱ったんだろう。飯でも食わしてやったか」と言うと、母は不思議な顔をして、

「貴方何を有仰《おっしゃ》います、銀蔵なんて参りゃ致しませんよ」と言う。親父は又、

「馬鹿言うな、俺ア今出がけに門《かど》で小さくなってるから、又相変らずスッテンつくになったんだろう、台所へ行って飯でも食って待ってろと言置いて行ったんだ。じゃあ台所に居なけりゃア長屋へでも行って僕《こもの》とでも話してるんだろう、誰か知ってるだろうから呼んでおいで」と私に言う。私も不思議に思いながらそれから仲間《ちゅうげん》部屋へ行って、

「銀蔵来てるか」といえば、「来て居りません」という。そんな筈はないと思って、女中部屋へ行って聞いて見ても、誰も会わないし、入っても来ないという。座敷へ行って其通りいうと、親父も亦「そんな筈はない。俺も倅と二人で見て居たんだ。たしかに野郎来て居たんだ。不思議だ、家へ入ったんだが、外へ出た気遣はないが」と云うと、母は又、「何か勘違えをなすったんでしょう」と云う。不思議な事もあるもんだと云ってる処へ、銀蔵の商売仲間の者がやって来て、旦

那にお目に懸り度《た》いと云うから逢ってやると、

「どうも可愛そうな事を致しました。旦那に始終御恩になった御恩になったとよく銀蔵の野郎《やっ》は言って居りましたが、到頭今朝死んで了いました。十日ばかり前に商いから帰って来ると、何だか知らないが寒けがすると云って寝込みました限《きり》、一日一日熱が高くなって、大変な病気だと云う。まア始めの内は買薬や何かでやって見ましたけれども、思うように行きませんし、ああいう奴だから金が一文ある訳じゃなし仕方がないから長屋の者や友達が寄合って、まア何とかして近所の医者を呼んで見て貰いますと、医者はもう匙を投げて、是はもう助からないと申します。当人も亦人の心配顔を見たり、自分でも少しは察したと見えまして、苦しがってるもんですから、友達も可哀そうに思って、まあ勢をつけながらも、銀蔵、手前《てめえ》の病気は重いんだから余程《よっぽど》気をつけないと可けねえぞ、何か欲しいものがあるならある、恁うして貰い度いなら貰い度いと、遠慮なく然う云えよ。第一、平生《ふだん》、親類があると云う話も聞かないけれども、若し知らし度いと思う人なり何なりがあったなら、言やア呼んで来てやるから、と申しますと、いつも元気な奴だったのが、蒼くなって枕に突伏しながら、小さな声で申しますには、知っての通り俺には身よりも親類《なに》もないから、知らせて貰い度いと思う人もないが、八丁堀の旦那にだけは、小僧の時から大《えら》いお世話になっていつも不首尾な事があっても、叱られながらも助けて貰って居たが、いつか身の上話《ばなし》した時に、人間生身だから貴様もそんなに身を持崩して居てはしようがない、まア死んだら俺が葬《とむら》いは出してやるがと、笑談《じょうだん》のように有仰ったが、中々死にやしませんが、死んだら何分御願申しますといぅと、武士に二言はないと有仰った。俺も考えるのに今度は死ぬだろぅと思ぅ、死んだら旦那にだけは知らしてくれ、然し死ぬまでは知らしてくれるな、死ねば旦那の事だから、屹度何ぅにかして下さるに相違ないからと恁ぅ申して居りましたので、早速お知らせ申しに上りました」と云ぅよぅな訳。

親父も黙って聞いて居たが、

「それで分った、今朝来た、丁度その死んだ時だ、又いつもの伝だと思って居たが、それじゃ其事を知らせに来たのか、不思議な事もあるものだ。それにちゃんと手足もあった。内へ入ったかも知れないが、変な事もあるものだと思って、今話し合って居た処だ。可哀そぅに、亡き跡を葬って貰おぅと思って来たんだろぅから、近所に借金も残ってるだろぅから」と、何でも五両か十両かの金を、使の者に持たせてやって葬式をも出してやった。と云ぅ事を今も覚えて居る。

藤太郎の前に現われた、花扇の霊魂の形もそれだった。不思議な事には、又、それに依って、事件の解決も付いて居る。

要するに藤太郎が、其の綺麗な女の死んだのを、不思議だ不思議だと思って居たのが、自《み》ずから花扇の霊に感応して、死んだ花扇も、死んだ理由《わけ》を、明らかにし度いと思ぅ一念で、霊になって現われたんだろぅと思ぅ。と云ぅのである。

三

で、藤太郎は、見る処、たゞの女でもなし、何うも俺も見たような女だが、と思って見る。衣服《きもの》でヤッと気が付いて、「お前は花扇だろう」と言おうとしたが、それは腹へ仕舞い込んで、「何者だ」と言って聞く、と、それには答えないで、「何うか忠が重いか、孝が重いか、義が重いか、教えて下さい」と云う事なので、「そりゃ忠義だ、忠義が人の守るべき道の内で一番重い。忠義の為には身を亡しても主人の為には事《つか》えなければならない」と言った。

と、女は寂しく笑って、

「それで私も安心しました、何を隠しましょう私の死んだのも忠義の為なのでございます」と云う。

「そりゃ又何う云う訳だ？」と云うと、一間《ひとま》置いて隣りの室《しつ》では、藤太郎の妻が針仕事をして居たが、何うも主人《あるじ》の部屋で、本を読む声と異《ちが》って、何とか人と話をして居る。不思議に思って、お客はない筈だし何うなすったんだろうと思ったまま立って来る。

その気配に、幽霊は、まだ何か言い度そうな気振《けぶり》だったが、ふと紙門《ふすま》の方を振返って、再び熟と藤太郎を見返したまま、ふっと其の姿を消して了った。

途端に妻が入って来て、

「貴方、何を有仰って被在《いらっしゃ》るんです」と言った。

「イヤ、何でもない、すこし考え事をして居たもんだから、思わず独言を言ったんだろう、もう夜も更けたから寝たら可かろう、俺はもう少し書見をし度いから」と、妻を寝かして、灯火《あかり》を掻き立てて、腕組をして考えた。

何うも俺も不思議だと思った。如何に苦界と云いながらまだ出て三日、苦しいも楽しいも解った訳のものでなし、ただの死にようじゃないと思って居たが、たしかに其間に何か深い事情があるに相違ない。何しろ幽霊の話だから理由《わけ》が分らないが、忠孝と義理と何れが重いかと云う処を見ると、忠義の為に死んだと云うように聞えるけれど、ま、忠義と云やア彼楼《あそこ》の主人より外はないが、その女郎屋の主人に死ぬほど忠義を立てる因縁もあるまい。何うも不思議な事だと云う訳で、藤太郎はそれから調べ始めた。

先ず藤太郎の考えた事は、是は何でもその小文字と云う花魁が、事情を知ってるに違いない、あの遺書《かきおき》を秘し隠しに隠してる処を以て見ると、何ぞ深い訳があるに違いない、彼女《あいつ》の口を開けさせなければ仕方がないで、それとなく当って見たが、是が又中々大した花魁で、一旦言わないと定《き》めたからには、死んでも言わないと云う剛情な女。と云って罪人ではないのだから責め折檻をされべき訳ではなし、却って是を突ついては面白くないと考えたので、ま、仕方がないから普通《あたりまえ》の調べ方——今でいう身分調査——身元を洗って懸ろうと云うので、ブラリと藤太郎は麻布へ出掛けた。

そして花扇の親元（狸穴《まみあな》）へやって来て見ると、身の代金を貰ったんで、親父は道具屋をやって居る。が元来《もともと》親一人子一人なのに、それがまあ死体を引取って、野辺送りを済せたんだから、親父もガッカリ死んだもののようになって力を落して悄げて居る。それから藤太郎は、

「お前は娘の死んだのは、何うして死んだのか知ってるか」と聞くと、親父は、「どうもそれが分るくらいなら、私も恁麽《こんな》にガッカリは致しませんのですけれど、何しろそれが分らないもんですから、実に困って了ったのです。優しい娘で。年老《と》った私に恁麽苦労を懸けて、私を置いて死ぬような娘ではなかったのです、それが又死ぬと知ったなら、甚麽《どんな》に辛い訳があっても、私は吉原へなんぞ売るんじゃなかったのです、残念に思って居ります」と言う。

「書置があったが見せてくれないか」と言うと、

「ええええご覧下さいましとも」と言って奥へ行って出して来てくれる。見ると、綺麗な手で、ただ、いうにいわれぬ事情があって、先立つ罪はゆるしてくれとの事だけが簡単に認《したた》めてある。と、その後で、親父は又、

「死ぬと知ったら矢張りお屋敷奉公でもさせるんでした」と恁う言った。

其一言《ごん》で、藤太郎は、偖《さ》ては此女は元来女郎になるんじゃなかったのだ。と気が付いた。

それから更に様子を聞いて見ると、二年ばかり前迄去る旗元の屋敷にお小間使に上って居た。本名はお花と云って居た。いつ迄女中奉公して居ても、嫁入時を外してもしようがないから、まー応宿へ下って、相当な処へ嫁《い》ったが可かろうと云うお屋敷のお話で、沢山の衣類やら、道具やらお金やらを貰って、宿へ下って来た。と云う事迄が分った。

又、其の屋敷は何処だと聞くと、番町のお旗元で、是々のお邸だと云う……
偖て、藤太郎は、其邸へ行って、又小文字太夫へ引返して、悉皆《すっかり》その事情が分ったのである。
それは恁うである。

四

お花は幼《ちいさ》い七八つぐらいの時から、其処の邸に入って（彌太吉老人曰《い》う、名前は抗議を申込まれると困るから故《わざ》と省く）大変奥向《おくむき》の気に入って居た。お花も亦至極大人しく、陰日向なくよく勤めるので、別けて奥方には可愛がられて居た。知らない人から見ると、宛《まる》で娘のようにさえ思われて居た。

漸次《だんだん》大きくなるに従って、顔立ちは益々よくなる、行儀はよくなる、遊芸は出来て来る、幸せな身の上だと、人にも羨まれるほどであった。

と、お花が十七の春二月、当時は何処の屋敷でもあった事だが、其処の屋敷にも初午《うま》のお祭があった。その宵の事——

その旗元（石高は千五百石）の某《なにがし》にお花と同い年のお嬢様があった。其のお嬢様や、奥方や、お花も茶の湯や遊芸を仕込まれてる事とて、その晩内輪の奥が寄り集《あつま》って、お祭の後で、琴や三味線、笛、鼓の合奏が始まった。色々の曲も奏でて、興将《きょうまさ》に酣《たけなわ》ならんとする時、何うした機《はずみ》かお嬢様の弾いて居た三味線の糸がプツリと切れた。

「あれ」と云うような訳で、お花は直ぐに、

「私が取って参りましょう」と立上ったが、お嬢様のお部屋に糸があるから、其の方へ急いで行こうとしていつもは廊下から廻る処を、暗い幾つかの部屋を抜けて、パタパタと駈けて行った。

と、其途中の一つの部屋の中で、何者にかバッタリお花は躓いて転んだ。

と、茲にお嬢様の兄さんに当る若様（年は廿歳《はたち》）が一人あって、ただ何となく暗闇で横になって居た。

其処に居るのはお嬢様でなければ若様に定《きま》ってる事は、下々の者の居ない処なので、お花も直ぐに気が付いた。

「あれ」と驚きながら、「御免遊ばせ、取急いだものですから、つい粗惣《そそう》を致しまして、誠に申訳ございません」というとそれには答えないで、若様は、そッとお花の袂を捕えた。

お花は可恐《おそろ》しさに顫《ふる》えて居る。

と、其の耳元へ口を寄せて、

「私はお前を恋《おも》ってるんだよ」と言った、其声は優しかった。

お花も兼てより、優しい、立派な、美しいお方だと思って居た。ただ嬉しいやら恥かしいやらが先に立って、何とお答えして好いか胸のみ徒らに躍らして居た。

と、いつまで経っても糸が来ないから、お花さんは何をしてるのだろう、暗闇で行ったから、

事に依ると見付からないのかも知れぬ。それにしても帰りが遅い、と老女の濱路《はまじ》と云う女——是がお花の親元であった——が、例の古風な手燭をつけて、此の方は廊下を渡って、障子に明りを照り返させながら、お嬢様のお部屋の方へ行こうとすると、暗い途中の部屋の中で、何やら人の気勢《けはい》がするから、

「御免遊ばせ……」と言いながら、障子をスラリと開けて見た。

途端に若様の方では人の歩いて来る気勢に驚いて飛退《とびすさ》る、お花は其傍に耳の根まで真紅にして坐って居る。と云う訳で、一目にそれと様子を悟って、

「是は飛んだ失礼を申上げました。お花さん大変遅いじゃありませんか、お嬢様がお待ちなすって被在《いらっしゃ》るから、早く糸を持っていらっしゃい。」

と言って濱路は引返して了った。

お花は糸を持って座敷へ帰った。

初午の宵は事なく終った。

が、若様は幾ら奉公人でも、困った処を見られたと思い、お花も亦、飛んだ事になったと思って、一人胸を痛めて居た。

又、老女の濱路は、色々考えるのに、大した間違いはなかったにした処で、あれではどうも困ったものだ。何方《どちら》もまだ、子供だ子供だと思ってる内に、二人が若し然う云う事になって了っては、私が殿様や奥様に対して申訳はなし、第一又身分が違うし、どういう大事件が起らないとも

限らない。幼い時から養女《こども》のように引取られて、此邸《ここ》の人間《ひと》になってるけれども、片親もある事だし、お家に傷の付くような事でも出来ては、取返しの着かない事だと考えて、其事《こと》実は奥方の耳には入れず、自分一人の計らいで、お花には因果を含め、「ま、一応宿へ下って、貴女も何処へかお嫁に行くなり、何なりした方が可いでしょう、お邸の方は私が又、好いように計らうから、表面向《おもてむき》は、お父《とつ》さんからお暇《いとま》を願出たと云うような事にして」と濱路は又宿へ行って、それとなく、親父には、「お花さんも妙齢《としごろ》だから嫁にやったが可かろう」と云うような話をした。

処が昔の奉公人は、年期で、殊に何うした事情だったか、お花は殆ど貰い子同様に、濱路の娘分になって居た。又濱路も老後を托しようとして居た。

それが、急にそんな事になったので、親父は非常に喜んで、二つ返事で承知した。で、奥向は、親父が返してくれ、年を老って心細いから、と云うような事にして、何にも傷を付けないで、お花にはお暇を願出た。

奥方の方でも、養母の濱路が返すというのだから、強いて留める訳にも行かないので、是も又無事にお暇《ひま》を下さった。が、困ったのは若様である。

と云って、自分にも後暗い事があるから、引留める訳にも行かず、何がな別離《わかれ》の言葉を述べようと思っても、濱路が始終気を付けてるし、その儘《まま》本意ない別れを遂げる事になったが、部屋住の身で金はなし、仕方がないので、纔《わず》かの折を見て、自分の手近にあった蒔絵の文箱を、「忘れてくれるな」と言ってお花に渡した。

お花は泣く泣く宿へ下ったが、久しぶりで帰って来たので親父は喜ぶ。金や道具があるのでウカウカと物見遊山や何かに暮して、一年近くも空《あだ》な日を過して了った。

其内、若様からは何とか又、便りぐらいはあるだろうという、儚い望みも持って居たのではあったが、是は濱路が口を噤んで、居処を明さないから、若様の方ではただ、麻布とばかりで何処にいるかが分らない。で、何うしようもない。

で、一年近くなって、金は無くなる、道具も無くなるししていつまでも恁うしては居られない羽目になって来た。

で又親父が心配し出して、屋敷奉公に出る事にした。

処が当時の桂庵《けいあん》は、大名屋敷や旗元邸へ出るのに、口入宿が別にあった。其手に懸って色々頼み込んだが、それをするのには金が懸る。支度や包金《つつみきん》とか云うような物が沢山に要る。けれども、それも調えて、口入宿へも口が来てるから、知らせに依ってお目見えに行く。あれなら可いと云う事になると、追て沙汰があると云うので一応引取る。と、その後で大名なり旗元なりの用人は、其の者の身元調査を、知合の同心なぞの処へ、必ず頼んで来る事になって居た。

するとお花は何某《なにがし》の屋敷に居たんだが、何かは知らず親元へ引下った、何か事情があるらしいと云う報告《しらせ》なので、邸では奉公口がない、幾ら頼んでもない、雑用《ぞうよう》は懸ける、段々困って来て了って、娘の貰って来た物以外に、家の物も無くして了って、終いには親子二人で路頭に迷わねばならぬ仕儀になった。其処へ何しろ九尺二軒へ、美しい娘が帰って来て、ブラブラして居る、人の目にも付いたので、口入宿からも勧められて、勤めに出ては何うかとなった。

お花も苦しいのは見るに見兼ねる、父親からの頼みであって見れば、厭と云う訳にも行かず、自分《おのれ》の運命の儚さを思いながらも、猶も然う云う人出入の多い処へでも行ったなら、何う云う事で又ヒョッとかして若様にお目に懸る事が出来るかも知れぬ、と云う儚い一縷の望みを嘱《しょく》して到頭身を売られて了った。

其金で親父は商売を始める。借金も返す。お花は又姉女郎に附いて仕込まれた。

お花十八の年も暮れて、十九の春になって漸《やっ》と一人前の花魁になる資格が出来る。で、万事は小文字太夫の引廻しで、その妹分になって三月弥生初見世に出るとなると、はや其前から吉原では大層な評判でいつ何日《いつか》が初道中を踏んで店出しをすると迄に運んだ。

と、茲に小文字という妓《おんな》は、何うもお花が自分の手に附いてから、いつも何となく浮き浮きしない、それには何ぞ深い仔細があるに相違ないと、目の高い妓だけに見て取って、初中終《しょっちゅう》それとなく容子に気を付ける。又色々世間話をする、此素性を聞いて見ると、色々深切に聞かれるもんだから、お花もその情《なさけ》に惹かされて、或夜身の上話をした。そして思って及ばぬ恋のそのいきさつを物語った。

と、小文字は非常に可哀そうに思って、自分が甚麼《どんな》事をしても、屹度《きっと》若様には会わしてやるという約束をした。其時、「どうせ貴女も恁う云う処へ入ったんだから、その思の叶ったのを切《せ》めても思出として、私と姉妹《きょうだい》のようになって、苦界の苦しみ楽しみを分合って勤めて下さい」と言った。又「そうして下されば貴女の一生は屹度引受けてもお目に懸けるし、又押しも押されもしない太夫にもして見せます」と言った。然うして仕込まれてお花は花魁になった。

するも当時の慣習で、見世出しの花魁を普通客《ひら》の買うと云う事は、ただ金ばかりでは出来ない事であった。何等か其処に資格が要った。で、姉の太夫のお客の内で、一と云って二と下《さが》らない客とか、又は姉女郎が此人ならば始めての花魁につけても恥かしくないと見込んだお客でなければ最初のあいかたにはしなかったものである。

因《そこ》で然諾《ぜんだく》を重んずる然う云う妓の事であるから、此のお客には申分はない、必ず何うしても其の若様に会わせてやろうという約束をして了った。

お花の花扇も亦花魁になって出れば、其日に若様に会えるものだと、それを楽しみに部屋子をして居た。

五

と、話が変って若殿の方では、段々月日が経つに従って、思は益々募るばかりで、お花の事が何うしても忘れられない。色々濱路に探りを入れても見たが、是が又饒舌《しゃべ》らない。到頭考え抜いた揚句、江戸市中を捜索に懸った。

そしてそれを何う云う風にしてしたかというのに、つまり若殿は旗元の若殿であるから、嫡子ではあるがまだ部屋住の身で役がないから、ブラブラして本を読んだり、剣術の稽古に行くぐらいなものである。因で一策を案じ出だして、毎日馬術に託《かこつ》けて馬に乗っては江戸市中を見物に出掛ける事にしたのであった。

先ず当時の服装では、ぶッ割羽織に蠟塗の一文字笠、黒羽二重の紋附に、細身の大小を腰に帯《さ》して、松魚縞《しょうぎょ》の馬乗袴と云う扮装《でたち》、此の扮装で、馬に乗って、仲間《ちゅうげん》を供に連れては、毎日麻布を中心としては、人の出盛《でさかり》を浅草上野、両国、芝神明と歩く。

が、何うしても邂逅《めぐりあ》わない。終いには弱って了った。而して二年近くの月日が流れた。若殿の散策は依然として止まない。

すると享保四年春三月の或日、此日も朝から出懸けようとして、仲間に馬の支度を命じた。仲間は切々と、馬に鞍を置いたり、毛並を揃えたり、手綱を掛けたりして居るその門前を、一人の若い侍が通り懸って、頻《しき》りに門の中を見て居たが、旋《やが》てつかつかと門内へ入って来た。様子を見ると、是も一見して旗元の次男三男と云う風俗。馬が好きと見えて頻りに馬を眺めて居る。

身分ある人の息子だと思うから、仲間も丁寧に挨拶すると、その侍のいうには、

「何うも実に見事な逸物だ、これは殿様の召物か、それとも」と聞くから「若様のお馬でございます」と云うと、「アア然《さ》ようか、実は拙者も殊の外馬は好む処だが、御差支がなくばお目に懸

って、遠乗のお話でも伺い度いが、一応ご都合を伺ってはくれまいか。」

と言って奉書の紙に書いた、一葉の名刺を出した。見ると「松平亘《わたる》」とある。

「暫くお待ち下さいませ」と云うので、庭先へ廻って若殿に取次いだ。当時松平の姓を名告《なの》り得る者は旗元の内でも身分が高い。

「早速御通し申せ」とあった。徐々《しずしず》と侍は庭口から打通る。

「お出先を甚だお邪魔申す」

「お恥かしい物がお目に留って、お褒めに預ったそうで汗顔の至りでございます。」

と云うのが最初で、色々馬の話も出て、私も非常に乗馬が好きで、よく乗って歩きますが、お差支がなくば御一緒に遠打《とおうち》をして見度いと云う。

若殿も始終一人で退屈な折だから、是非御同伴が願い度いと言った。

其日の昼過、又迎えに来て、馬は二頭打揃って、二人は向島の土堤へ行った。

折しも花は盛りであった。茶屋に休んで、渋茶を呑む時、

「どうも旗元の子息にしては、馬は余り上手ではない。」

と若殿は思って居た。

と、花を賞しながら其の松平亘が、懐中《ふところ》へ手を入れて、頻りに何かモグモグやって居たが、

「時に是にお見覚えがございますか」と言って四角な袱紗《ふくさ》包みを取出した。

不思議に思って若殿は解いて見ると、自分が嘗てお花に送った、文箱が其中に入って居る。若

殿は驚いて顔色を変えると、それと見て取った松平亘は、

「よもやお忘れはございますまい、貴方の定紋も入って居る事だから、必ず間違はございますまい」と言う。

「仰せの通り、これは自分が然る者に遣わしたものでござる、が、それを又何うして貴方はお持ちになって居られるのか」と聞くと、「それならお話申しますが、是を貴方から遣わされました婦人が、貴方の紀念《かたみ》として肌身離さず持って居るのですが、貴方は其者に会ってやろうというお考えはございませんか、昔の通りに思召すならば、拙者は誓ってお手曳致しますが、何うぞ御腹蔵のない処を有仰って頂き度い」と言う。

「何をお隠し申しましょう、自分が毎日出懸けまするのも、此女に逢い度いばかり、馬に乗るばかりが道楽ではなかったのです。」

と始めて打明けられて、

「それで拙者も安心致しました。貴方に会い度い会い度いと思って、此のお方どのはどのくらい恋焦れて居るか知れません。」

若殿はやや急き込んで、

「そしてお花は無事で居ますか、唯今は何れに居りますか。」

「それはまあ然《さ》る処に居ます。」

「是非逢わせて頂き度い、直ぐに今からでもお供致します」と言えば、

「イヤ、然う思召すのは尤もだが、お花どのはお邸を出てからは、大変に今出世致して居ります、就ては甚だ失礼ではござるが、そのお姿ではお手曳を致し兼ねますに依って、明日《みようにち》か明後日《ご》、更《あらた》めて御出張を願い度いと存じます。」

で、若殿は翌日を約して、此処で亘と袂を別った。

六

若殿は夢に夢見る心地で、其夜一夜は寐もやらず明した。偖て、翌日になると、亘は又、午後になって「能狂言を見に行きましょう」という口実の下に迎えに来た。そして二人は出て行くと、町角にはハヤ立派な駕《かご》が、然かも二挺待って居た。

若殿は駕に乗せられた限《きり》、何処へ連れられて行くとも分らなかった。程経て駕は、立派な門構の屋敷へ乗込んだ、玄関へ横付にされた。

玄関にはハヤ大勢の男女が迎いに出て居て、

「何うぞまあお通り下さいまし。」

「此方へ。」

「お待受致して居りました」と云うような訳で、通って見ると、此処も中々立派な座敷で、庭には泉水もあり、築山もあり、石灯籠もありと云う眺め。

台附の器でお茶が出る、菓子が出る、皆それが綺麗な腰元が、振袖で高島田で、縦やの字で運ぶ。と云うのであるから、若殿も驚いて、暫く逢わない内にお花は恁う云う処に何をして居るのだろうと不思議がって居た。

話相手にはいつも亘がなって居る。

朧ろに霞む春の日の、次第に傾いて夕暮になった。灯火《ともしび》は煌《かが》やかに座敷に流れる。けれどもお花はまだ出て来ない。と思って居ると、亘が、

「それではご案内申上げよう」と云う事になって、又更に駕に揺られて、賑かな処に入《い》り込んだ。出迎えられて茶屋の二階に通る。若殿は唯無我夢中。二階座敷へ通した限、外の者は皆引取って了った。

然う恁うする内先ず松平亘は、幇間姿で現れた。而《そ》して、実は旗元の次男であったのが、勘当されて、身を持崩して、今は桜川新孝《しんこう》と云う幇間である事も、今迄居た処が吉原の遊女屋の寮である事も、此処は仲の町《ちょう》の引手茶屋で、遊女屋へ手引をする家である事も、始めてそれと打明けた。

外は桜の豪《えら》い騒《さわぎ》。旋《やが》て花扇は、初道中を踏んで乗込んで来た。茶屋へ通って挨拶する。若殿は驚いた。又、絶えて久しき対面を喜んだ。

一度挨拶が済んで帰って行く。新孝始め幇間末社が大勢出て待遇《もてなし》をする。みんなに取巻かれながら送り込まれる。旋て小文字太夫が現われて来て、

「何分よろしく御願申します」という。

賑やかな初見世を祝って床入になった。二人は夢に夢見る心地。夜が明けても名残は尽きないので、其日一日《ひとひ》は流連《いつづけ》したが、一旦茶屋へ引揚げて、又花扇は二日目の道中をする。此日も明けて翌朝になった。けれども名残は滾々《こんこん》として尽きない。若殿も帰ろうとしない。

此の三日間の費用は皆、大した金が小文字太夫から出て居る。縦令《よし》、それは兎に角として、屋敷の首尾もある事だから、一応お帰りになったが可かろうと云う事になって、その別離に臨み、(無論それ迄にもお花の身の上話のあった事は言う迄もないが)恁う云う処へ来るのには、金子《かね》はどのくらい懸るものだろうと言う事も、更に又「可愛いお前の体を、恁麼《こんな》処に恁うやって置く訳にも行かないが、世間でいう身受の金とやらは、どのくらい要るものだろう?」と言って聞いた。

すると花扇は、はや廓にも半年余りも居る事だから、其辺の事情も分って居るので、それは中々大変だと云うので、幾ら幾ら要るものだと言った。と、若殿は、兎に角今日は一応帰る。けれども、明日は屹度其金を都合して引返して来る。又、屹度身受の金も都合して来るから、必ずその意《つもり》で待って居ろと、言置いて夕暮座敷へ引揚げた。

花扇も今は姉女郎との約束もある事だし、是をもう若様のお顔の見納めだと思って居た。けれども、会って見れば恋しい懐かしい、何うしても思切れなくなって明日の再会を約した、そして、男の帰るのを見送って自分の部屋へ引返《ひっかえ》した。

其処へ小文字太夫が話に来て、色々世の因果や何かを物語って、是で思い切って今夜からは商売人並に働いてくれと云う事を説き諭した。

お花も一旦は諾《うけあ》った。けれども歓楽の夢からは忽ち奈落の底に突落される。熟々《つくづく》と行末の事などを考えると、ふと気の着いたのは明日、若様の来ると云う事であった。

来るというからには、今日までは小文字太夫の情に依って、何《なん》にも知れずにあったのだけれど、明日からは金が物言う廓の習いだから、どうしてもお金がなければ会えない、さればと云って自分も出たばかりだから何うする訳にも行かない。考えればこれから永い月日、知らぬお客の機嫌気褄《きづま》を取らねばならぬし、明日若様はお鳥目《ちょうもく》を持って来るとは有仰って居たが、よくよく考えて見るとまだお部屋住の若様に、お金の出来よう筈はないのだから、屹度お屋敷のお納戸金《なんどきん》か、お蔵の中のお金にでもお手が付くに相違ない。然うなると幼い時から大恩受けた御主人様に御恩を仇で返す事になるのみならず、濁りに染まない若様を私故に大事な若様の御一生を御褻《けが》し申す事になる。然うかと云って、会わないのは辛い。若様に会う事が出来なくて、其上永い先々の苦界を思うて、とても辛抱がして居《お》られない。で、悲しくなって泣き崩れた。

が、武家に奉公して居ただけあって、理義には頗る明白であった。で、孝行も義理も捨てて、彼女は恋人と主人の為に、一身を犠牲に供する事にした。

そして、其事の顚末を、事細かに認めて、小文字太夫には礼をいい、又若殿には、もう自分は、今宵かぎりでないものだから思切ってくれるように、又、必ず悋う云う廓《さと》へは再び足踏をしてくれるな、自分は満足をして死ぬから、今迄の事は儚い一場《じょう》の夢だと思って、此儘に葬って了って、決して世間へは此事を知らせてくれるなと云う意味の書置二通を是は例の文箱に入れて、香を焚いて、自害して了ったのである。

語り畢《おわ》って小文字太夫は、「私が会わせさえしなければこういう事にはならなかったでしょうに」と潸々《さめざめ》と泣き伏した。けれども、然う言う小文字太夫も、主人へは自分の年期を増《ふや》して勤め、又其の手紙は自分の分は、約の如く秘し隠しに隠して、人にも示さず、又若殿の分は新孝に托して、文箱とともに若殿の邸に持たせ遣わし、若殿の名さえ出すまいとした義理堅い女である。花扇も死んでの後まで、その義理と孝行と忠義の軽重の何れかに迷って浮ばれなかったに相違ない。

探偵雑誌　大正七年（一九一八）四月号

幕末奇談

破れた錦絵

或る武家の断絶

一人の女の美貌の為めに七人の男女が死地に陥ち入った話

旧幕与力佐久間彌太吉《やたきち》翁曰《いわく》

「此の事件は私が吟味方与力として、江戸の南町奉行に勤役中、扱ったものの中で、最も面白く感じた一つである。此儘《このまま》現代にも適応され、奢侈贅沢なる当代男女の、誡《いまし》めともなるべき実話と思いますから御話を致します。」

筆者曰

「私は此の話を聞くと同時に惨《むご》たらしくも亦《また》美しい『破れた錦絵』を思い出した。そして、沁々《しみじみ》、江戸の末期の、蹂躙《ふみにじ》られた落花のように、見惨《みじめ》な美しさを思わせられた。読者も恐らくは然りであろうと思う。私は若《も》し機会があったら、此の美しい、然《し》かも猥《みだら》な、酷《むご》たらしい夫人の生涯を、心行くばかり今一度書いて見度《た》いと思って居る。」

一

慶応元年十二月、南町奉行所にて吟味になった事件！

本所《ほんじょ》横川町伊兵衛《いへえ》店《たな》に、辻駕籠《つじかご》渡世で、向不見《むこうみず》の吉事《きちこと》、吉五郎という者があった。

此の吉五郎は無頼の悪漢にて、所謂《いわゆる》札附の悪破落戸《わるごろつき》、入墨のある前科者であった。

当時同店《ここ》には相棒が一人居る。けれども男鰥《おとこやもめ》の暢気《のんき》暮し、毎夜両国橋の東際《ひがしぎわ》へ、駕籠を担ぎ出しては客待をして居る。所謂網を張って居る訳である。

処が、近頃、夜になると、彼れの留守宅で女子《おなご》の泣き叫ぶ声がする。

然《し》かも其《その》声が物寂しく、真夜半《まよなか》頃にひいひいと川水に響いて、近所の人は寝着かれない。

然《しか》し、昼は決して泣かない。夜、吉五郎が稼ぎに出た後で泣く。

何でも、吉五郎が稼ぎに出るため、戸棚の中へでも閉め込んで、錠を下して出るものと思われる。それ故泣くのであろう。と云って貰い子をする身分ではない。何《ど》うも不審である。

と近所の所謂山の神、金棒引、あばずれ女の口の端《は》に懸り、井戸端会議の話題に上って、色々な風聞が立った。

すると、此事を聞込んだのが、本所横川町辺を受持って居る南町奉行の組同心定廻《じょうまわ》り役の手先で、所謂岡ッ引の常陸屋《ひたちや》鶴吉であった。

常陸屋は恁《こ》う思った。

「吉の野郎の碌でなし、屹度《きっと》良家の娘を誘拐《かどわか》して来て、売り飛す意《つもり》であろう、捨て置く訳にもなるまい、旦那様方へ申上げて、其の処置を願おう……」

と、寄合おう八丁堀へ来て、其趣《おもむき》を報告した。

と、定廻り（同心、今でいう常務探偵）は同役会議の節、御用次手《ついで》に一応吉五郎を聞糺《ききただ》して見よう、意外な蔓を探り出すかも知れない。と、両国米沢町の自身番屋にて、調べ物の次手に、吉五郎を、例の「一寸《ちょっと》来い」で呼寄せて訊問をしたのであった。

すると吉五郎の答は恁うであった。（以下奉行所の記録の儘を記す）

「エイ、あの餓鬼の事で御座いやすか。あれは此間、大雪の降った晩、夜遅く両国橋の際から、亀井戸へ客を乗せて行った帰り途、天神川の堤で雪の中に捨てられて、凍えて死に懸って居たのであります。

見ればまだ温気《あたたかみ》はあるが、丸裸、不憫に思い、拾い上げ、此儘置けば死ぬばかり、人間一人助けたら又好い報いもあるか知れぬと、余計な御世話に駕籠に入れて連れ戻り、暖めて見たら息を吹き返し、三つか四つの女の子、好い子で御座いやす。

其儘捨てるにも捨てられず、何かの因縁か、天神様の御授けか。併し嬶《かかあ》は此春死んで了《しま》い、独りの餓鬼が活きて居たら、此年頃、育てて見度《た》いとは思いましても、男の手ばかりでは致し方無く、親が捨てた訳でもあるまい、貰い人が有ったらくれて遣ろうか、拾い場所は天神堤、おてんと名付けて呼んで見ても、泣くばかり。昼は私が背負うて守をし、所々を連れ歩き、心当りを尋ね、今日で三日というものは、無駄暇を費して居るので御座いやす。

夜は出稼ぎ、留守中は火の用心も悪しゅう、危《あや》うから夜具に包んで戸棚に仕舞って置きますが、其内には泣くやら、垂れるやら、から埒明《らちあき》は御座いやせん。飛んだ迷惑を背負《しょ》い込みました。」

という。定廻り役、

「左様な訳なら何故拾った場所の所《ところ》役人へ届けない」

吉五郎又曰、

「仰せでは御座いやすが、大雪の中急いで手当をしなければ、死んで了います。心が急いて持場なんぞは心付《きづ》かず連れ帰り、翌日見れば雪が積って、其場所もよく判らず、亀井戸の自身番屋も聞きましたが、掛り合を恐れてか、取合ってくれません。余儀無くやって居りますので……。」

此の陳述では犯罪とは決しません。品物なら拾物を取隠して置いても隠匿罪になるが、幼くても人間一人、殊に、事実至急を要する場合。吉五郎の心底《こころ》、善悪は計り難きも、まだ犯罪は成立って居ません。

因《そこ》で女児《こども》は町内預けにして置いて、廻り役から、奉行所へ其処分を伺い出たのが事の発端《こぐち》である。

此の女児の身許調べを、私が主任《おも》となってした結果、意外な事件が続発して来たのである。

彌太吉翁曰、

「大無量寿経に、善を修するを知らずして、悪逆無道すれば、後、殃罪《おうざい》受けて自然に趣向す、神明記識《きしき》して、犯す者を赦さず。

又薬師本願経には、人の作《な》す所の善悪は、四神あって、これを知る、一には地神、二には天神、三には傍人、四には自為。

とありますが此の事件が、唯だ纔《わず》かに、四歳《よっつ》の小児《こども》の泣き叫ぶ声より世間に洩れ、係《かか》る大事件の発覚したのは、其の小児の精神！　即ち人間心霊の叫びが、自分から言《ことば》に通じて、所謂人を以て、此の秘密裡の犯罪を、発《あば》かしむる方便かと思います。

前に読み上げました大聖人の言の、又虚妄ならざる事を自ずから御覚《さと》りになる事と思います。」

二

吉五郎は、南町奉行所与力吟味席に呼出されて、調べられた、即ち、其調《しらべ》には、私が預った訳なのである。

すると吉五郎の申立《もうしたて》は、前に定廻り役へ自身番屋にて申立てた通りである。

然し、私は不思議に思った。

其一は、雪の中へ丸裸にして捨てるのは普通の捨子では無い。必ず殺意あって捨てたものであろう、然らば堤に捨てなくても、川の中へ投げ入れべきである。吉五郎の申立の、事実ならざる証《しよう》と認める。
其処は、手懸りを尋ぬる為に、背負《しよ》って歩いたと申立てては居るが、是は女衒《ぜげん》の手に売流し、遠国へ送って、遊女に為そうと、其の口を探して居たものと認めらるる。
彼れの家に居る同居人を召捕え、家宅捜索をしたなら、必ず何か犯罪の証拠を得るに相違ない。と思ったので、私は、即《す》ぐに定廻役へ命じて其の手配をさしたのである。
すると、此の手配は見込の通り行届き、元吉五郎方の同居人、当時無宿の倉造なる者をも、その駕籠屋仲間から召捕え、猶又吉五郎宅を検《あらた》めると、果して、その天井裏から、身分不相応な絹《けん》布《ぷ》の女衣類、同じく夜具、小児の衣類等も出て来た。
其の品々を奉行所へ取寄せて見ると、
一縞縮緬《しまちりめん》の女小袖　　三枚揃一襲《そろいひとかさね》
一水色縮緬の蹴出《けだ》し　　一
一友禅縮緬の裾、及び袖、胴は板縞縮緬の長襦袢　　一
一絹布　更紗形、中形、中夜具　　一つ
一同敷布団　　二枚
一小児衣類、絹布、三枚襲　　一組
何《いず》れも身分の低い者の用うべき品ではない。
此の有力な証拠が顕われて見ると、吉五郎も倉造も、容易ならざる犯罪人と見做さねばならぬ。

愈々《いよいよ》その取調に懸った。
問「吉五郎、其方《そのほう》は少女を雪の中から拾って来たと申立てて居るが、それは偽りであろう、事実を有体《ありてい》に申立てろ」
吉五郎答「へい、偽りは申上げません」
問「今着せてある着物は何うしたのである？」
答「あれは私の死んだ餓鬼の襤褸《ぼろ》が、一枚残って居たのを着せて置いたので。それ故裄丈《ゆきたけ》も合いません。裸でも置けないので、本の間に合せに……」
問「然らば此の衣類は何うした品だ？」
と云って、私は、先ず、女児《こども》の友禅の三つ身を出して見せた。
と、吉五郎は吃驚《びっくり》したような顔をして、ジロジロとその三つ身を見て居たが、有繋《さすが》鳥居の数を潜った男だけに、直ぐに弁解の辞を思い付いたらしい。澄して、
答「一向に存じません」
問「存ぜぬとは云わさぬぞ、其方宅の天井裏に隠してあった品だ、さあ何うだ？」
吉五郎は腕拱《こまね》いたまま、
答「何、私のぼろ家に？　天井は鼠の御住居《おすまい》で、恁麼《こんな》立派な衣類などを、上げて置けますか。汚れます。」

と口の減らない事を云う！

「一時遁《のが》れを云うな、町役人五人組も立会い、役人が見出した品だ、此外にも沢山あるぞ、心得違いをしないで有体に白状しろ、痛い思いでもする気か」

吉五郎は無言で考えて居る。

畳みかけて、

「さあ何うだ、云え！」

と再応《ふたたび》責め付けた。そして取上げて来た品を皆出して見せた。

「さあ、これだけあるぞ、此品々は盗み物であろう、有体に申立てろ。」

それでも吉五郎は、

「存じません、どんな品が出ても知らぬことは申上げようは御座いません。色々な同居人も置き、留守中は友達が泊りに来る事もありますから、誰が隠して置いたのか知れませんが、私は存じません。世間では私の悪口を云う奴もありますが、此入墨が私の守り神、悪い心の動く時には、これを見て辛抱致して居ります。御前様、御慈悲で御座います。子供一人助けてやった恩が仇《あだ》、飛んだ御疑《おうたぐり》を蒙《こうむ》ります。万一私家《もしやわたしうち》から出た品なら、隠して置いた奴を御捕え下さい、明白に判ります、少し心当りも御座いやす。」

問「心当りは誰の事だ？」

答「同居人の倉造が隠して置きましたか、それとも先月まで居ました、入墨前科のある奴で、上州無宿の寅吉という、不届な奴が居ました、私が持て余した程の悪酷《ひど》い奴、強盗人殺位《ひとごろしぐらい》の罪状は、必然《きっと》持って居ると思います、奴がいけて置いたかも知れません、折々立廻って参ります。」

問「おのれ、外《そら》そうと思っても、その手には乗らぬぞ。牢へ遣って明日《みようにち》にも石を抱《いだ》かせても白状させるだぞ。最早遁るる事は出来ぬ、有体に白状すれば、餅も食わせて遣るが、手数を懸けるなら焔魔の庁で春を迎えろ、年内に首と胴と別にしてやるぞ。決心しろ、思い切の悪い奴だ。」

昔は俉儮芝居の台詞のような、叱言《こごと》をも云ったものであります。すると吉五郎は、
答「御慈悲で御座いやす、倉造を御捕えになって御吟味下さい、私は明白になります。」

問「黙れ、云う迄もない、倉造は既に召捕って来て居るぞ。」

吉五郎は半信半疑、倉造は遠く逃げて了ったと思って居るらしい。

吉五郎は一先ず奉行所の仮牢に留置く事にした。

三

偖《さ》て、町役人の召連れて来た小児を呼出して検分する。色白な、切禿髪《きりかむろ》の、上品な女の児である。決して賤《まず》しき者の娘ではない。何処かおっとりと、行儀もいい。唯だ人に恐れて、怖々《おじおじ》して居る。碌々《ろくろく》顔も持上げない。両手を挙げて、シクシク泣いて居る。名を聞くと、「コウちゃん」とも云い、亦、「ジョウちゃん」とも答える。

コウは本名、ジョウは敬語と思わるる。

「年は幾つに相成るぞ?」と聞くと手の指を四本出す。

前後の事情を聞糺しても、唯だ泣くばかりで、手の着けようもない。預り人も恐縮そうに、

「漸《ようよ》う此頃馴染みまして」という。吉五郎方で、余程酷く扱われて居たが為に、今以て恐怖して居るものと思わるる。

召上げて来た三つ身を着せて見ると、丁度裄丈もキッチリ合う。そればかりではない。預り人に袖を通されて、コウは、じろじろと見て居たが、始めて、欣《よろこ》びの体《てい》で、

「私の私の」という。己れの衣類なる事を知って居る。又、夜具を見せると、

「これも私の私の」という。

女衣類を見せると、

「お母ちゃんのお母ちゃんの」という。

それで、斯くの如き贅沢なる衣類寝具を用いて居るようでは、中流以上の身分ある者の娘には相違ない事が判った。

然し、それが如何にして斯の如き悪漢《わるもの》の手に懸ったか、疑問である。

其と、身分ある者の娘なら、速《すみや》かに町奉行所へ、捜索願をして来る筈である。

縦令《たとい》又願い難き事情があっても、三廻り役へは内々にて頼み込んで来《きた》らねばならぬ。

それが、娘が捕われてから、日数もハヤ七八日も経て居るのに、何《いず》れよりも、何の音沙汰もな

い。田舎より連れ込んで来たものでない事は、此の衣類、女児の言葉附でも確かである。即ち、女児は町役人へ、厚く手当を申付けた。

四

問「当時無宿と申立つる倉造、其方はいつまで吉五郎方に居た？」
答「へい、此間小児の事で、吉五郎が御取調になった時まで居ました。」
問「何故他へ移った？」
答「吉五郎が申しますには、駕籠屋も止めて此の小児を連れて田舎へ行くから、私《わし》にも田舎へ引込めと申しますから立去りました。」
問「あの小児は何うしたのである？」
答「雪の中で拾って来たと申して居ました。要らざる事をする奴だ、喧《やかま》しい、捨てて了えと勧めましても飲代《のみしろ》にする意《つもり》で手放しません。そんな事で私まで御疑を蒙り、御召捕になりました。飛んだ迷惑を仕《つかまつ》ります。」
問「吉五郎方に其方品を隠して置いたな、有体に申せ、偽っても詮は無いぞ、吉五郎は申立てて居るぞ、何うだ何うだ？」と畳み懸けた。倉造は齢《とし》三十一二、髪五分月代《さかやき》にして藍微塵の着物を着た、駕籠屋風情にはあるまじきいなせな男である。然し何処か貧に窶《やつ》れて居る。そして始めて縄に懸った奴らしく、ブルブルと顫《ふる》えて居る、心が落着かぬ。怖々して居る。

大変に叱り付けると、顫え声で、

「へい存じません、本当に存じません、何と有仰《おっしゃ》られても存じません。」

と押切って居る。即ち、犯罪嫌疑者として、仮牢へ留置く事にした。

それから小児コウの身許調、心当りの者の探偵に取懸った。

即ち、コウの人相、衣類、其他を委《くわ》しく取調べて、書取にして、町中へ総達しにして、「名主、組合限り取調べ、返答書を、奉行所へ、三日限りに差出せ」と厳命した。

すると町中は大騒ぎ、自身番屋には張出しが出る、家主は名主の玄関に呼付けられて、店子《たなこ》を調べる、五人組の月行事は其吟味で、誰の娘か迷い子になって居ないか、人淩《さら》いに淩われた女の子はないか、と、町中惣《そうがか》掛りで取調べるので、今なら新聞紙で広告をしたも同様、忽《たちま》ちの間に心当りの者は顕われ来た。

早いもので、其の触れが出た翌日というのに、本所横川町の名主方へ年の頃は七十二三の、小《こ》物体《ものてい》の男が、「その女児に心当りがあるから見せてくれ」と申して来たのである。

名主は一通り取糺した処、名住所《ところ》も云わない、何でも見せてくれればいい、違えばそれまで、相違無ければ、其時に名住所を云うと強情を言張って居る。如何取計《とりはから》いましょうと、其者を同道して伺い出た、と云うのである。

丁度、私は、倉造を、再調べ中へ名主が同道して来たと云うから、一応其者を取調べる意で席へ呼出すと、意外の騒動が始まったのである。

倉造の傍《わき》へ其男を呼出すと、

「やあ、おのれ、太《ふて》え奴め、此処に居たか、難有《ありがた》い難有い、神様の御蔭だ、天神様の御蔭だ。」

と叫び出し、宛《まる》で狂人の体である。

同心は見るに見兼ねて、

「これ、親爺、場所柄だ、静にして謹んで申上げろ、騒がしい奴だ」と叱られ、親爺は言ぅ事も後や先、

「へい、私は此野郎の御蔭で、毎日水を浴びて天神様へ命を捧げ、お嬢様の身代りになる意で尋ねて居ました。御蔭で思いも寄らぬ恁麼《こんな》処で、此野郎に出逢ったのだ。お嬢様は何処に隠してある、早く聞かしてくれ、一目見度い、それからでなくては申上げられない。」

「騒ぐには及ばない、其方尋ぬる女子《こども》はコウというか?」

「へい、コウコウ、それで御座《ごぜ》えます。」

「歳は四つか?」

「難有い難有い、四つ、四つで御座えます」

「それならば無事で居るぞ。」

「やれやれ、安心致しました、これで私は死んでもいい、何でも御聞きの通り申上げます。」

と、親爺は狂喜の体である。倉造は唯だ黙って俯向いて居る。

五

問「此の倉造の事を申立てろ。」

答「へいへい、言います、何でも言います、此野郎は大盗賊《おおぬすっと》で御座いやす、太い奴で御座います、同類が一人あります。」

と言ったが倉造の方を向いて、

「野郎、覚えて居るだんべい、俺を縛って、雪の最中、門柱に括って置きおったなァ、皆な言って遣るぞ。

家の中へ押込んで、病人の奥さんを、あろう事か、殺して行きおったなァ。

其上、お嬢さんと、衣類、夜具、金銭《かね》まで盗んで行きおったなァ。

憎い奴だ、天道様の罰当り奴《め》、それ見ろ、人を縛ったその報いで、おのれも今は括り猿のようになってけつかる。

好い気味だ、何故顫える、あの晩の事を御役人様へ申上げたが可《よ》かんべい、ヤイ野郎！」

と昂奮の体である。倉造は唯だ黙って顫えて居る。時々吃驚したように顔を上げては、憎さげに親爺の顔を睨む。

問「親爺、それは慥《たしか》に此者に相違ないか。」

答「へい、相違御座いません。」

問「して、其方は如何にして縛られた？」

答「へい、然《そ》う然う、五日の夜五時《いっつ》頃、雪の降って居る最中、御屋敷から来たと門を叩き、私《わし》が出て門を開けると何にも言わずに駕籠を担ぎ込み、私を押えて、『声を立てると、殺して了うぞ』と嚇《おど》かして、二人掛りで後手《うしろで》に縛り付け、臭え手拭で口を締め、息の留まるような苦しい目に逢わせおって、門の柱へ括り付け、それから内へ押込みました。」

「して、その屋敷は何《いず》れであるぞ？」

「本所猿江裏町御代官一川藤三郎《いちかわとうさぶろう》様の御下《おしも》屋敷で御座いやす、私《わたくし》はその屋敷守《もり》の下郎力蔵《りきぞう》と申します、歳は七十三歳に相成ります。」

「その屋敷には主人が居たのか？」

「いえいえ、御主人一川様は、何の訳だか腹を斬って御死に遊ばし、元奥さんのお新さんと申す方と、お一人子のお嬢さん、おこうさまと私《わし》が居たのだ。」

「其の奥さんの新という人は死んだか？」

「いえいえ、私と御用人さんの武兵衛《ぶへえ》さんと二人して介抱して、兎に角息は吹返させましたが、大病人を縛ったり、口を締めたり、其上何か酷い事をしたらしいので、気絶さして了ったので御座えます、唯今は死ぬか生きるかの大病、私も心配《しんぺえ》して居るのだ。」

「その武兵衛と申す者は如何致したのであるぞ？」

「へい、好い塩梅《あんべえ》に奥さんの見舞に来て私を助けてくれましたので、共に力を合せて盗賊《どろぼう》を捕えようと思ったが暫く縛られて居たのと寒いので手足も覚えがない程凍えましたので、御用人は刀を抜いて家《うち》へ入り、私は外で盗賊盗賊！　と呼んで居たが、何にしても雪は降り、近所も遠いので、野郎共は、裏口から逃げて了った。屋敷の案内を知って居たんだんべえ。」

「倉造、証人が出ては仕方があるまい、有体に申立てろ。」

「存じません、親爺何を吐《ぬか》す、老耄奴《もうろくめ》、顔に見覚えがあるもよく云える、雪が降って手拭を冠って居たぞ。」

「これ、倉造、其方は今問わずと落ちるという譬《たと》えの如く、自《み》ずから不問語《とわずがたり》に落ちたぞ。其方が知らぬものなら雪降りで手拭を冠って居たとは云えまいに。それ見ろ、口走って了ったではないか、思切って白状しろ。」

「へいへい、此奴《こいつ》は少し言い損じ、全く知らないので御座います。」

力蔵は耐《たま》り兼ね、

「ウヌ、顔に見覚えないもよく言える、おのれの冠って居た手拭で、おれが口を締めおったではないか。其時雪明りでちゃんと顔を見覚えて居るぞ。御役人様、此野郎に全く相違御座いやしない。」

「横川町名主、組合内の事だ、猿江裏町名主へ申通し、一川の先妻という新を、町人別《べつ》なら証人として呼出す。病気手当をして出られる程なら召連れて来い。又、武兵衛の住所を調べ、是又町人別なら共に召連れて来い。と至急に申通してやれ。又コウは力蔵に見せて宜《よ》い。」

と私は席を立った。

六

証人として呼出した新、及び武兵衛も、名主家《いえ》主五人組附添って出頭した。

新は猿江裏町家村幸《こう》方同居母、という名義。色白な、痩体《やせがた》の美人である。絹布に身を装い、如何にも病苦に疲れたる風情で、看病の婦《おんな》（五人組の内の一人の女房《にょうぼ》）に手を曳かれ、裾も懶《たゆ》げに嫋々《なよなよ》として居る。

然し、髪は如何にも黒く、五分玉の珊瑚の金簪《きんかんざし》にて毛巻にし、鼈甲《べっこう》の櫛を挿して居る風情が、如何にも妖艶である。

又、武兵衛は、袴羽織、武士体であるが、町人別に依れば、本所相生町《あいおいちょう》二丁目七蔵店《だな》、浪人、無職とある。

取調に懸る。

「新、其方は盗難に出逢うたそうな、其の証人として呼出したのであるぞ。」

「はい。」

「年は幾つだ？」

「二十五歳に相成ります。」

と云う声は何故か嗄《しやが》れて居る。

「いつから今の場所に住居して居る？」

「十一月二日より住居致して居ります。」

「其方は、元武士の妻であったと聞いて居るが、何人《なにびと》の妻であった？」

「御代官を勤めました、一川藤三郎の家内で御座いましたが、仔細あって離縁に相成り、娘幸《こう》の地面内に建てて御座います、今の家作に引移り、幸と一緒に、下男力蔵を召使って居ります。」

「一川藤三郎とは全く手が切れたのか？」

「左様に御座います、人別《にんべつ》も当町にあり、町人と相成りました。」

「盗賊の這入った夜の、顚末を申立てろ、盗難の事を訴え出てあるか？」

「は……、其後大病にて、今日御呼出しまでは人にも面会不致《いたさず》、武兵衛夫婦交《かわ》る交《がわ》る附添い、何事も聞くな、静に心を落着けて、養生しろと申しますので、如何《いかが》になって居りますか存じません。それに、御聞きの如く、声が立ちません。これは、元夫藤三郎変死の知らせを聞き、持病の癪《しやく》が差込みました以来、何うした訳か、斯様な容体に相成りまして、誠に御話も致し兼ね、苦んで居りました。」

「其時、賊は何人這入った？ 面体《めんてい》を認めて居るか？」

「は……、大病の中《うち》故苦痛に紛れ、面体、風体《ようす》もよくは覚えません。」

「此の衣類、夜具に見覚えがあるか。」

と云って彼の品々を差示した。と、

「それは私《わたくし》所持品で御座います。又、「夜具は幸の品……。」と新は涙含《なみだぐ》んで、「幸は如何致しましたでしょうか、其以来逢わしてくれません、案じられます。」と言った。

「其の幸は無事で居るぞ、後刻面会させて遣《つかわ》す、今まで幸の事を知らずに居たのか？」

「はい……。」と新は泣出しながら、「一旦盗賊の為に殺されまして、再び蘇生は致しましたが、弥々《いよいよ》重病にて枕も上らず、一室の内にのみ閉籠り、他人面会も許されませず、何事も存じません。」

と又涙を拭った。

「其方はまだ年若である。定めし両親も親戚もあろうに、何故武兵衛夫婦の外、人は来たらぬぞ？」

新は漸《ようよ》う涙を斂《おさ》めて、

「仰《おおせ》の通り、両親も、兄弟も、仲仙道熊《くま》ケ谷《がい》宿に居りますが、私の離縁、又一川家の変事後、度々迎《むかえ》の飛脚を遣《つかわ》すよう、武兵衛へ頼み、文を遣しました筈で御座いますが、今に音信が御座いません、これも案じられます。」

「医者は誰に懸って居る？」

「御医者様は存じません、武兵衛夫婦が交る交る、薬を持って来てくれます。」

それから武兵衛の尋問に移った。

七

「武兵衛、其方も新方盗難の節、出会った趣、力蔵申立に依って証人として呼出した。其方は一川に勤めた者か、身分を委細申立てろ。」

武兵衛答、

「はい、仰の如く、一川藤三郎方賄役《まかないやく》を勤めて居りました。先達って同家異変のため、御目附方御《お》検使後《ご》引払を仰付けられ、其以《それ》来浪人仕《つかまつ》り、唯今の住所に引移りました。」

「盗難の夜に出会《でくわ》した顚末を云え。」

「新病気見舞として、夜の五時《いつつどき》頃参り、門に入《い》りますと異様な魘《うな》り声、怪しく存じ、携えました提灯《ちょうちん》の光で透《すか》し見ますと、これなる力蔵が門の柱に括られ、猿轡《さるぐつわ》を嵌められて居りますから、唯事に非ずと存じ、駈寄ってその縛《いまし》めを解き、轡を脱し、尋ねますと、碌に口も聞き得ず、家内を指して、「これ、これ。」と指を出《さ》します。

漸う賊の這入った事と察しましたが、同夜は大雪、足許も覚束無く、二本の指を出しましたのは、二本差か、但しは又、二人の賊かは分りませんが、何せ、容易ならざる事と存じ、直ぐに抜刀致し、声を懸けて家内に飛入りましたが、最早賊は裏手へ逃げ出した様子、新の居間を見ますと、床《とこ》の上に縛られた儘、死んで居ります。引起し見れば、未だ温《あたた》まりあり、種々《しゅしゅ》に介抱致す内、力蔵も参り、共々手を尽して介抱の結果、漸う息を吹き返しました。

其節、脇に寝て居るべき筈の幸女《こうじょ》も、夜具、衣類、小遣の金銭なども見当らず、取散らしたる体は盗み去られたと存じ、跡を検《あらた》めますと、中の口には古草鞋《わらじ》二足あり、裏勝手口の戸を明け、賊が庭口より逃去った様子であります。

又、新は、過日旧主人の変死後、聊《いささ》か精神に異状を呈し、取留も無き譫言《うわごと》を叫び、時々持病の癪が差込み、其以来はとつと打臥《うちふ》し、御覧の如き重体で御座います。

与力問、

「容易ならぬ盗難の事を、何故所役人にも告げず、内分にして置いた？」

「それは新の希望にて、一川家の不祥事件もあり、引続いての此の災難、御上へ御訴え申し上げるも恐れ多い、損失は止む事を得ない、成るべく世間へ聞えぬようにしてくれと申す事、殊に神経は過敏となって泣悲み、或時には悔しい悔しいと呼《さけ》びます、成るべく心を静め、養生致させた方が宜しかろうと存じ、他人の面会をも避け、私《わたくし》夫婦交々《こもごも》代り合って昼夜介抱致して居りました。それ故幸の事も話さず、何事も介抱の上と存じ、打捨置きました。」

するると其時、力蔵は突然、

「申上げます、御役人様、此野郎も奥さんも駄目だ駄目だ、盗賊は先刻《さっき》見た野郎に間違え御座えません。今となって考えるとな、皆な共謀《ぐる》でやった狂言かも知れねえだ。俺《おら》あ此齢になる迄親旦那様の時から、もうはやこれ五六十年勤めて居るが、汝等《うぬら》が入ってから碌な事はねえだ。先刻見た縄附の野郎は、屋敷で見た侍のようだ。評判では此の武兵衛と馴れ合って太え事をしたと聞いて居る。それが為め今の旦那様も腹を切るようなことになったのだ。狼め、狸野郎共め、御役人様、此野郎共をお縛って吟味して下さったら、死んだ旦那も浮かばれますべい、死んだ先奥さまも成仏するだんべい、御願えで御座いやす。」

と叫び出した。

此力蔵は確かに一徹律儀な老人と思わるる。何か腹に据え兼ねて居る事があるらしい。因《そこ》で、一先ず、中座を命じ、此事件の関係人は皆表に出し、力蔵と猿江町の名主のみを附添人に残して置いて問うて見た。

八

「力蔵、其方は色々申立てるが、人に対して漫《みだり》に盗賊であるの悪人であるのと証言するのは容易ならぬ事だぞ。慥《たしか》な証拠が無くては言われぬ事だぞ。然し知って居る事を押隠すのは主家《しゅか》へ不忠、何事も有体に申せば、それが忠節になるのである。静によく考えて見て、心に有るたけの事を偽りなく申せ、皆聞いてやるぞ。」

「私《わし》は今まで嘘偽りを言った事はねえだ、思った事は誰の前でも言う。それ故に本宅で嫌われて、下屋敷番にして、一生飼殺しの約束だ。それも訳があるのだ。

親旦那の貧乏時代に、私が田舎の身代皆な注ぎ込んで貸してあるだ。それだから私を引取って、死ぬまで養うという親旦那の自筆の書付を持って居るだ。肌身離さない。今の猿江の屋敷を買った時にも、門番所は私が死所《しにどこ》に造ってくれたのだ。御尋ねなら何も彼もさらけ出すべい。

あのお新という女も、旦那の奥さんの内は私にも主人だ。離縁になれば他人だんべい。あの生ッ白《ちろ》い姿が駄目なのだ。

旦那が出役《しゅつやく》先で馴染になり、何でも熊ヶ谷の茶屋旅籠《はたご》の女中だとか、娘だとか、旅芸妓《げいしゃ》だともいうわい。

旦那がおッ惚《ぼ》れて手懸《てかけ》とやら、妾《めかけ》とやらにして、大金出して屋敷へ入れた。それから先《せん》の奥さんは気を揉み出して、夫婦喧嘩の絶える間は無い。

果は旦那が、打ったとか、蹴ったとか、叩いたとかいうので一旦気絶した。

それが因《もと》となって気狂いになった。

私は屋敷に居た頃だ。よく知って居る夫婦喧嘩には私がいつも仲人《ちゅうにん》だ。それから止む事が無いので私の部屋を檻とやらに拵《こせ》えて、入れて置いて、私は番人だ。

夜も昼も狂い廻る。私が行って食物《たべもの》を遣れば鎮まる。外の下女や男が行くと、毒が入れてあるといって、叩き付けるので、手余したよ。

あのお新の姿が見えると、それはそれは鬼のようになった。恨めしい恨めしいと怒鳴るのだ。

三年ばかり狂っておっ死んだ。葬式なんかは甚《ひど》いもんさ。

其跡へお新を奥さんに直した。子までなした本妻を見殺しにした。

それからはあの女《あま》が気儘次第。旦那の身代は皆なあの女に注ぎ込んで了った。顔は綺麗でも心は鬼だよ。まだ幾らもある、何から言うべえか。」

「新は一川へ来て何年になる。」

「然《そ》うさねい、五六年だ。」

「武兵衛はいつ来た？」

「旦那が御代官になって立身したのが七年前だ、其時抱えたと覚えて居る。」

「先刻見た倉造に見覚えがあるというが、慥に然うか。」

「今のように姿が変って居るが、能《よ》く考えて見ると元は立派な若い者で、侍らしくして居た事もある。

何でも、お新さんが来てから、折々来て、武兵衛と何か話し合っては帰る話し合っては帰るして居た。

先の奥さんを檻へ入れてから、人手が要るというので、武兵衛が世話で、侍に抱え込んだ。

旦那が家に居る時は静かだが、旅へ出役になると、跡は乱脈だ。

武兵衛の女房のおしげねえ、あの女《あま》も元は小間使の女中だ。それと武兵衛とクッつき合ったのを、お新さんの世話で夫婦にしたのだ。」

「其方はいつ猿江へ移った？」

「三年前さ。あの地面が売物になったと、出入の植木屋の藤兵衛さんが旦那に話した。元は銀座役人の別荘だった。立派な建物さ。それを買って、新規に修復したり、門番所を建てて私を屋敷守にしたり、本宅の邪魔物を片付けたのだ。俺《わし》は結局気楽で好かった。」

九

「新はいつから別荘へ移った？」

「折々来ては泊る事もあれば、役者や芸人を呼んで騒ぐ事もあったが、居付《いつき》になったのは先月末だ。夜遅く、武兵衛夫婦が、駕籠で送って来て、泣いて居るから、又旦那と喧嘩でもしたんだんべいと思って居た。」

「盗賊の入った夜、倉造の顔を慥に見たか。」

「それは間違ない。野郎知らないと吐《ぬか》せば、俺《わし》ひッぱたいても云わせて見せる。慥に間違御座いやしねえ。」

「其方は武兵衛を疑《うたぐ》って居るのか？」

「あの野郎悪い奴で、何でも今度の上屋敷大変で、色々な品を掠《くす》ね込んだ様子……。

それればかりではない。今考えて見ると、武兵衛め、屋敷を追払《おっぱら》われた時に、荷物を車に積み込んで、女房と一緒に別荘に来て同居をする意《つもり》の処、お新さんが置かないので、大層喧嘩をした様子だが、お新さんは何うした事か声が立たぬ。

蔭で聞いてては、お新さんのいう事は分らんが、武兵衛とおしげは、お新さんの事を、やれ不実だとか、薄情だとか、散々に毒付いて居た事は知って居る。

又、お新さんの泣くのが聞えた。私が行くと、彼方《あっち》へ行け、内談だと武兵衛めが吐《ぬ》かして寄せ付けぬ。

到頭又車を挽き出して、今の相生町へ落着いたのだ。

それから毎日、武兵衛とおしげは、交《かわ》り合で詰め切って居た。

それから一日置いて盗賊が来た。その日に限って、夕刻おしげは帰り、其跡へ賊が来た。然うして見ると、倉造と馴れ合で来たかも知れぬ。

盗賊が駕籠を持って這入ったという話は、私七十三になるが聞いた事はない。

お新さんを担ぎ出す意《つもり》では無かったろうか？　一向に合点が行かぬ。」

「盗難後、其方はどんな事をして居た？」

「武兵衛が申すには、俺がうかゝと門を明けたから賊が這入ったのだ。縛られるような意気地無し、大事なお嬢さんを盗まれたのは貴様の罪だ、何でも探し出せ、見当らぬ内は此屋敷に置かぬ、と吐かしたが、そんな嚇《おどか》しは怖ろしくはない。彼奴《あいつ》に追わるる道理がない。併しお幸さんは不便《ふびん》だ。

先奥さんの産んだ旦那の子だ、唯《たっ》た一人の跡取娘だ、よくよくの事で旦那は腹を掻切《かっき》って死んだんだんべいが、子を思う故に、金や、地面や、衣類《きもの》や、家までくれて、死ぬ前にちゃんと移したんだ。お新さんの離縁もほんの表向ばかりだ、お嬢さんが可愛《かあ》いいから、こんな事をしたんだんべいと考えると、俺はぁ涙が出ます。

その大事な一人子を、悪者に奪われて堪るものかと思い、先刻《さっき》も申上げた通り、天神様へ願懸して、探して居たので御座えます。その御蔭で本望遂げました。

まだあるある、近所で聞くと、盗難後、相手は誰だか知らねえが、別荘から、荷車で、長持なんかを何処かへ運んで行ったともいう……。」

「それは誰から聞いた？」

「へい、長屋内の植木屋のかみさんで。」

「名は何という？」

「へい、いつも植木屋のかみさんで通ってるから、名は知りましねえだ。」

此の力蔵の陳述を綜合して考えて見ると、半ばは想像もあるが、皆否定する訳にもならぬ。何でも武兵衛と倉造には、深い関係連絡があるらしく思われる。

先刻の取調にて、武兵衛にも疑いがあるので、彼れの周囲、留守宅の方へも、定廻りを出役させて探索さしてある。

武兵衛宅へ出役の定廻りより報告が来た。

「武兵衛腰掛の茶屋（今の人民控所或いは待合）より妻しげへ送った手紙、またしげ居宅に於て有力な証拠を得た。後刻しげを同道して出頭、委細に上申す。」

とある。

夕七時頃《ななつどき》（今の五時頃）定廻りは、しげを連れて出勤した。私は委細の報告を聞く事が出来た。その結果、又、此のしげをも、縄附にせざるの已む無きに至った。

十

吉五郎は牢より引出した者故、牢屋の同心が附添って、横目非人が縄尻を持って、俗に横目縄というに縛ってある。足には梏杻《ほだ》が嵌めてある。

倉造は牢預け中《ちゆう》故、是も同じ事。

新、武兵衛、力蔵は、証人という名義に付、名主家主五人組が、羽織袴で附添って居る。

罪人、証人、五人一列に並べ、其の背後に附添人は着座して居る。

牢屋同心のみ立って居る。羽織、着流しにして、小刀《しようとう》を帯して居る。

与力問、

「新、武兵衛、其方共は見知人《みしりにん》として呼出したのである。偽りを申立てては為にはならぬぞ。有体に申せ。

是なる吉五郎倉造に見覚えあるか？　新、答えろ。」

新は漸う面《おもて》を上げて、

「両人とも見知り御座いません。私《わたくし》は大病中、目も眩《くら》み、其上碌々口も利けませず、苦しい中を無理に引起され、色々と酷い目に逢いましたので、夢中同様、よく覚留めません。」

「全く見た事の無い人か、よく見定めて答えろ。」

「見覚御座いません。」

与力問、

「武兵衛、何うだ、慥《しか》と見定めて言え。」

武兵衛、答、

「見覚御座いません。殊に盗賊の入りました時は、逃げた跡へ踏込みましたので、賊の姿にも覚御座いません。」

「弥々《いよいよ》相違無いか。」

「相違御座いません。」

「両人とも不届な奴だ、奉行所に於て迄偽りを申立てる上は、両人とも心中に疾《やま》しき処あって偽るのだな。然らば言って聞かせよう。此の倉造は元武兵衛、其方が取做しに依り、一川家に抱え入れた、堤蔵造と申した化け侍であろうが。それまで明白に知れてあるに、猶此上にも偽りを申すか？」

武兵衛は無言で居た。が、新はこれを聞くと同時に癪を起し、白洲の上に反り返って了った。附添、町役人等は驚いて介抱する。

「暫く溜りへ下げて介抱しろ。」と命じた。

溜り（公事人溜りの略語）というのは、構内にある、謂わば今の傍聴席である。与力の席からは見通しになって居る。昔も珍らしい吟味ものがあると、溜りは傍聴者で一杯になった。調所《しらべしょ》の入口には、厳重な潜戸が附いて居るのであるが、門を入るのには名刺も要らない、又番人も居ない。傍聴は当人の勝手次第であった。然し当人は威勢に恐れて居るので、態々《わざわざ》物好に聞きに這入って来る者は少い。何にか事件関係にて、出頭して居る者が、多く控えて居たのである。

与力は再び、

「武兵衛答えろ」

武兵衛はその騒動に聊か面食いながら、

「恐れながら、何かこれは人違いか、又此の力蔵奴《め》が麁忽《そこつ》の申上を致して御調べに相成ったのでは迷惑千万に存じます。いかさま堤蔵造と申す者は、仰せの如く旧主人方へ抱え入れましたが、此男とは似ても似付かぬ人物で御座います。最っと色白な好い男で御座いました。」

「違うぞ違うぞ、駄目だ駄目だ……」

と突然力蔵が呼び出した。名主は驚いて、

「静にしなさい、御尋ねの時に云う事だ。」

与力、

「力蔵の申立を採り用ゆる而已《のみ》ではないぞ、他にも慥な証人があるのだ、それでは知らぬと申すか。」

「一向に覚御座いません。猶お本人へも御聞糺しを願います。倉造は同音でありますが、堤蔵造のくらは蔵……」

「黙れ、口幅ッたい事を申すな、主家の盗み物を多く質に入れ、また取隠して置いたであろう、それでも猶知らぬと申すか？」

「これは又意外の御言葉、以ての外で御座います。」

与力、

「此上は一通りでは言うまい、下役《したやく》衆、武兵衛に縄を掛けなさい！」

下役同心、

「詰番、縄を掛けろ！」

詰番二人は、直ぐに飛蒐《とびかか》って武兵衛を後手に縛って了った。

武兵衛は猶平然として居る。与力、

「此上は、厳重の吟味を致すぞ。不届者！　天の罰当り奴が、有体に白状しろ、此の質の通帳《かよい》は何うしたのじゃ？」

と云って先ず、出役が午後、武兵衛の留守宅に於て召上げて来た証拠の品を見せた。

武兵衛は青くなって顫え出した。そして、

「これは何うして、はて、合点の行かぬ事、何とも申上げようが御座いません。」

「これでも猶知らぬと申すか、まだ有力な証拠があるぞ。」

それでも武兵衛は、

「全く覚御座いません。」

「其方は、一川家にては、三一《さんぴん》であった身分、然るに多くの金を貯えて居るが、その訳を申せ。」

「覚御座いません。」

「まだあるぞ、其方の家には、多くの上等女衣類、子供物迄沢山に貯えて居るのは何故《なにゆえ》だ？」

「存じません。」

「下役衆、女の縄附をこれへ出しなさい。」

始めてしげ女をそれへ引出した。

「武兵衛、此女をも知らぬと云うか？」

武兵衛は一目見て恐れ戦《おのの》いた。

「へい、これは、私《わたくし》妻、何御用あって御召捕になりましたか、不束者《ふつつかもの》ながら盗賊の御嫌疑などを蒙るべきものでは御座いません、至って正直者……」

「黙れ、正直者が賊の手伝をするか、亭主の云うが儘になる故に正直者というのか、白痴者奴《たわけものめ》が、女房の申立を聞いてから言え……」

十一

「武兵衛妻しげ、其方先頃申立の趣、有体に申せ。」

しげは成程小間使上りらしく、余り品の好くない女である。然し顔は満更ではない。色の浅黒い、小肥りに肥った何処か無智な女である。

其時しげは武兵衛に向って、

「もう駄目だよ、お前さん、お前が強欲なばっかりに、私まで恁麼《こんな》目に逢って了ったんだわ。私が留めた時に止めて了って、早く逃げれば何の事はなかったのだ。余《あん》り深入仕過ぎて、御主人の罰が今当って来たんだ。私は皆な白状して了いましたよ。何うして隠す事なんぞ出来るものですか。今朝お前さんの出た後へ、御役人方がどかどかと押込んで来て、私を押えて置いて家捜《やさが》しをなすったんだもの。

天井から縁の下まで探されたんだもの、耐《たま》るものですか。

縁の下に生けてあった、御金は皆な出して了うし、天井裏に隠してあった、包みも、それから中の物も。

あの中には、色々な、手紙もあれば品書もあり、それに質屋の通帳《かよい》があったので、大概の品は質屋に預けてある事も、皆な発覚《ばれ》て了いました。

それに、御組合の衆も男は一人も居ないで、朝御前と一緒に出て了った後だから、近所のお上さん達に色々な事を饒舌《しゃべ》られて、皆なの口からも発覚《ばれ》て了いました。

又、旦那方は、質屋の品も皆御取寄せになり、私に見せて、『恁麼立派な品が味噌摺用人三一の女房の品か』と冷評《ひやか》されて、私はほんとに冷汗を掻きましたよ。

其上御嬢さんの御振袖なんかも、沢山にあるんだもの。御金もああやって沢山にあるし、何と申訳が立つものですか。

皆な知って居るだけの事を、有体に白状して、口書《くちがき》とやら へ爪印《つめいん》して、縛られて送られて来た人ですよ。

お前も仕方がないと諦めて、永年御恩になった御主人様へ、お互に我儘をした上にも、恁麼悪い事までしたんだから、罰が当らずに居るものかね、有体に申上げておくれよ、今となっては切《せ》めてもの罪亡《ほろ》ぼしというものだわ。」

と泣声《なみだごえ》立てて言うのであった。有繫《さすが》強欲無道なる武兵衛も、然《そ》う云われては顔をも得《え》上げず、絶念の体であったが、

「もう致し方御座いません、私の智恵が足りず、今一歩《ひとあし》という処で、残念に存じます。今朝家を出る時には、恁《か》く迄速《すみや》かに露顕も致そうと存ぜず、万一御調の模様が悪かったら、其時遁《に》げても遅くはあるまいと思って居ましたが、天の網は免《のが》れられません。先刻《せんこく》中座の時にも余程遁げよう

かとも思いましたが遅れました。」

与力、

「先刻中座を申付けたは、其方の挙動《ようす》を見る為であったぞ。それ故其方が先刻腰掛茶屋より、妻へ送った手紙も途中にて召上げてある。天の網は既に其方の身に懸って居たのじゃ。」

「何うも恐れ入りました。逐一有体に申上げます。然しよく御聴取《おききとり》を願います。

あれなる新も、旧主人では御座いますが、全体が悪人で御座います。先ず己れの夫を殺し、その妻を殺し、一川の家を潰しましたも、亦私共夫婦が併𢫨大罪を犯すようになりましたのも、皆《みんな》その起りは新の身から出た悪縁で御座います。私悪事を白状致します代り、新の悪事をも申上げます。」

与力、

「武兵衛、其方は引かれ者の小唄とやら、恩のある主人の妻、殊には最愛の妻に対して、今病中にあるものの為に、余計な事は申すに及ばぬぞ。」

「御慈悲《なさけ》の御言葉では御座いますが、女の顔や姿に執着して、可惜《あたら》家名を潰し、身を誤る者も世の中には多い事と存じます故に、一応申上げ度いので御座います。亦私の罪状も、彼れの行状から申上げねば順序が立ちません。」

与力猶、

「証拠のある事なら聞きもしようが、無証拠の事はいうに及ばぬ。その意《つもり》で事実のみを申せ。」

「はい。」

十二

「新は元が熊ヶ谷の賤《いや》しき者の娘、彼を一川の家に入れますと、先の奥方は嫉妬の為めに、夫婦の中も悪しくなり、終に心も狂いましたを、一室《ひとま》に押込め、無理非道の事を致して、碌々食事も与えず、干し殺しにして了いました。その後へ新に仮親を拵えて、公儀を偽り、本妻に直したもので、これだけでも藤三郎と新に、今日の事あるは、又余儀ない応報かと存じます。

次に少女幸の身の上で御座いますが、是は先妻浪江《なみえ》の娘で御座います。

又、倉造は、先刻も御尋ねの通り、蔵造と申して、元は熊ヶ谷宿の、呉服問屋の子息《むすこ》で御座いましたが、熊ヶ谷に居る頃よりの、新の情人《こいびと》にて、一川家へ新が参りて後《のち》も、度々無心に参り、手余しました故、侍に抱え込み、私が騙して置きました。が、藤三郎旅行中に、新と関係致し居る事は、私共夫婦はよく知って居ります。然かも此の弱き尻を知って居ります故に、私妻しげは、元は小間使から仲働《なかばたらき》に経上った女でありましたが、それと私とを娶《めあわ》せて、先妻の病室であった部屋を修復致して私共の部屋に与え、即ち夫婦者の勤め人となし、給金をも増してくれ、私は勝手賄、又妻は女中頭、取締と申すので、万事を取仕切り、勤めました。それ故、藤三郎旅行中は、倉造は新の男妾《おとこめかけ》同様でありました。

今となり、新は知らぬと申すかも知れませんが、先刻倉造の事を新に御尋ねになりました時、新が卒倒致しましただけでも、大凡《おおよそ》は御判りの事と存じます。

それ故、主《しゅ》を見習う末で、私共夫婦も藤三郎の留守中は、気儘勝手を働き、随分内分の貯えを拵えました。

其後倉造の事を藤三郎が心着きました故、彼を追出す手段《てだて》として、藤三郎の金二百両を、倉造に盗み取らせ、私が追出しました。

新は気儘者にて、美味い物は好き好み、奢侈贅沢は仕放題、呉服屋、小間物屋、自分の身に附ける物なら、流行《はやり》に委《まか》せて、何でも金に糸目は附けず買入れます。

藤三郎の身代は、新の為に費すので、それはそれは年分に積りましたなら、夥しい高《たか》に嵩《かさ》りました。

又、芝居の見物には、いつでも替り目替り目毎に、欠かした事はありません。それも見物に参るのやら、見られに参るのやら判りません。

衣服、髪の物、下駄、履物にまで、流行物の美を尽し、供の女中まで綺麗にさして、出入の芸人に迄御供をさせて出懸けるので、誰も彼も奥様奥様と敬いますので、益々増長致すのみ。その日の入費《にゅうひ》も懸り次第、私共夫婦は一人ずつ、必ず贔方に供を致しましたので知って居ります。然しこれでも大分頭を刎《は》ねました。

然う云う風で、新が参ってから纔《わずか》に六年の内——彼が来た時は風呂敷包一つで来たものが、先《せん》達《だつて》猿江へ引移りますに就け、運びました物だけでも、簞笥が五棹、嬢さんの分が二棹、外に葛籠《つづら》が二つ、大包が五つ、夜具長持が三棹《さお》で、其外雑具は二車《ふたくるま》ありました。

又猿江の別荘に置いてある、夜具蒲団は、御客分とも十人前、茶道具其外沢山の品がありましたが、皆新の所有《もの》となりました。

又、新親子を俄に猿江へ連れて参る時にも、新の駕籠には藤三郎より手当に貰った金は小判で六百両、幸と私妻と合乗《あいのり》の駕籠にも、新の手許の貯え金銀、取纏めて、手箱に入れた分とも、四五百両はありました。

然し、恁麼《こんな》秘密を知って居るのも、私夫婦きりであります。

新を俄に猿江の別荘へ送る途中、私の心の中《うち》には、色々な煩悶が起りました。

此時から、私には、悪心が萌《きざ》したのであります。

『何の、高が女一匹、それに彼は氏素性も知れない女である……』

と、そんな事をも考えました。」

十三

「其翌日、新の諸道具類を、本宅から送る時にも、私が宰領致して参りましたが、その途中でも恁麼事を考えました。

『恁麼に多くの荷物もあり、まだ年も若い縹緻《きりよう》の好いあの女、それに猿江の別荘もあり、嬢さんは居てもまだ小さい、藤三郎からは離縁をされた身分、恁麼女を人手に渡さるるものか、何うしても手に入れ度い。』

と存じました。そして、おさんどん上りの此のような私女房、こんなお多福面《かめづら》と何うしたら乗換える手段があろうかと存じました。」

其時しげは、

「あら憎らしい、あんな事を言ってるよ」と脹《ふく》れた。然し、武兵衛は頓着無く、

「そして、兎に角、新に親切を尽して、惹《ひき》入れようと思いました。

処が計らずも主人藤三郎の自殺騒ぎで、それに驚き、新は持病の癪が起りました。

其節、何うか致そうかと思いましたが、しげが居ては邪魔になりました。

又、屋敷の事も捨置かれず、迎いの者も急ぎますから、力蔵に申含め、跡を委せて、しげを連れて帰りました。

其夜、屋敷に宅番の者が附いて居ましたが、酒を振舞い、寝かして了いましたを幸いに、夜半《よなか》に屋敷を忍び出でて途中から辻駕籠に乗って、別荘へ参りました。

その途中、悪意は二様に浮《うか》みました。

其一は、新の驚きと歎きに附入って、真実を表《あらわ》して、欺いて手に入れ、無事に財産ぐるみ自分の所有《もの》に為そうか。

其二は、色慾を離れて荒仕事をし、大金と家財とのみを奪おうか。

と、色々苦心を致しました。

扨《さ》て、新に面会を致して、委《くわ》しく藤三郎の事を話しましたら、狂気の如く泣くやら、悲むやら、何うしても落着きません。手の附けようも御座いません。亦々重く差込んで夢中となって了いました。其節手込《てごめ》な事も致しましたが、それさえ知らずに夢中で居ます。

是では何うも仕方が無い、心静《しずか》に計るより外に仕方がないと存じましたが、私が帰った後で気が着いて、親類などへ知らせるか、邪魔物が入るかも知れぬ、一層思い切って殺して了おうかとも存じましたが、力蔵も居り、幸も居る事、一夜の仕事では跡始末が迚《とて》も付かぬ。それよりも一先ず新の五体の利かぬようにして置き度いものであると、色々工風《くふう》を致して、力蔵には薬を買って来ると申して、近所の薬種《やくしゅ》屋に駈付けまして、水銀を買って参り、歯を食い縛って夢中で居りますす新の口を割って、その水銀を流し入れて飲ませました。

跡は力蔵に頼んで帰りました。

其翌晩に、屋敷を忍んで出て、猿江へ様子を見に参りましたら、力蔵は困り切って居ます。『奥様は大病で、今日も寝た切で起きる事も出来ぬ、お嬢さんは泣いて仕方がない、終日《いちにち》負うた限《きり》で居る』と申します。

又、新の容体を見ますと、口も利けず、苦んで居ます。

体を揺って見ましても、碌々知覚もないようであります。力蔵には、

『何うしても屋敷が昼は手が放されぬ、其内には片付くから、もう少し辛抱しろ。奥さんは此儘寝かして置けばいい。雨戸も開けるな、門を閉めて、お嬢さんは、昼は負《おぶ》って表に出て遊ばせろ』と申付け、小遣銭を遣わし、

『又明日来る』と申して其夜も帰りました。

其翌日、屋敷の方も片が付き、私は俄浪人となり、屋敷を引払って、新の方へ同居致す心得《つもり》で、荷物を車に積んで、しげと共に移りましたが、其節、新は気が付いて居りましたが、如何に申延べましても、病中ながら拒んで聞入れません。余儀無く今の処へ家を借りて移りました。」

十四

「あの盗難の夜も参るとあの始末。力蔵は門柱に縛られて居る。切解《ほど》いて様子を聞くと、賊が這入った様子。新は人事不省で居ますが、まだ温まりがありますから色々に介抱致し、漸う息を吹返しましたが、非常の発熱。然かも夢中で物狂わしい体《てい》。

同夜《そのよ》は私と力蔵にて介抱致し、翌朝妻の此のしげを呼んで介抱致させまして、私は土蔵を改め見ますと、錠も其儘、別条無く、紛失物は聊かあれども、少女幸の不明には驚きました。

が、一層亡きも跡の為と存じ、此の力蔵が居ては万事の邪魔になりますから兎に角お幸の行方探索のためと申して、朝から出しました。」

力蔵は又「然うだ然うだ、それに違いない」と叫び出した。

町役人は又、

「静かに静かに」と宥《なだ》めた。

武兵衛は又言葉を続けて、

「力蔵留守中は私共夫婦のみ。新は大病、また夢中も同様。すやすやと寝るかと思うと、突然魘《うな》されて異様の声を立てます。

近所へ聞えてもならぬと存じ、寝室は雨戸を閉め切り、又屏風で囲って置きました。偖《さ》て、それから、土蔵の中を改めますと、簞笥も何も其儘でありますから、先ず第一に金を探し出しましたら、小判で六百両、これは先刻も申しました通り、藤三郎より新に手当に遣しました金、其外新の貯えた金は七百両余《あまり》、合せて千三百五十両ありましたが、これを盗み取り、私宅へ持帰り、縁の下へ深く埋《うず》め置きました。

又、衣物《きもの》は如何にも沢山ありますから、旧主人方へ出入致した、中の郷《ごう》の質屋中川屋八兵衛方へ参り、品よく申偽り、番頭を呼寄せ、奥方分として、女衣類の上等物、取交ぜて二百五十品、嬢さんの分、同じく五十品、夜具上等の分十人前、茶道具一式で百品に纏めて、簞笥長持葛籠《つづら》に入れて、『此度の事件（主人変死）に付、奥方の里熊ケ谷へ俄に帰らるるに就き、追て差送るまで預けて置く。代金に望みはないが、種々《いろいろ》都合もあるから』と申して、私置主にて、金参百両借り、質入に致し、明細に記した通帳《かよい》を、私名宛で受取り置きました。

先刻御見せになりました通帳、兼川町質屋伊勢屋市兵衛方へも、度々に質入致しました。新全快の上は皆盗賊に取られたと申して置く意《つもり》」

力蔵は又叫んだ。

「太え奴だ太え奴だ」

名主、

「静に静に」

武兵衛は猶言葉を続けて、

「其外又、地券も奪い、新の印形《いんぎょう》も拵えて、私は幸の後見人という事に、名主へ届け置きました。又、地所も家作も買人《かいて》も見付けて売るか、又家質《いえじち》に入れて金の千両も借りる意で、内々探し、これも中川屋に略《ほぼ》相談が纏まり懸って居りました。

新は口も碌に利かず、どっと寝て居るので力蔵やしげの居ない時には、介抱と称えて、厭がるものを無理に手込に致し、私の情慾を遂げて居ました。

恁麼《こんな》悪い心の起ったのも、皆先妻の執念にて、私は鬼のような人間になり、新へ祟りを為したかと存じます。

それのみでもまだ足りずしてか、此倉造や吉五郎にまでも、新は辱《はず》かしめられた事と思います。目には見えませんが、お新が煩って苦しんで、囈言《うわごと》を申す時には、屹度先妻浪江の事のみを申して居ます。

悪業で御座います。今日御呼出しは、床の上から無理に連れて参りましたから、土蔵の中の紛失物は知りますまい。

此事を聞いたら定めて恐怖と落胆とで死ぬであろうと存じます。縦令《よしんば》又命数あって活きては居りましても、我々が御仕置になれば、必ず彼は活かしては置きません。」

力蔵、

「非道い事を云う喃《なア》……」

町役人、

「静に静に。」

十五

与力問、

「新を殺す意《つもり》であったか、恁くなる上は何事も有体に申せ。」

武兵衛、

「はい、一層殺して了おうとは、幾度も思いましたが、あの美貌に未練があり、息ある内は慰み物に致し、情慾を遂げて居ようと思いました。其内薬も与えず、食物《くいもの》も碌々与えませんから、二三日の内に死ぬだろうと思って居ました。」

「して、力蔵は如何致す意であったか？」

「此の親爺の口から露顕致すも知れぬ、新が死んだ後《あと》の邪魔者はこれ一人故、実は殺すより外はないと決心致し、今一日後れたなら、殺す意でありました。残念に存じます。」

力蔵、

「汝《うぬ》のような奴に殺さるるか、馬鹿を吐《こ》くな」

町役人、

「静に静に」

「しげには一切話したのか」

「新の事だけは隠して置きましたが、盗んだ事は勿論、一緒に致した事なので、彼は早く金を持って江戸を立退けと申しましたが、それでは事足りぬ、毒を食わば皿までと存じ、皆な奪う意で御座いました。

斯様に早くお幸が見当り、又倉造等が御召捕になろうと気付きませんのは、天命で御座います。新の親戚も熊ヶ谷に御座いますが、是れも、新からは再三再四、頼まれては居りましたが、何事も知らせませんで御座いました。知らせると事が面倒に成りますから。」

与力、

「吉五郎及び倉造、聞く通りだ、有体に白状しろ。」

吉五郎は大胆不敵、顔の色をも動かさない。

「へえ、驚きましたな、私《わし》より余程上手《うわて》の奴が出て来ました。此事は一体、倉が悪いので、どじな奴で、天保銭は仕方の無いもので御座いやす。あの時高飛をすれば恁麼事にはならなかったので御座います。倉が一体発意案内でやった仕事で、金は十両と少しばかりの品、あの女を一度慰んだばかりで、首の年貢を納めるような事になっては、安いもので御座います。御前様、有体の白状致します、御慈悲を願います。ヤイ、倉、手前《てめえ》から申上げて了え。」

「倉造何うだ、有体に申立てろ。」

倉も断念《あきら》めたか、

「へい、何も彼も浚け出して了います。あのお新という女《あま》は、元屋敷へ上らない前から、私の情婦《いろ》になって居たので、仲仙道熊ヶ谷宿の、旅籠屋の貰い娘で御座います。

私も土地では、少しは人に知られた商人《あきんど》の倅《せがれ》で御座いましたが、彼奴《あいつ》の御蔭で遣い過ぎ、その儘家《うち》は勘当され、遊び人の仲間に入って、一文無しのからっけつになると、不実にも一川藤三郎という、御代官へ乗換えて、江戸の屋敷へ出て来たというので、御役人の威光を借り、手切話を致しましたから、私ゃあ後を追駈《おっか》けて行き、一川の屋敷へ乗込み、たんまり手切を取る意の処が、一川の旦那は出役中だというので、此の味噌摺の武兵衛が仲に這入って、其時百両くれました。

不足では御座いましたが、又来る意。二つ返事で貰って帰ると、金の蔓を見付けた思い、銭なしになると又居坐《いす》りに行き、其都度武兵衛の取扱で、二十三十と貰いましたが、然う然うは際限が無い、幸い無人であるから奉公せよと、武兵衛が勧めますので、それも好かろうと、化け込んで俄拵えの侍となりました。

処が、お新は、前の奥さんを苛《いじ》め殺して了い、其跡釜へ坐り込んで、奥さんだとか何だとか、異《おつ》う大きな面《つら》をして居ます。が、元はといえば私の情婦《いろ》、旦那が居ない留守中は、矢張り焼木杭《やけぼっくい》で私の持物でありました。」

十六

「此の武兵衛も知って居て知らぬ振。その代り此野郎も太い奴で、幾ら横着をして居たか知れません。

然う云や、旦那の一川も太い奴、お上の御金を誤魔化しては遣い込み、贅沢三昧をして居ました。

皆な化けの皮を剥《む》いたら、盗賊《どろぼう》の寄合です。

此秋《とき》、此奴《こいつ》に唆《そその》かされて、私が一川の机の上にあった金を、二百両盗んだのを見附けられ、手討に致すとか何とか嚇かしましたから、直ぐに其場を逃げ出して、その金のある内は、飲んで、打って、遊んで居ましたが、その金も尽きて了《しも》うて、博奕《ばくち》場で此の吉五郎と懇意になり、満《つま》らん辻駕籠屋の片棒に落魄《おちぶ》れて居ました。

処が、先達ての夜遅く、両国の橋向うで、取替えた侍客を、裏猿江へ担いで行って見ますと、それが思いも寄らねえ、元主人、一川の別荘。

『はてな、今の客は一川ではない、誰か知ら?』

『急用で直ぐに帰る、待って居ろ』と言置いて行ったが、と思ったが、案内は解って居る、屋敷内へ入り込んで、のそのそと見て歩くと、奥座敷で突然女の泣声がします。

弥よ《いよい》不思議に思いましたから、雨戸の外へ忍び寄って能く聞きますと、主人藤三郎は今朝自殺したが、発狂か、子細あってか、解らんが、兎に角貴女に宛てた書置があったから持参した、という知らせの使……。

飛んだ事が出来たな、然し人の不幸せは、此方《こっち》の幸い、天の与え、泣いてるのはお新に相違ない、女《あま》が此家に居れば又金の蔓を見付け出したも同様だと、私は喜びました。

其内、其侍は、何か慌しく出て来そうにしますから、私も驚いて飛んで出ると、『何処か此処等に薬屋は無いか』と、暗闇で尋ねますから、吉と二人で教えてやりますと、其侍は飛んで行きましたが、女め、又癪を起したなと、考えて居る間も無く、侍は帰って来て、又奥へ入って行きましたが、余程経ってから又出て来て、『さァ帰るぞ、五番丁だ、急いでやってくれ』と申しますから、五番丁まで送って行くと、一川の屋敷……。

思いも寄らず門前で、酒代《さかて》を一両貰いましたが、其時チラと提灯の光で、顔を見たら此の武兵衛。先では些《ちっ》とも気が付きませんでした。

それから、翌日は裏猿江の屋敷の様子を探り、近所ではそれと無く様子を聞いて見ると、二十四五の美《い》い女と、女の子が一人、親爺が一人附いて居ると申しました。

因《そこ》で慥にお新と突留め、吉五郎へ惚話《のろけ》半分お話を致しますと、『そんな女《あま》なら手段《てだて》をして、連れ出せ』と申します。

それから、色々と工風中、金に詰り、『無理往生に連れて来い、俺も手伝うから』と申しますから、駕籠を持って、行って見ますと、雪は途中から降り出し、寒さは寒し、凍えましたから、酒を一杯前祝いにと、おでん屋で四五本倒して、その勢いでお新の屋敷へ駈付けますと、此親爺め、本当に屋敷から来たものだと思って、門を明けましたから、先ず手始めに親爺を縛り付け、門柱に括り付けて家内《やうち》踏込みましたら、お新の女め、立派な夜着に包《くる》まって寝て居ます。

呼び起して、

『おれだ、迎いに来た、一緒に行け』と申すと驚き、病気だと申して応じません。

声を立てそうで御座いますから、吉が猿轡を嵌め、腕を背後《うしろ》に廻し、扱帯《しごき》を解いて縛りました。そして、

『駕籠を早く持込め、乗せるから』と申しますから、私は駕籠を取りに玄関へ出て持ち込みますと、吉の野郎奴、手早くお新を押伏せて慰んで居ます。

其内餓鬼が泣出しましたから、布団で包み、声が外に洩れぬようにして、細帯で縛り付けて置き、それからは夢中同様、酒の勢いで、二人して、交る交るにお新を慰み物に致して居ますと、何うやらお新は死んだようであります。

気が付くと、表門の方で人声がする。此の親爺の叫び声も聞えて、外には人が来たらしい。大変と存じ、手当り次第に、有合せた物を駕籠に押込み、裏口から逃げ出しました。其時、お幸も、夜具と思って、駕籠に入れて担ぎ出し、吉五郎宅へ逃帰って見ますと、小児《こども》が包んでありましたが、今更殺す訳にもならず。吉が申すには、『牝《めす》だ、売飛ばせば金になる』というので、昼は吉が連れ出して、売歩いたので御座います。

又衣類其外は、『恁麽《こんな》上等品は売れば直ぐに足が付く、天井へ隠して置け』と申して、上げて置きました。

ヤイ、吉、手前《てめえ》も申上げろ、俺にばかり言わして置くな。」

「吉五郎何うだ、有体に申せ。」

「唯今倉造が申上げたような訳で、あの晩の事は、一杯機嫌で、夢中のように思いますが、金はたった十両ばかり……」

「其の金を取った事は倉造に話したのか。」

「へい、こんな素人に、金の事は申しません、これは私《わっし》がお新の寝床の下から探り出して懐中《ふところ》へ忍ばせたので。野郎、始めて荒仕事をするので、まごまごして、どじな真似ばかりして居ました。」

十七

此時新は持病の癪も納まり、嫋々《なよなよ》と人に扶《たす》けられて、再び調の席に出た。髪は黒く、瑩沢《つややか》で、何処か人を魅する美貌を持って居る。何という不運な女であろう？　いつか武家の妻の品も備わり、昔の猥《みだら》な面影は更に無い。然かも運命は人を殺す。彼れの美貌と、嬌態が仇を為したのである。

「新、其方も斯くなる上は、隠す訳にもなるまい、有体に申せ、唯今三人から交々《こもごも》聞いたぞ。」

「はい……」

新も溜りに出て、その話は聞いて居たのである。

新は、其頬に微かな紅《くれない》を漲らしたが、ハラハラと落涙しながら、

「私の、罪の深い因縁で御座います、今となって恁麼お恥かしい事に相成りました。何も彼も有のままに申上げます、御聞取を願います。」

と、病苦を押して語り出した。

「藤三郎儀、勤向《つとめむき》の事に就き、御上《かみ》へ申訳無き次第あり、自殺を致しました。其前夜の事で御座います。

夕刻まで、夫婦の中も、何の異状《こと》も御座いませんでしたが、夜、五時《いっとき》頃、私を居間に呼び、『家風に合わぬから唯今離縁をする、女の子は母に属したもの故、腹は異《ちが》って居ても親子の間、

連れて即刻立退け。』というので御座います。」

十八

『年来召使った事故《ことゆえ》に、手当として金子六百両、衣類手道具一切はくれる、勝手に持って行け。本所猿江町にある別荘は、先妻浪江の産んだ此子、幸の名前で、金千両に買求め、普請其外多くの金もかけてある。これは幸の手当として遣わす。他にも地券状もある。貸長屋もある。あれへ引移れ、幸は思う仔細あって、出生届をしていない。其方実子として人別《にんべつ》に入れろ。成長の上は勝手にしろ。一刻も此家に在っては不為《ふため》である。直ぐに引移れ。』

と、寝耳に水の入《い》ったような事。余り意外の申分故、私も驚き入りました。

今まで夫婦の中に何の仔細も無く、夕飯も親子三人打揃って、睦じく、機嫌好く、いつものように済ましたものを。

何故遽《なにゆえにわ》かに左様な仰せがあるのか、御心に障《さわ》った事があるなら、打明けて言って下さい、悪い事なら御詫を致します。改めて好い事なら改めます、間違なら申訳を致しますと、泣いて詫入っても聞入れてくれません。

『それが心得違いである。男子一度《ひとたび》口から外に言い出した事は後には退かぬ。決心の次第あって離縁を致すのだ。その訳聞くに及ばぬ。

夫婦の内こそ、公務の外は、秘密も語り合いし事もあったが、離縁為す以上は他人である。言うに及ばぬ。家風に合わぬというだけで事足りるぞ。』と申しましたが、それでは余りに情《なさけ》が無い、これこれと得心の出来るよう、言ってくれと迫りましたから、『それなら言って聞かせるが、其方が此家に居《お》ればこそ此家庭を乱し、公儀にも済まぬ事をした。祖先に対し申訳が無い、罪は自分にあるけれども、その起りは其方の色香に迷うた為めだ。先祖へ対し離縁をするのだ。即刻立退け。異議を申せば其座は立たせぬぞ』と、脇差の欛《つか》に手を掛けて嚇します。

唯事ではない、気が狂った。と存じ、逆らってはよくないと存じましたが、余りの事、泣くより外はありませんでした。

其節幸を膝に引寄せて申し聞けまするは、『親子の縁も唯今限りであるぞ、父の顔をよく見覚えて置け、再び面会は致さぬぞ。母一人へよく孝を尽せ。成長の上人の妻になったら、此の母の今日の事を幼年ながらよく覚えて置け。女は夫の為め生涯頭は上らぬぞ。女は三界《さんがい》に家無しという、何時夫に去られるも知れぬ身の上、慎んで夫を扶け、我儘気随《きずい》をしてはならぬぞ、奢侈贅沢は身を滅すの敵であるぞ』と、強く誡め、申聞けます。

幸はただ泣いて居ります。私はそれを聞いて、夢かと思い、何うして藤三郎の心が遽《にわ》かに狂いましたかと、怖ろしくもあり、唯事でないと存じました。

すると、机の傍《わき》の手箱の中より、『これが離縁状だ』と申す書付を一通、猿江町の地券状と、金子を出し、それを私に突付けまして、

『さあ持って退《の》け』と無理に私に渡し、用人のこれなる武兵衛を呼び、『今から本所へ連れて行け』と申付けました。

武兵衛も驚き、共に侘びましたが、叱り付けられ、一言《いちごん》もいわせません。武兵衛が申す事には兎に角私《わたし》居間《いま》まで参れ、逆ってはお悪かろう、と申す事で私を引立てました。

それより相談の上、武兵衛夫婦も附添って参るからと申して、頻《しき》りと勧めますし、又明朝は御機嫌も直るであろう荷物は明日の事に致そうと申しますので、兎も角も駕籠に乗りました。

別荘には此の力蔵が留守番を致して居りますし、それに、いつも逗留に参りますので、寝道具其外私所持品もありますので、突然に参ったとて、差支もありませんでした。

けれど、いつもと違って、後ろ髪を引かるるように厭な気持で、家を出度くなりませんでしたが、致し方無く、武兵衛と妻のしげを連れて猿江へ参りました。

其夜、武兵衛は明朝参ると申して帰り、又しげは留め置きました。」

十九

「翌日、昼前、武兵衛と仲間《ちゅうげん》共が附添って、藤三郎の差図《さしず》と申して、私と娘の品々は、一切送り越しましたから、兎も角も受取って土蔵に入れさせ、取片付を致して居りますと、昼過ぐる頃、又屋敷から仲間が駈けて参り、藤三郎が居間で自害を致したと申す事、実に驚き入り、ハッとなって、私は気が遠くなって了いました。

程経て正気に復《かえ》って見ますと、しげも武兵衛も居ず、力蔵が私の介抱を致し、又幸は泣いて居ます。

屋敷の事が気になります。直ぐに帰ろうと申し出しますと、力蔵が申しますには、『先刻武兵衛殿もおかみさんも、屋敷が気になるから帰ると申し、使と一緒に帰りましたが、もし奥様がお気が付いても、旦那様が遽かに御離縁なさったのには、何か深い御考もあった事だろうかと、御帰りになってはよくない。御役人方へも相談の上、御いでがなくて叶わぬ事なら、迎いの者を寄越すから、それ迄は麁忽《そこつ》に御動きがあってもならぬと、くれぐれも申して居りました』それも尤もと存じ、武兵衛の便りを待って居りました。

其夜、遅く、武兵衛が参りまして、申聞けましたのは、藤三郎自殺の様子と、御目附方御検使の模様、屋敷は閉門、諸道具は、御同役立会で一切封印になり、屋敷の者は門出《もんで》を禁ぜられ、宅《たく》留《ばん》が附いた。又私離縁の事は、藤三郎の書置で、武兵衛の口書《くちがき》で申立が済んだ。先ず掛り合わない様子だが、此仕末何うなるか解らない。概略《あらまし》を知らせに来たと申す事。

そんな事で御離縁をなさったのであろう。死ぬ程迫った事があるなら、夫婦の中、一言申してくれましたなら、共に死んだものを、今となっては幼き者はあり、死ぬには死なれず、何うしたらよかろうかと、思い始めますと、又持病は差込み、気が遠くなりましたが、何うしたものか、それからは、気が着いても体が利きません。

その儘、夢とも無く、現《うつつ》とも無く、病の床に打明して居りますと、思いも寄らぬ此倉造と、外一人が、可恐《おそろ》しい姿で、迎に来たと申します。

それを拒むと、手荒な仕向《しむけ》、手込にされて、私は又、気を失って了いました。

夫《それ》を武兵衛に助けられ再び蘇生は致しましたが、其後の次第は大病故、夢のようでよく覚えません。

可愛いい娘は奪い去られ、重ね重ねの不仕合せ、今日は死のう、明日は死のうと、屢々《しばしば》思い詰めましたが、此儘死んで行っては夫藤三郎殿に向ける顔も無く、死ぬにも死なれぬ今の身のこと又案じられますのは娘の事、両親にも一目逢い度く、生甲斐の無い命を生存《ながら》えておりました。

今まで致した事は悪う御座いました。此上は如何ようにでも、遊ばして下さいまし」と泣倒れた。

倉造及び武兵衛吉五郎は吟味中入牢、又しげは吟味中揚《あが》り屋入り。新は大病の事故町役人へ預け、養生を申付け、又力蔵にはコウを連れて帰れと申渡した。

其後再応吟味の末、口書決定となり、老中へ伺《うかがい》の上、同十二月二十三日に落着。

武兵衛、倉造は、不忠不義、強盗強姦罪に付、江戸中引廻しの上、浅草に於て磔刑《はりつけ》。

吉五郎は入墨ある身分にて、強盗強姦罪に付、江戸中引廻しの上、浅草に於て獄門。

しげは賊の手伝に付、死罪。

力蔵は構《かまい》なし。

新は吟味未決中病死。

質物は不正の品に付取上げ、質屋は過料三貫文。

コウは幼年なれども地所家作の名前人《なまえにん》に付、盗難の金銭、衣類等は皆引渡し遣《つかわ》し、名主、町役人、組合名主立会の上、相当の後見人を選《えら》み、成長まで財産の保管を託し、異変ある時は訴出ろと申渡した。——（大団円）——

ニコニコ　大正九年（一九二〇）三〜六月号

捕物哀話

恋の火柱

一

「火事だ！」

それは徳川十二代将軍家慶《いえよし》公の嘉永五年十一月二十二日夜の九つ時（今の午後零時頃）であった。江戸城周囲に備附けてある、定火消役《じょうびけし》の火の見櫓《やぐら》から、ドンドンパンパンと非常警報が鳴ると誰が叫ぶとなく叫んで走った。

闇夜の中に町中に響き渡る、其《そ》の木と太鼓の音を聞いては、八丁堀与力屋敷に住んで居た自分も唯事では無いと跳ね起きて屋敷の火の見に昇って見た。

と、火は見えぬが、墨を流したような空へ、丸の内に住居する諸大名の屋敷屋敷の火の見からもパンパンジャンジャンと鐘や太鼓が聞えて来る。

然《し》かも、鬨《とき》の声がわあと闇の中に聞えて、人数を催すようである。

町火消はジャンジャンジャンと、三つ打半鐘を続け打つ。城の周囲の定火消は、ドンドン、パンパンと木や太鼓を乱打する。又丸の内の諸大名からは、パンパンジャンジャンと木と半鐘で急報するのが当時の城内の、何か知ら、変事を知らせる合図になって居た。

ただ屋敷の火の見から見たんでは、御城下、町中、人声《ひとごえ》と、鐘や太鼓や、木の騒ぎばかりで、何も見え無い。それだけに物凄い体《てい》であった。

が、何れにしても御城内の変事には相違無いと知った。偖《さ》て、然《そ》うなると、与力は南北両組とも五十騎、同心は三百人、何れも火事具に身を固めて、出張しなければならない事になって居た。

自分も支度を調《ととの》えると、下男には高張提灯を担がせ、自分は、腰には馬上提灯と（いう円い小形な提灯に、定紋の附いたもの）を携えて、十手を打振り打振り馬上で駈出した。

と、其内、遥か西の方《かた》に当って、高いお城の、黒い森蔭に、ぱっと異様な火の柱がチラと見えた。

「弥《いよい》よ火事に相違無いな、そら急げ急げ！」と下男を急き立てて、呉服橋門外まで行くと、はや仲間の与力同心にも出会《でつくわ》した。追々人数も増して来た。

与力の供に持たせてある高張は、皆、時の町奉行の定紋が、一尺位の大きさに附いて居る。又、其下には三寸位に、小さく各々《めいめい》の定紋が附いて居る。それ故、一目して、あれは南与力、北与力、何の某の別も分る。

呉服橋門の中へ這入ると、先に進むもの、後より来るもので、一方《ひとかた》ならない混雑を呈したが、何しろ馬の逸《すぐ》れたるが勝で、互いに先を争いながら、息をも継がず大手を目掛けて駈付ける。

暗中を、高張、或いは、馬上提灯の行く光景が、宛然《さながら》戦場のようである。

する内、御使番等《ら》は、先方から、馬上にて飛んで来る。そして恁《こ》う叫びながら、飛んで過ぎる。

「町奉行の与力衆与力衆！　火事は御城内富士見御宝蔵《ほうぞう》の辺《あたり》だ。」

「町火消を連れて消防に這入りますよう。」

「遠藤但馬守《たじまのかみ》（若年寄の名である）殿御差図だ御差図だ！」

見ると、町火消もはや御壕端まで繰込んで居るが、与力か同心の命無き内は、御城内に入《い》る事は出来ぬので、ただ徒らに、城の大手前の暗い壕端に、各々高張を貼るとつけて、一番組、二番組、三番組の順序を正して、火消は、各《おのおの》、その、町名主、家主《いえ》、頭《かしら》、月行事、附添《つきそえ》で控えて居るのである。

「それ！」と与力が号令を懸けるや否や、町火消は木遣の声も勇ましく「わあ！」と鬨を揚げて城内へ繰こんで行く。

城内は爪先昇りの坂道である。殊に道路には小砂利が敷詰めてあるので、昇るのに骨が折れる。然《しか》し、多人数の勢いで「わっしょいわっしょい」駈昇ると、平日《ふだん》は余り入れぬ処に入れるという好奇心も手伝うから、自然我を忘れて駈け昇る。

道筋は不案内でも、目印に葵の紋の附いた、大提灯が至る処の森中に点されて居る。又御固《おかため》の侍が、至る処に立って居るから、其方へさえ走って行けばいいのだ。

二

町火消は富士見御宝蔵を目的《めあて》に進んで行った。

と、既に、御宝蔵の附近には、幕府定《じょうぞなえ》備御火消役というのが、各々提灯や鳶口を持って、三組ばかり駈着けて居た。が、頭も、与力同心も、御火消役も、頭から水を浴びて猫頭巾から目ばかり光らして、身体中泥まみれになって居る。

町火消が行くと、

「よい処へ来た。後は町火消に委《まか》せろ委せろ！」と、御目付御使番の指図があった。

奉行池田播磨守《はりまのかみ》（頼方《よりまさ》）井戸対馬守《つしまのかみ》（覚弘《あきひろ》）の顔も見えた。

町火消は、此処《ここ》一番と水を被って支度した。

又、纏《まとい》を振《ふ》って火元に近いた。

然し、火は土蔵内で燃えて居るので、周囲からは何《ど》う消し止めようもない。

梯子を繋いで、水を運び、屋根に昇って、注ぎ込んだ。

空いた入れ物は順々に下に下して、又水を入れては順々に持上げた。そのまだるッこい事夥しい。

然かも宝蔵内は一面の猛火だ。宛《まる》で大きな竈《へっつい》を見るようである。

其内に、ドッと音して、棟が焼け落ちると、中からは、黒煙とともに、ぱっと紅蓮の火は迸《ほとばし》って、噴火のように、高く高く、天様《そらざま》に轟！ と燃え拡がった。

当夜《そのよ》は風も無い静かな夜であった。宝蔵は幾棟も幾棟も、それと間を隔てて建並んで居るが、一棟毎に別構えになって居て、周囲は柵矢来で結ってある程だから、他に火の移る憂はないと思いの外焼け落ちた宝蔵内の火勢に煽られて、昇る火の粉は八方に飛び散り、年古る大樹の枝間《しかん》にある、鳥の巣に燃え移って、パチパチ、パチパチパチパチと、彼処《かしこ》の樹上からも、此処の樹上からも、紅い紅い珊瑚のように火は燃え出した。

驚破《すわ》こそ一大事と手分をさして、町火消を各々の樹の消防にかからせたが、火は各々見揚ぐるばかりの大樹の上で燃えて居るのである。

龍筒水《りゅうとうすい》でも水の届きようはない。

「登れ登れ！」と下知をしても、消防夫は重たい火事具《さしこ》に、剰え水《あまつさ》を冠って居るので、身体も思うに委せず、木登り処の騒ぎではない。

が、其処は気早の江戸子、二三人刺子を大地に脱ぎ捨てると、見事な刺青《ほりもの》、身についた、腹掛と股引ばかりになったのを見ると、我も我もと皆素裸になって向う鉢巻で樹に登り始めた。丁度その光景が、正月出初《でぞめ》式に梯子昇りでもするような勇ましい光景であった。

が、樹は太く、頂上は高い、一人が鳶口を引懸けては、それに摑って宙を登ると、頂上からは細引を下げ、竹梯子を釣り上げて、樹の枝に打掛けては、登りもし、又、火を打落すのだが、夜《や》中《ちゅう》の事なり、足許も覚束無く、下から見て居る人々も、ただ、

「危い危い。」と、はらはら気を揉むばかりであった。

其処へ大切な御宝蔵の出火というので、御老中若年寄を始め、御側廻りの重役人《おもやくにん》等は、皆々君命に依り、検分として出張して来た。

御納戸方其外係りの重なる役々は、既に我々と共に駈着けて居る。御蔵《おくら》の周囲《まわり》は、関の顕官、大官で一杯になった。そして口々に恁ういってる。

「此辺は平常《ふだん》係り役人の外他《ほかた》の者の来る処ではない処へ持って来て、小山ではあり、石坂ではあり足場が悪くて叶いませんな。」

「然《さ》ようです、其上水を運んだので、道路《みち》は悪くする、赤土であるから、うかとすると滑りますぞ。」

などと御大名方は暢気なものだ。

三

ようやく鎮火すると、閣老たちは、

「速かに犯罪人を召捕って吟味なさい。監守役人の責任を問いなさい。」と月番南町奉行池田頼方へ厳命をして引揚げた。

頼方は火事場から帰ると、直ぐに吟味方与力と刑事探査の同心を召集して、その用意に掛らせた。

翌朝、町奉行所に皆々集って待って居ると、御目附松平久太郎《きゅうたろう》は、御徒目附《おかち》以下其々《それぞれ》の役人を連れて出張した。

これを御目附立会の臨時裁判という。

事件《ことがら》が城内の重大事件に関するからである。

其時、出頭の厳命を蒙った御宝蔵番、其夜の当直の者、十人等は、礼服着用、同役附添で出頭した。間もなく審問は始まった。

が、例の如く、夜廻りは、当夜、一時《ひととき》毎に交代して見廻り、五時の見廻りも無事に済し、それより九つ時の見廻りになると、不意に御土蔵内で怪しき物音が聞えた。パチパチという音だった。周囲《まわり》は柵矢来なり、御土蔵は二重の戸鎖、掛り役人の封印もあり、柵外から提灯を指付《さしつ》けて見た処では別段怪しい箇処もなかったが、蔵内《くらうち》の物音は唯事でないと思ったから、外囲《そとがこい》を打破って中へ入る訳にもならず、一同周囲《しゅうい》を固めて置いて、御土蔵の鍵を預って居る役人宿直の方々を呼びに参り、御目附にも報告し、役々お立会を願って御土蔵に近寄る頃には、ハヤ、中は既に一面の火で、何とも実に申上様も御座いませぬ次第……。と答うるばかり。

一同は各々同役へ預けとなり、再応吟味があったが、此の御土蔵の内には、金銀金具の茶器と御大礼の時に用いる銀の一升入瓶子《へいし》が数十本仕舞い置いてある。出入《だしいれ》したるは、暑中の手入の外には無く、それも役々立会の上で出入し、後は封印の儘で昼夜監守して居るのである。猶又、近来外部の修復、其外職人の出入も無かった。柵外の掃除を致すは、当番の御露次《おろじ》の者というのが、掌《つかさど》って居る。とのみ。何《ど》の当直の者にも別段疑わしい箇処はなかった。

因《そこ》で、次は、富士見宝蔵にあった、品数の調べとなった。

然し此の御宝蔵に仕舞ってあった品々は、御納戸方其外係りの役人が、記録で取調べれば直ちに分る事だった。

それに皆金銀の金物ばかりであったから、焼け落ちても後に何物か残っている筈だ。

と、其向では厳重な調査があって、焼跡から顕れた品々と、記録の品書きとを引合せて見ると、他は皆何物か残って居たが、茲《ここ》に銀製の一升入瓶子、二十本だけが何うしても不足して居る事が分った。そしてその紛失品の損害だけでも数万金であり、掛りの役人も今更のように恐縮した。

が、素より他から火の入る処ではなし、盗賊が中に入って、露顕を恐れて放火したのであろう。周囲《まわり》の柵矢来に別条は無いが、御土蔵の錠前は捻じ切ってある。これは確かに案内知った者の仕業には相違ない。となったので、宝蔵番の人々には、猶一層の嫌疑が懸り、各々相当に吟味して、一日《じつ》も早く疑惑の雲の晴るるようと祈って居た。

此の宝蔵番は禄は低いが、皆譜代の御家人である。それだけに猶一同の心配も容易でなかった。

四

町奉行所では、犯罪者を、極めて少人数、或いは一人《にん》、と見当を付けて、種々探査の方針を定めて、其の手段に取懸る事にした。

其一は「搔出し」という手段である。是《これ》は、御宝蔵番の人数が総てで四十幾人あるから、上下ともその身許、又行状の穿鑿《せんさく》をして見るのである。猶又、御道具を取扱う役人ばかりも数十人あるから、是等も、御道具の手入をして、箱入にして仕舞う時に、中身を抜いて居ないものでもない。と云うので、その身許調べをするのである。是を俗に搔き出しという。

其二は「釣出し」という手段である。これは紛失物が銀具と的《あて》が付いて居るから、手先が、古《ふる》鉄買《かねかい》紙屑買に化けて出て、其の種子《たね》を釣出そうというのである。それのみで無い。江戸中の古鉄買、潰しの金銀を扱う渡世、紙屑問屋、その買い集め人をも厳重に取締り、且つ又それ等をも手先に使って、調べさせる手段なのである。

それ故、似たような姿の稼人《かせぎにん》や或《あるい》は又俄屑屋が、幾人《いくたり》となく、御宝蔵に関係のある、役人役人の留守宅や、城内へ出入をする、下級者の宅へも立廻って、

「屑の御払いは御座いませんか。」

「古鉄の御払いは御座いませんか。」などいって、歩くのである。

次は「外廻りの探偵」という、これは、犯罪の裏に女ありという諺の如く、多くは女が裏面《りめん》に

潜んで居るものであるから、女から種子《ネタ》を掘出そうと、各所の岡場所、遊郭を探偵して、御城勤めの御家人始め、出入の職人まで名を調べて、遊女、茶屋女の買馴染を探り、その深間浅間《ふかまあさま》を知り、家庭を調べ、日来《ひごろ》の行状を聞くのである。

猶、此外にも、直接間接に、恁うした事件になると、専門の刑事係の外に、町名主も、商人も、其筋から内命があれば、総掛りで犯人探査に苦心をしなければならぬ事になって居たから、江戸中に於ける探偵の網は、蜘蛛の囲の如く隅々隅々迄も張り詰められて、些《さ》の寸隙も無くなる程であるから、余程犯人の悪運が強くなければ、必ず引懸る事に極って居た。

然し、犯人は中々引懸らない。

第三の探偵手段から出た種子《たね》に、先ず恁ういう話があった。

内藤新宿の旅籠《はたご》屋で、有名な三河屋藤左衛門方の抱え遊女《おんな》に、まるという、今年年《ねん》明けになる美人がある。その者の買馴染に、堅く堅く夫婦約束までして居る「要《よう》さん」という御家人がある。

素より身分は軽い者なので、度々通う事は出来ないが、まるも勤気《つとめぎ》離れた間《なか》になって、互いに想い想われつ、軈《やが》て年が明けたら是非夫婦《いっしょ》になろうと、今からそれを楽みにして勤めて居る。要さんも三十男だが、未だに独身で辛抱して居る。そして毎日指折り数えて、無事に年明けの日を待って居る。そしてそれも余り遠い事ではないらしい。

今までにも、五六年は、互いに無理な算段もし、又達引《たてひき》もして来た間《なか》だ。きっと夫婦《いっしょ》になるに相違無い。

というのである。

然しそれだけでは直ぐに犯罪人と指す訳にも行かぬ。数多の御家人もある事である。又従って馴染の遊女も多いに相違無い。

すると又、第二の探偵手段から、これはやや有力な証拠が揚って来た。

五

日本橋通旅籠町《ちよう》に、煙管《きせる》の細工人をして居る美濃屋利吉《みのやりきち》という者があった。客から銀煙管の註文を受けて、その地金《したがね》を買入れた。処がそれを打延して見ると、地金《ぢがね》に毛彫の跡が残って居る。三つ四つ地金を合せて見ると、何うやらそれが葵御紋の毛彫らしく見えて来た。そりゃこそ大変というので、利吉はそのまま、膝掛を刎《は》ね退けると、細工場から家主の処へ飛出して行った。そして家主へ急訴をすると、家主からは又手先に知らせた。手先は、その買先を屑屋に扮して調べに行って見ると、久松町《ひさまつちよう》の裏店《うらだな》に住んで居る、潰し金の仲買人、五郎兵衛の手を経て居る。

五郎兵衛を取調べると、「紙屑買から買取った、その人の名は八五郎というんだが、毎度買取って居る、住所は分らない。」という。

その八五郎を探し出せというので、紙屑問屋に張込ました手先の屑屋が二三軒廻って行く内に、その八五郎に出会《でつくわ》した。

「まだ銀の屑があるなら、俺が買ってやろう。」というので八五郎の住所を突留めた。

そして直ぐに八五郎の家――四谷鮫ヶ橋――に一緒に行くと、

「まだ百三十目《め》ばかり持って居る、言値で買ってくれ。」というから買取った。

其時、手先は主人の名札（今でいう肩書のある名刺である、当時は町奉行組与力何の何某という主人の名刺を公務の折には持出すのであった）を突附けて、

「八五郎、お前は何処で買った、さあそれをいえ。」と、詰問した。

八五郎は自分の犯した罪でもないのに、青くなって顫《ふる》えながら、

「実は、三日ばかり前に、四谷見附外の壕端で休んで居た時に、通り懸った一本差の侍風の人から買いました。代金は二両三分渡しましたが、外にもまだ持って居るから、此処へ持って来て売って遣ろうと申しました。」

「何故、家も名も調べず、道路で恁麼《こんな》品を買取ったか。」と詰問すると、

「何とも申訳御座いません。つい商売に目が眩んで、少しでも安い品をと思いましたので……。」

と、此者には犯罪が無いらしい。然し、売手が不分明では、雲を摑むような探し物だ。此の八五郎は離す訳に行くまい。岡ッ引が附添って、毎日四谷見附外に出て頑張って居た。

二人は素より屑屋に扮して居た。

籠を並べて、天秤に腰掛けて待って居る。

然し男はやって来ない。

× × × × × ×

第一の、搔き出し手段で、方々へ探索に行って居た連中も、種々術《て》を変え、品を変えして、役人の身元、行状調べに懸って居たが、何の得る処もなく、徒らに日は過ぎて了った。が、彼の新宿の三河屋の遊女、まるの情夫「要さん」というものを一つ調べて見ようと、掛りの方面、人名簿で調べて見ると「要」という名の付く者が三人ある。

一人は、木村要左衛門という御賄方《まかないかた》で、これを探偵して見ると、五十以上の老人で、素より女に縁の無い堅物。

今一人は、加納要蔵という、お庭方で、これも皺苦茶の老人。

今一人要吉という者があった。これが三十有余で、まだ独身者である。

此の要吉がまるの情夫では無かろうか？　一つ新宿へ行って確めようというので、三河屋から見知《みしり》の若い者を誘い出し、手先が跟《つ》いて要吉の宅《うち》へ行って見ると、要吉は今四谷伊賀町——寺の隣りの一軒家に住んで居るが、

「あれが要さんです。」

と三河屋の若い者がいうのを見れば、破れ障子に、木綿の黒紋附、色の抜ける程白い、月代《さかやき》の

跡の青いのが、書見をして居る。

六

帰って、彼れの勤方を探ると、御宝蔵の辺に庭掃除に立入るのがその任務だ。家禄はたった十五俵しか無い。その十五俵しか無い身分で、遊女に馴染のあるのは怪しい。彼の古銀を売った奴ではあるまいか。

四谷見附に張込ましてある、八五郎に見せるが早道。

見せた上で、それに違い無いと極れば、直ぐに召捕らなければ逃亡の虞《おそれ》がある。

「その手配をしろ」というので、奉行へも此処迄運んで来た探偵の順序を訴えると、直ぐに召捕の許を受けた。

×　×　×　×　×　×　×

与力は要吉の宅を遠巻きにさして置いて、八五郎一人を、要吉の宅へ向けた。

「屑やお払いは御座いませんか、お払いは御座いませんか。」と、八五郎が家内を覗き込むと、要吉は今火鉢の前に坐って、丁度午飯《ひるめし》を終った処であった。が、チョッと舌打して、

「何にも払い物は無いよ。」と云った。

然う云う筈は無い。確かにあの古銀を売りに来た侍は、此の人に相違無いと思った八五郎は、兼て役人に申含められて居る事とて、

「旦那、先達て途中で頂きました古銀の残りがまだあるように伺って居りましたから、一寸《ちょっと》御尋ね申しに参《あが》りました。」というと、要吉は、

「然うか、あの時の屑屋か、何うして家が分ったか。」と聞く。

「いえ、故々《わざわざ》御尋ね申しに上った訳じゃありませんけれど、何うもお見懸け申したようなお方だと存じましたので……。」

「然ういえば、お前は此間内から、四谷見附へ出て居たようだな。」

「えッ?」と八五郎は叫ぼうとしたが、「へい、旦那がお見えになったら、あの時お話の古銀の残りを売って頂こうと存じまして……。」と云い紛らす。

「俺も二三度行って見たがな……。」

「へい……。」

「何うも胡散臭い内《やつ》が、傍に居たので見合わせたよ。」という。

「へい……。」

「何うだ、少しはあるが、持ってくか?」と、小楊子を使いながら、土間に立った屑屋を見る。

八五郎は何の気も付かず、

「何うぞ頂かして戴き度いもので……。」

というと、無雑作に、長火鉢の抽斗《ひきだし》を開けて、古銀の塊まりを二つ三つ取出した。

八五郎は、上框《あがりかまち》に腰を掛け、秤に掛けて、

「代金は、一両二分で宜しゅう御座いましょうか？」と聞く。

「何有《なアに》、幾らでも構わんよ。置いて行き度いだけ置いて行きな。手前《てめえ》にも迷惑をかけて済まなかったな。」といったが、八五郎にも気が注《つ》いて、匆々《そこそこ》に足を抜くと、直ぐに此事を手先に報告しようと駈け出そうとする出合頭《がしら》、はや表に立聴をして居た手先は、張込の定廻《じょうまわ》り役とともに、犇《ひし》々《ひし》と詰めかけて居たが、八五郎を追やると同時《とも》に、

「御用だ！」

「御用だ!!」

「神妙にしろ！」と、十手を振翳しながら家内《なか》へと踏込んだ。

するとと要吉、

「何？　御用だ？」と、いうが早いか、長火鉢の前に坐ったまま、清《すが》しい眦《まなじり》を切り上げて、颯《さっ》と面《おもて》を紅《くれない》に染めると、白い手に、火鉢に掛けてあった、チンチン音して沸いて居た鉄瓶を取るより早く手先を目がけて投付けた。

続いて灰の目潰しを打った。

一同は、ハッと土間に、或いは畳に平伏した。

熱湯は、諷と障子に瀧を描いて、湯気は朦々と立つ、鉄瓶は、菊を植えた小庭に転げ出す。

七

「それ！」と与力が号令をかけると、又手先が飛込んで行く。

要吉は、身を交わして、ひらり火鉢の向うへ飛ぶと、二三人の小手を取って投げ捨てた。

其の隙に、奥行は浅いが、床の間にあった刀《えもの》を取る。

いつの間にか手先の人数も増して、要吉が抜いたら此方《こっち》も抜いて懸らせようと思ったが、与力は忽ち、

「神妙にしろ！　狼藉をしては為めにならぬぞ！　町奉行所からの御用であるぞ！」

と、呶鳴った。

其声に怯んだか、但しは外に考える処あってか、要吉は刀《かたな》の柄に手をかけたまま、

「御家人と雖《いえど》も武士は武士だ、例え町奉行からの使者たりとも、縄を打つという法があるか？」

「罪人なら縄をも打つ！　神妙に掛らぬに於ては、其儘には差措かぬぞ！」

「何をいうか、腰抜け武士奴《め》！　さあ縄が打てるなら打って見ろ！」

と、要吉は大胡坐で身構えて居る。その色の白さ！　目の鋭利《するど》さ！　一度白刃《ひとたびはくじん》を閃めかしなば四五十人の血を見ん事も明らかに思われた。

因《そこ》で与力は一計を案じて、直ぐに手分をして、向う三軒、両隣へも名刺を持たしてやって、

「要吉に御用有って、唯今召捕るから立会ってくれ。」

と申込ませた。然うして、縄を打たずに引立てる気。

皆々迷惑ながら集って来た。

「さあ、立て！」と声を懸けると、

「いや、まだ行かぬ、些《ち》と用がある。」

手を着ければ抜く事は分って居る。与力は何うにかして刃物を奪い、素手で戸外《おもて》に連れ出そうと思ったが、その手段《てだて》に困《こう》じて居る。

と、ふと露地外へ駕籠が停って、転ぶが如く駈け込んで来た女がある。

「何だ？」

「何だ？」

「何だ？」

と、戸外に張り詰めて居た手先が咎めると、

「要さんの家内で御座います。一寸其処をお通し遊ばして……。」という。

「通す事は罷り成らぬ！」

「用があったら奉行所へ来い！」

と、織弱《かよわ》い縮緬の胸倉を摑むと、ギリギリと手先は追やろうとする。

「故々《わざわざ》遠方から参ったものです、一寸なりとお逢わせを願います。」

「ええ、成らぬといったら成らぬというに！」

「帰れ帰れ！」と、吸鳴り付けたが、女は隙を見て飛込もうとする。

「貴様は何だ？」与力が出て咎める。

「要吉の家内で御座います。一寸なりとお会わせなすって……。」と頼む。

「此の取込の中へ逢わせる事は成らぬ。が、一体、何の用があって来たのだ。」と聞くと、

「私は新宿の三河屋に居たまると申す卑しい稼業を致して居た女《もの》で御座いますが、今日年《こんにち》が明けて、約束通り、要さんの家内になりに参りました。」と、無邪気にいう。

「それなら猶の事逢わせる訳には行かぬ。それにお前も恁麼《こんな》取込の中へ入ると、係り合にならねばならぬぞ。よいか、分ったか。」

「は……はい。」という。

「要吉は天下の法度を犯した大罪人であるに依って、只今奉行所へ召連れて行く。其時に顔など見ろ。」

「はい。」

「其方には気の毒であるが、手出しをすると為にならぬぞ。」

美しい女の姿と、優しい与力の言葉とは手も無く憤れる猛虎を退治する事が出来た。

要吉は素直に縄に懸ると、徐《しず》かに女を顧みながら奉行所へ引立てられて行った。

八

女は一先ず三河屋へ引取った。実際可哀そうだったと誰もいった。

後で要吉の家宅捜索をすると、床下から銀の瓶子《へいし》を丸潰しにしたのが七本出て来た。又、天井裏からも十本出て来た。

戸棚からは、玄翁《げんのう》、鉄槌《かなづち》、色々な鉄《かな》道具が出て来た。

最早や一点疑う余地もない、要吉の仕業と知れた。

御目附立会の吟味となった。

すると、要吉の陳述は実に大胆不敵なものであった。

要吉は御露路の者と云って、軽い、御家人も末の者であった。俗に庭掃除の人夫であった。が、決して、日雇人足では無かった。聊《いささ》かの御扶持《おふち》を貰って長年神妙に勤めて居る、これでも武士の端くれであった。

乍然《さりながら》、それは、端くれには相違なかった。幾ら悶掻《もが》いたとて、焦ったとて、それ以上に身分の取立てくれる気遣いの無い身の上であった。

それが、彼れの罪を犯す動機であった。

要吉は、富士見宝蔵の辺にも、日々立入るのでよく地理案内は知って居た。又、その宝蔵内には貴重の品々の入って居る事もよく知って居た。

要吉は、常に、竹箒を持ちながら恁う考えた。

「此の蔵中《なか》の品は、皆、諸大名が、庶民の膏血《こうけつ》を絞って徳川家へ、阿諛《へつらい》の為めに献上したものばかりである。謂わば罪の塊である。」

「天は、何故、吾々人間に、不公平な貧富の別を強いたろう?」

然う思うと、耐《たま》らなく、その宝蔵の中の物が奪《と》って見度くなって来た。

又、要吉には、まるという、可憐な、優しい恋人があった。

彼女の年明けには、最早や間も無い事とて、夫婦が新世帯を持つには、余分な金も要る。その金の出道もない。又、衣類、引祝い等も、華やかにしてやり度いと思うが、その金の出来ようもなかった。

要吉は、外構《そとがまえ》の柵矢来は、細引を掛けて縄梯子とし、それを足掛りに、乗越えて中へ入り、蔵の戸前《とまえ》には厳重な錠が卸して封印が附けてはあったが、年数が経って居たので、鉄棒を入れてコジ開けたら、幸い錠は抜けて了った。

要吉は、戸を開けて内に入ると、外へは灯の洩れぬように、土戸も閉め、又、自分の衣類を引掛けて置いて、用意の摺火燧《すりひうち》で火を百目蠟燭に点じたが、これも空箱の中に入れて、戸口へ灯の射さぬようにしてから、手探りで、棚の道具を卸して見ると、何れも大きく風呂釜などで、迚《とて》も持出すのに困難を感じたから、色々品を撰んだあと、銀の瓶子を持出す事に定《き》めて、一つ一つ箱より持出して、踏み潰しては重ねて見ると、二十本ぐらいは持出されると思ったので、それを持参の風呂敷に包んで背負《しょ》ったが、いざ逃出そうとすると心も急き、箱に入れ置いた蠟燭は、其儘にしたまま打忘れて、元の戸前口から出て、戸前は閉めて柵矢来まで来たが、今度は物を背負て居るので、柵矢来に登るに困難をした。因で包みは細引に結び付けて置いて、自分ばかり柵に昇り、包みは釣上げて、又卸した。それからその包を持って自分の詰所へ戻って、其夜は当直故其処に隠して置き、翌朝明けて帰宅の折に、又持出す考えで居た。

処が、突然に御宝蔵内から火を発したので、その混雑に紛れて品物は持出す事が出来たが、恐らくは、火は、蠟燭の火が箱に燃移って、遂に当夜の大事に至ったのであろうという。

× × × × × × ×

要吉は引廻しの上、小塚原《こづかっぱら》で磔刑《はりつけ》になった。

又、まるは、別に事情を知って居た訳ではなかったので、無構《かまいなし》という事になったが、生きて甲斐無い命を存《ながら》えねばならぬ苦痛を、纔《わず》かに尼となって鎌倉の松ケ岡で送ったという。

講談雑誌　大正十一年（一九二二）二月号

与力覚帳

女の血刀

一

「お願が御座います、お願が御座います……。」

年紀《とし》の頃は二十一二の女何処か屋敷風な、非常な美人が、厳つい鉄金具で鎧われた、奉行所の門を入って、ふと、怯えたように迂路迂路《うろうろ》しながら取乱して駈けて来て、正面縁下の砂利に手を支《つ》くと、屹《きっ》となって、恁《こ》う言った。

折から、机の前で調べ物をして居た、当番与力の佐久間鐵之丞《てつのじよう》は、ふと、机の書物から目を離すと白い頸《うなじ》を熟《じっ》と見て、

「何だ、何用だ。何《いず》れより来た？」

女は乱れた紅い手絡《てがら》の丸髷を俯向けたまま、「青山久保町三蔵店《くぼちようさんぞうだな》、八百屋忠蔵の妹琴と申します。唯今人殺しを致して参りました。御法の通りお仕置を願います。」と、云う……

然《しか》し、其の容子が、人殺しをしそうにも思えぬ、寧ろ嬋娟《せんけん》として弱々しい女である。

「人殺しとは容易ならぬ申立だ。間違ってはならぬ。心を鎮めてよく事実を申せい。誰を殺して来たのだ？」

「赤坂裏伝馬町《でんまちょう》常盤津師匠文字金《もじかね》と申す女を殺して参りました。」

「何の遺恨で殺した？」

「深い遺恨《うらみ》が御座いまして、活かして置けないから殺しました。其理由《わけ》は申上げられません。でも、私が確に殺したに相違無いので御座いますから、何《ど》うぞお仕置に遊ばして下さいまし。」

当番与力の佐久間鐵之丞は、此女を発狂人と思った。女は余程逆上して居る様子であるから、そのまま訊問を止《とど》め、申口《もうしぐち》の書取を、物書同心の大澤藤九郎《とうくろう》に命じて、

「当番年番《ねんばん》衆！」

「はい。」

「此女を手当なさい。」

縁下に居た同心の一人は、又、

「当番若同心衆！」と呼んだ。

呼ばれて、若同心は、小使に、細い、青く染めた縄を持たせて出て来た。（此縄は女の犯人にのみ用いる羽掻《はがき》縄という繊細《きやしゃ》な縄である）素より、罪人とはまだ定《きま》らぬのであるが、自分自ら人殺しをして来たというのであるから、傜うしなければならぬ事になって居た。

女は、紫の山繭《やままゆ》の小袖に、淡紅色《ときいろ》縮緬の長襦袢を着て、帯には、黒朱子《じゅす》へ刺繍のある、品の好

い物を締めて居た。襟は紗綾形《さやがた》のある白綾子《しろりんず》の半襟で、衣紋附《えもんつき》も潤情《じゅんじょう》である。何う見ても自分でいう、八百屋風情の妹とは思えなかった。髪の飾も煌《きらび》やかであった。白い手首へ捲かれた羽播縄が、蛇が纏わったように痛々しく、可憐に見える。砂利の上へ坐った膝が、溶けても行きそうに柔かい。

若同心は、縄を掛けると、番非人を呼んで、その縄尻を持たせた。そして、一先ず仮牢へ遣って留め置くと、与力は直ぐに差紙を、その兄だとかいう青山久保町三蔵店忠蔵の宅《ところ》へやった。するとまた一人駈込んで来た者があった。それは禿頭《はげあたま》の老人《じいさん》で、茶の紋附の羽織を着て居る。是《これ》も縁下へ跪《ひざまず》くと、

「へい、恐れながら申上げます。赤坂表伝馬町家主八五郎と申す者で御座います。私店《わたくしたな》菊造娘きんと申す当年二十三歳に相成る者、唯今、昼飯時《ひるどき》頃、一人の女参り、面会を申込み上り口にて応対中、其者に、一刀の下に殺害され、乗掛り、飾付八寸許《ばか》りの短刀を胸に刺貫き、女は其儘逃去りました何とぞ御検使《ごけんし》を願上げます。」と云って喘々《ぜいぜい》息を切らして居る。

其の言葉が、女の自訴と符合するので、偖《さて》は狂人ではなかったかと、茲《ここ》に始めて与力は下知を発し、定例《じょうれい》の通り北町奉行所へも知らせ、即ち南北両町奉行所より各々当番年寄同心一人ずつ其場所へ出張し、検分の上、関係者の口書《こうしょ》を取り、帰り遂に奉行の吟味となったのである。

処が意外な事件が発覚した。

二

「菊造、其方娘きんが殺害せられた始末は、検使の差出した口書に依って、一通り分ったが、猶委細に申立てろ。」

当時の奉行は、池田播磨守頼方《はりまのかみよりまさ》という名奉行である。

既に呼出しの人数は揃って居る。

即ち、琴は、同心二人が警衛して、痛々しい羽掻縄のまま。又兄の忠蔵は、如何にも堅気らしい町人の服装で控えて居る。又、殺されたと云う者の父の菊造とやらは、禿頭の、余り堅気らしく無い、芸妓家《げいしゃや》の親仁《おやじ》なぞによくある、でっぷりと肥った、赧ら顔の、酒呑らしい容貌《かおつき》をした親仁である。又この召使のふぢとやらは、是もそんな家によくある、お転婆らしい、俠《きゃん》な顔つきをした結綿《ゆいわた》の娘である。他は何れも、其の土地土地の、家主、或いは名主である。

奉行は始めて訊問の声を発した。

きんの親父は待兼ねたように、

「へい、恐れながら申上げます。私の娘のおきんは、常盤津の師匠を致し、芸名を文字金と申して居りました。おきんは奥座敷で近所の娘に稽古を致して居りますと、丁度午飯《ひる》頃で御座いました。おふぢが取次に出て、何処の方だか知らないが、女の人が来て、お師匠さんに一寸《ちょっと》お目に懸り度《た》いと言って居ります。此処でいいからと上り口で言って居ります。と、取次ぎましたから、おきんが出て逢いますと、キャアーという声がして、おきんが倒れた様子です。私も驚いて、おふぢに、「何だ？」と尋ねますと、おふぢも声さえ出ない様子です。唯事で無いと思いましたから、玄関へ駈付けて行って見ますと、女の後姿は見受けましたが、娘は仰向になって倒れた限《きり》、大変な出血です。お剰《まけ》に脇差が胸に刺込んでありますから、手足をビクビク動かして、空《くう》を攌んで、苦しがって居ます。私はもう驚いて了《しま》いまして、女を追う勇気も無く、直ぐにその刃物を抜き取って、引起して、介抱致しましたが、幾ら「おきんおきん！」と呼んでも、声も出し得ず、血は益々甚《ひど》く出て来ます。家内も、おふぢも、腰を抜かして、何の役にも立ちません。水でも呑ませようと思っても、手が離されません。私はおきんを抱いたままで、「誰か来て助けてくれい！　誰か来てくれい！」と呼んだので御座います。すると、近所隣からも、人が来てくれました。町医者も呼び、色々と、出来るだけの手当を致しましたが、何しろ貴方、左の肩から、傗う乳の上迄斬られた疵《きず》と、鳩尾《みぞおち》の処を畳へ迄貫《つ》き通された匕首《あいくち》の疵だから耐《たま》りません。おきんは遂に即死致しました。今考えて見ても夢のようで御座います。」と、有繫《さすが》に、涙を拭う……

奉行は熟と瞼を塞ぎ、沈思して聞いて居たが、此時静に眼《まぶた》を開くと、

「それなる琴が殺したと自訴して居るが、平日懇意に出入致して居た人物《もの》か？」

「へえ……一向に知らぬ人で御座います、始めて見た方のように思われます。」

親仁は、怪訝な顔で、熟々《しげしげ》と、琴女《じょ》の方を見て居るのである。

「何か、遺恨を、受けた覚えは無いか？」

「いいえ、一向に然《さ》ような心当りは御座いません。」

菊造は又同じような口吻《くちぶり》で、気疎げに然う言った。

奉行は突然、

「ふぢ！　其方、齢《とし》は幾才《いくつ》だ？」と聞いた。

「十八で御座います。」と娘はハキハキいう。

奉行は黙って頷いて、

「取次をした時その女は何と言った？」

「お師匠さんが被在《いらつしや》いますなら、一寸お目に懸り度う存じます、此処で宜《よ》うござんすと有仰《おつしや》いましたから、其の通り取次ぎました。」と洒々洒々《しゃあしゃあ》して居る。

三

「きんが殺さるる時側に居たか？」

「へい、背後《うしろ》に居りました。余《あんま》り驚いて了ったものですから、声も出ず、体も利かないようになって了いました。」

奉行は又琴の兄の方へ目を遣ると、

「忠蔵、此の琴という女は、其方妹に相違無いか？」

忠蔵は恐《おそれ》多げに、割膝で畏《おそれ》いりながら、

「へい、相違御座いません……。」

「今まで家に居たか、嫁にでも遣ったか？」

「家に置きまして御座います。」

「琴、其方、齢は幾才だ？」

「二十一で御座います……。」

「其方、きんを殺害致し、自訴した上は、その殺した理由《わけ》を、有体に申せ。」

「はい……」

琴は、やや暫く考えて居たが、

「あの、きんと申します女は、よろしく無い女で御座いまして……、あれが存命致して居りましては……、若い男を迷わせまして……」と、琴は考え考え、「それが為めに多くの人に難儀を懸けると承わり……、私《わたくし》は身を捨てて、恁麼《こんな》悪い女《ひと》を殺し、自分も倶《とも》に死にましたら、迷わさるる人を救い、又恨みのある人をも、慰める事が出来ると存じ、思い切って殺しました。一念の通り、思ったより容易《たやす》く首尾好く本望を遂げましたから、もう私の命も惜しくは御座いません。一日も早くお仕置を願います。実は、お寺へ参って自殺致す意《こころ》で御座いましたが、それではお寺様へ迷惑を懸けます事と存じ、遽《にわか》に心が変りまして、通り懸った駕籠屋さんに、財布を投付けて、人を殺して来た、早く御奉行所へ担いで連れて行って下さいと申しましたら、私を気狂《きちがい》だと思って、奉行所《こちら》へ送り込んだので御座います。」

　奉行は故《わざ》と叱るように、

「そんな取留も無い事を云うな、昼日中《ひるにっちゅう》、大胆に、人を殺す程のものが、そんな理由の分らん事でその大罪が犯さるるものか。偽らずと心を鎮めて殺した仔細を明かに申せ。」

「はい……。」と琴女は又考えて居たが、

「決して偽りは申上げません。唯あの女《ひと》が憎くて憎くて、殺しさえ致せば好いと思ったので御座います。決して包み隠しは致しません。又偽りも申上げません。人を殺せば自分も殺されますのも、覚悟の上で致した事で御座います。何うぞ一日も早くお仕置に遊ばして下さいまし。それのみがお願いで御座います。」とばかりで更に要領を得ない。

　奉行は女は揚り屋入と為し、一同は引取らせ、此の探偵を吟味与力の中村次郎八という者に命じた。女は奉行の再吟味となった。すると其の間《あいだ》が意外である。

四

「琴、其方久しく牢内に在って、身体に異状は無いか。」

　然《しか》もその語気には慈愛が含まれて居る。

　琴はハッとした風情《ようす》で、

「難有《ありがと》う存じます。素より捨てた体で御座いますから、御牢内で死にましても、惜くは無いと存じて居りましたが、御牢内でも厚き御手当を受け、其上御牢の人々も、親切によく世話をして下さいますので、病《わずら》いも致しません。そして潔く御処刑《おしおき》を受けます覚悟で、毎日御沙汰を待って居りました。御慈悲《おなさけ》を以ちまして、一日も早く御処刑を願上げます。」と頭《つむり》を下げる。

「よい覚悟だ。然し急いであの世へ参るにも及ぶまい、後《おく》るるも逸《はや》まるも、其方の心一つだ。物事には順序というものがあるぞ。己《お》れが首を縊《くく》るとか、水に入《い》って死ぬるとかなら、また無造作に事も運べようが、それは天の法度、此の奉行所に於ても、人一人《にん》の生命《いのち》を取る事は、それ相当の準備が要るのじゃ。ただは殺せぬ、分ったか。」言う声も穏かである。且つ、

「其方がきんを殺した理由《わけ》、またその顚末等、明かに吟味致し、剰《あまつさ》え口書を取り、引合の者一同の申口も符合してからで無うては、然う事は早く運べぬのじゃ。其上、処刑は、此の奉行より、老中へ伺い上げ、更に将軍の御《おん》許可を得て、而《そ》して後人を刑する事も出来るのじゃ。それで無うては我儘勝手に、自殺も許す事は相成らぬぞ。」という時目に物を言わせて、

「喃《のう》……、此処の道理《わけ》をよく聞分けて、死を急ぐなら事実を有体に申せ。唯今直きに其方の口書は、書取らせて遣わすぞ、申口を偽ると、幾日も吟味に手間が取れて、落着致さぬ。喃……、分ったか、上《かみ》に手数を懸けるでは無いぞ。」

琴女は早や涙含《ぐ》んで居たが、

「は……はい」と、涙を拭って「御牢内でも然う教えられて参りましたが……、ただ此の儘で御

処刑に預り度う存じます。」

「その義理立をせにゃならぬ対手《あいて》は、旧主人《もと》の奥方菊江女の為であろうが！」

奉行の声は高かった。

琴女は反返らんばかりに驚いて、

「ええ……それを誰が申上げました？」

奉行は莞爾《にっこり》、

「壁に耳在り、得て隠す事は顕るるもの、其方と菊江女の秘密は、天に通じて、形に顕われ、現然として居るではないか。其方がきんを殺した短刀は、奥方菊江女の品であろうが……」

「はい、あの短刀は……」と琴女は行詰まる。

「それ見よ、偽る事は出来まいがな。其方の旧主人藤波家に於ても、確にそれと証人があるのじゃ、其上其方の宿元に於ては、兄に宛てた其方の覚悟の書置も発見され、取上げて此処にあるぞ。」

琴女は益々意外な面色《かおいろ》、

「あの、そんな物を誰が出しました？」

「誰でもない、探査の役人が、其方の兄の家を、家捜《うちさが》しした結果、手に入《い》ったのじゃ。それ故仏壇の奥に其方が秘め置いた品々は、皆揚って居《お》る。其方の兄の忠蔵も、初めて知って、驚いて居たと申すぞ。」

「ええ……？」琴女は又愕然《ぎょっと》した風情《ようす》で、「よもや誰にも知れまいと存じ、両親の位牌の裏に、貼って置きましたあれまで御取揚げ……。」と、怨めしそうに、奉行を瞶《みっ》めて、わっとばかりに泣伏した。奉行は又、慰めるように、「泣く勿《な》、人を殺して本望を遂げた上は、その仔細を秘《かく》す事も要るまい。女の狭い心から、旧主人《きゅう》の名を出すまいと、思う故でもあろうがな、それでは、琴、思慮が足らぬ。恁うなる上は秘そうとて秘さるるものではないぞ。然し、其方は女子の情《なさけ》、恋の遺恨などというではなし、五年も武家に仕えて居た甲斐には、自《おのず》から武士魂を会得して居るに依って、此方も其の赤心を推察致し、其方が初《しょ》一念をも貫かせ、旧主人《もと》の霊をも慰め得るよう致して遣わし度く思うが、偽り秘してはそれもならぬ。逐一有の儘に白状致せ。」

琴女は永い間泣伏して居たが、決心面《おもて》に現われて、声を励まし、「御前様《ごぜん》、御手数を御懸け申して相済みません。逐一有体に申上げます、前後よしなに御書取を願上げます。」といったが、ふと背後《うしろ》を振返って、家主の顔を見ると、「誠に恐入りますが、お冷水《ひや》を一口呑まして頂き度う存じます、心が乱れて何も申上げられません。」

奉行は早速、「許して遣わす、こりゃ誰かある、水を与えよ。」

同心の内の一人は、水を持って来て琴女に与えた。琴女はそれを押戴いて呑むと、軈《やが》て徐《しず》かに語り出だした。

五

私は、十七歳の時、兄の手許より同業市蔵《いちぞう》と申す者の処へ嫁付《かたづ》きましたが、懐妊中不幸せにて良人《おっと》に死別れ、生家《さと》に戻って女子《おなご》を安産致しました。

然るに間もなく、或る御旗元様へ、お乳のお抱と申す事にて、お目見得仕りました処、お抱入れになり、お産れ間もない若様の乳母と成り、そのお給金とお手当とで、我子は何不自由無く、里に預け置きましたが、ふと二歳の時、疱瘡で歿《なくな》りました。

其後、先月まで、五箇年の間、お屋敷の若様へ、お乳をお上げ申しながら、お守《もり》を致して居りましたが、若様が御死去なされて、お暇となり、又生家に戻りました。

私、御主人様方に、永い間御奉公致して居りました訳は、奥方菊江様と申上げますお方様は、お産後、お肥立悪しく、お乳も出ませず、引続き永の御病《わずら》いにて、俗に申すぶらぶら病《やまい》とやら、五箇年の永い月日、お床をお離れ遊ばす事も叶わず、私は、それ故、若様には、お乳をお上げ申しながら、奥さまの御介抱申上げて居りました。

主従とは申しながら、前世の因縁とでも申しましょうか、奥様の御意《こころ》に叶い、それはそれは御慈悲《なさけ》深く、奥様は私よりお歳が一つ上、実の姉でも是程には深切に致してくれまじく思います程、私も心の底から、奥様の御志を、難有く存じて居りました。

それ故最初の内は主従のお交りであり、礼義も隔ても御座いましたが、長の御病気故御労《つか》れにもお成り遊ばし、外のお召使の内にはお気に召しませぬのも御座いましたが、私をば実の妹と思って居る故、側を離れてくれるなと有仰って、若様は外のお召使にお守を頼んで、私は昼夜御附添申上げて御看病致し、他のお召使には出来ませぬ事まで、私はして、お上げ申しました。

それ故に、奥様も亦《また》、御心の内は何事も御隠し無くお話し遊ばし、又私より申上ぐる事は、よく何事でも快《よ》う御聞取下さいました。

奥様日々のお楽みは、拙い私とのお物語にて、若様へお乳をお上げ申しながら、五ヶ年御看病を致して居ります内に、奥様の仰せには、

「若は成長すれば三千五百石の跡取、又私は長命《ながいき》は覚束無いが、若が物心を知ったらお前を私の代りにして、孝養を尽せと教えるから、幾末長く奉公して下さい」との仰せを受けました事も度々で御座いました。

私も一生御奉公を申上げ、身を捨てても御仕え申上げますから、御安堵を遊ばして下さいましと申して、奥様へはお心安う御養生を遊ばして下さいますように常々お慰め申して居りました。

処が、奥様のお胸の裡に、年増し御苦労の種となりましたのは、大殿様は、若様が二歳《ふたつ》の夏、お逝《なくな》り遊ばしましたが、其後今の殿様のお身持が悪くおなり遊ばしました。

これも、其起因《おこり》は、奥様の永の御病気から、殿様へ日々《にちにち》お仕え遊ばす事も、お出来遊ばさぬ処からで御座います。

最初《はじめ》の内は、人も羨ましく思います程、お仲も好く、御看病をも遊ばして下さいましたのが、

御病気三ヶ年目の春の事で御座います。ふとした事から殿様は彼《あ》のおきんにお目が留り、お足も繁く御通い遊ばした、お好みの尺八のお相手に遊ばすとやらが次第に嵩じました。

それも、最初の内は、然ような事も、御病人様のお耳に入れぬようにと、私を始め外の女中衆も秘《かく》し隠しに致して居りましたが、女御隠居様のお姑御、浄心院様と仰せあるお方が、奥様へのお言葉に、

お前が永く愚図愚図して居るから、殿様は此斯《これこれ》で、近頃町に御愛妾《あいしょう》が出来たのじゃ。それがため夜泊りもして、屋敷を外に出歩くので、私も心配でならぬ。家来共の締りも無くなり、其上費用は多くかかり、色々と勝手元も困難との事、又、主《しゅ》を見習う下《しも》とやらで、殿様は屋敷の物を持出しておきんとやらへお遣わしになれば、家来までがいい気になって、屋敷の物を持出しては、務めを余所に狂い廻り、家事不取締りになりました。親の口から言えた事では無いかも知れぬが、お前が永い病いで、良人に仕える事も出来ないなら、生家《さと》に戻って養生するか、又は側妾《そばめ》として、おきんとやら、殿様のお気に協《かな》った、女を抱えて、お前から、殿様のお側仕えに出したら好かろう。

との酷《むご》い仰せ。

それで始めて御病人様も、その事実《ことがら》を御承知になり、一層御病気も重くなり、お生家のお父上にも御相談がありました。

六

処が、「そんな無理は無い、二年三年病んだ処が、生家《さと》に戻すなどとは以ての外だ、嫁入の時の約束には、何といった？　当家は千五百石、又藤波家は三千石、高《たか》の釣合もあるからと、強《た》って断ったものを、強いて望み、高の高下を望むのではない、本人の縹緻《きりよう》を望んで申請けるので、例え如何様《いかよう》の事があろうとも、幾末きっと離別はしない、又、万一生家方に不仕合せな事があれば、きっと引請てお世話申す。と迄、媒人《なこうど》を以て、武士《さむらい》同士、堅い約束をして嫁《や》ったのではないか、それを忘れて、病ったとて離縁話とは何事だ、然なくば側妾を抱えて出せとは、よくも言えた義理だ、それも跡継の子息でも無ければ、又妾《しょう》を置くという法もある、立派な男子が産れた上は、妾《めかけ》沙汰も要らぬ話。以ての外だ。」と、厳《きつ》い御立腹。

奥様のお父上は、厳しく御隠居様にも御談判《おはなし》に相成り、殿様にも御意見遊ばしたのが事の起因《おこり》でそれからは、御生家方とも仲違いとなり、お姑様も、殿様も、御病人にはお構い無く、女中衆、御家来衆も大勢御座いますので、自然、殿様方と、奥様方と、二党《ふとう》が出来、お家は乱れ、殿様方からは、奥様は、一日も早く死ねがしの、哀れな御境涯にお成り遊ばしました。

まだ、そればかりでは御座いません。奥様の御召物、又御道具類迄も、お箪笥、お長持は御土蔵に御座いましても、中身は皆なおきんの方へ、悪者がお勧め申して、殿様が御運びになり、何一品《しな》も無くなって了いました。

それもこれも皆おきんという悪婦が、殿様をお欺し申して、巻揚げて了ったので御座います。

奥様の仰せには、

「私は迚《とて》も全快は覚束無い、死んで行く身、何も要らぬ、そんな事を気にしておくれでない。此の白の小袖、これだけは人に渡し度くない、嫁入して来た時着て来た品故、枕許に置いて下さい。」と、有仰ってで御座いました。

けれど、そんな事も御病気を愈々《いよいよ》重くする種となり、御出入のお医者様が、幾らお薬をお上げ申しましても、御快方の御容子は無く、次第次第に御病気は重くなるばかりで御座いました。

それでも若様はお丈夫にお育ち遊ばすので、それが切《せ》めてもの御心を慰める種で御座いました。

若様は日に増し、お悪戯《いた》も増し、お可愛らしく、お母様のお枕許で、私がお相手を申して、お遊び遊ばすのを、奥様は御覧になり、お喜び遊ばし、それが薬百服にも増す宝だとの仰せで御座いました。

処が、先月の下旬、若様はふと御発熱遊ばし、お医者様に診て頂きますと、流行の疱瘡ならんとの御診断、私の女児《こども》を奪られましたのも、その疱瘡で御座います。

私は愕然《ぎょっ》と致し、奥様にはお秘し申して、ただお風邪気《け》とだけ、申して居りましたが、何うか滞り無くお肥立に致し度いと存じ、神々様、仏様にも、精進致し、誓願を懸け、その後は昼夜怠り無く、御看病に手を尽しました。

奥様の御病室は、お離れで御座います。其次の間を若様の御病間と致し、日夜丹精を尽しましたが御熱は烈しく、少しも降《さが》りません。

其内、殿様にはお留守勝、次第に重くお見受け申しましたので、余り心配で御座いますから、奥様の御口上にて、殿様の御遊《あそび》興先へ、お迎えに上げましたら、まあ何という事で御座いましょう。

おきんめが、それを聞いて、使の女中に、「お母さんが長病いをするような碌で無しのお腹《はら》に出来た子だから御疱瘡の重いのも当然《あたりまえ》だ。一層の事御逝りになったら奥様も早くお形付きになるだろう。」と、長火鉢の前で悪口《あくこう》雑言申して、殿様を引留めて、お帰りを妨げたと申す返事で御座います。

此の返事をお聞き遊ばした時には、奥様は何事も仰せられず、ただお泣き遊ばすばかりで御座いましたが、私は、腹が立って、如何に下賤の芸人根性の女なればとて、余りに憎い悪口雑言、若様に万一《もしも》の事でもあったら、きっとその時こそは思い知らしてやると、然う聞いた時に殺す気が起りました。

処が其夜の九時過に、若様は、帰らぬ旅に、五つの歳でお旅立……。

奥様と、私は、御亡骸に取縋《とりすが》って、泣いて泣いて泣明しました。

暁になりますと、奥様の仰せには、

「琴や、其方は嘸《さ》ぞ労れたであろう、最早取戻しのならぬ事、これから日の出る迄にはまだ間があるから、それ迄の間暫くなりと次に下って休息おしよ。」と難有いお言葉、御通夜の人々も申してくれます。

其四五日、昼夜間断無く、お附添申して居りました身故、私は手に持って居た宝を、何者かに奪われたように存じましたが、

「今夜だけお通夜を……」と、願いましても、奥様にはお聞入御座いません。

奥様が私の身を思召して、それ迄に有仰って下さるものを其上申上げましては我儘と存じましたので、御免を蒙りまして私は一先ず御台所へ下り、顔を洗い一寸部屋へ帰りましたら、それ限《きり》着のみ着の儘で倒れて了い、前後生体《しょうたい》も忘れてそのまま暫し転寝《うたたね》の夢を結びましたが、ふと目が覚めますと胸騒ぎが致します。

七

直ぐに、若様のお逝《ゆか》れ遊ばしましたお座敷に駈着けますと、お次には、二三人、お通夜の人も居りましたが、皆寝て居ます。

奥様は、御隣座敷のお床からお出遊ばしましたか、白のお小袖にて若様のお上に、抱着くように俯伏《つっぷ》して居らせられます。

訝《おか》しな事、と存じながら、密《そっ》とお側に寄って見ますと、奥様は、御守刀《まもりがたな》九寸ばかりの短刀でお喉を突いて御自害遊ばし、お血は若様の白羽二重のお召物にまで、真紅《まっか》になって流れて居ます。

「あぁッ！」と私が声を立てますと、お通夜の人々も驚き、騒ぎ、お医者をお手当をと手を尽しましたが、その甲斐も無い事になって了いました……一夜の内に、御母子《ぼし》とも、お両方《ふたかた》の御情無い御最後、何と申上げます言葉も無い事になって了いました……

と云って、琴女は、永い間、白洲の上に泣伏して居たが、

「して、其方が今度きんを殺した短刀は其の品か？」と、奉行は訊ねた。

「いいえ……」琴女は泣きながら、

「然ようでは御座いません。あの品は、若様のお乳に上りました後、奥様の仰せには、武士《さむらい》の守役は、常に武士の乳母という、心懸が無うてはならぬ、表に出るにも、此の懐剣は、帯の間に差して居よ、これは名人の鍛えた短刀《しな》で、優れた作と申す事、作者の名は備前の忠廣《ただひろ》とか仰せられました。難有く頂戴して、肌身離さず所持致して居りました品で御座います。」

琴女は又言葉を続けた。

……その業物《わざもの》の所為《せい》でも御座いましょうか、唯一刀におきんを斬殺《きりころ》し、返す刀をその胸に刺し通しましたが、畳から下、床板にまで、貫き通《つ》ったと見えまして、抜く事も協《かな》いませず、残念ながら其儘見捨てて往来へ逃げ出しました。

あの懐剣が手に御座いましたら、直ぐに自害も出来ましたのに、狼狽《うろた》えて御訴え申し、お手数をお懸け申し、元の御主人様のお名迄申上げ、重ね重ね申訳の無い、残念な事を致しました……

と口惜がる。

八

琴女の話は是で尽きたのである。

然し、奉行は、それだけで、何うしても、彼女を罪に陥し入れなければならなかった。

因《よつ》て、奉行は、

「菊江女よりきんを殺せとの言付を受けたのであろうな、有体に申せ。」と、その有体に力を入れて聞いた。

すると琴女は、頭《かぶり》を振って、

「いいえ……、然ような訳では御座いません。それはそれは、奥様には、御立派な方で御座いません。して人を恨むなどと申す事は素より、一言もきんを怨みがましい事は、仰有った事は御座いません。又お恨み遊ばした御容子も御座いませんでした。ただ御自身の御病気をのみ、お悲みで御座いました。

それ故、私の拙い心からのみ、御心の内を御察し申し、あの女の為に然ぞ御口惜《くちお》しく思召して御逝《かく》れ遊ばした事であろうと、私の勝手で然う致しましたので、お主《しゅ》の敵《かたき》のおきんを殺し、奥様と若様との、お後を追うて、冥土《あのよ》までも、お二方のお供を致して、お仕え申す意《こころ》だったので御座います。

昔の御武家には殉死とか申す事も御座いましたとか伺って居ります。お二方様がお逝《ゆか》れ遊ばしてからは世の中を見るのも厭になりました。」

とばかり、決して奥方の指図とは言わぬ。……然う云えば、死者に罪なし、死んだ奥方を調べる訳にも行かぬから、琴女の為には利益な点もあるのに……。と、奉行は残念に思うたが、

「いつ、其方は暇《いとま》になった？」

「御葬式が済みましてから、金百両のお手当をも頂き、お暇になりました。」

「然るに、其方は、其手当も、亦、奉公中、定めし貰い溜めた衣類も金品もあったであろうに、兄の家には何品も無いと申すが、其品々は何れに始末をした？」

「はい」と琴女は潔く、「死のうと覚悟致しましてからは皆な不要になりましたので、衣服《きもの》は兄へ形見分けと存じ、これは親類の家へ預け、お金は不残《のこらず》奥様と若様との御菩提所へ、御奉納申上げ、其節お経も読んで頂き、実は私の戒名をも、其節書いて頂きまして、書置と共にお仏壇の父母の位牌の裏に置きました。」

「その戒名も揚って居るが……。それで、其方の申立は、一通り分ったが、猶よく胸に手を置いて考えて見ろ。其方がきんを殺したのは、奥方菊江女の申付けであったであろうが、喃《のう》……、それを秘しては相成らぬぞ。主命と私《わたくし》の遺恨とでは、其方の身に取っては、重大な相違があるのじゃ。菊江女は最早此世に亡き人、迷惑の懸る事もあるまい、遠慮には及ばぬぞ。主命なら主命と申せ、判然《はっきり》と、な……」

と、奉行は噛んで含めるようにいった。

が、琴女は早や泣顔になりながら、何と答えていいかを迷うものの如く、永い間心を焦躁《あせ》って居たが、

「はい、御主命など申す事は、決して御座いませんので御座います。」

「何うあっても主命で無いと申すか？」

「はい……。」

「上《かみ》を偽っては相成らんぞ。」

「はい、それでも……。」

「それでもとは何じゃ？　それでも主命でないと申すか？」

するとと琴女は慌てたように、

「恁ういう訳で御座います。私は若様奥様御逝去の後《のち》、直ぐに御供の自害を致そうと存じました。そして私は若様を背に負い、奥様のお手をお引き申して、冥土《あのよ》へ参る意《つもり》で居りました。けれど、前日申上げました。おきんの悪口雑言には、何うしても腹が立って忘れる事が出来ません。あんな悪婦さえ殿様をお迷わせ申さなければ奥様もお心安く御病気の御養生が御出来遊ばしたのに、縦令《たとい》若様はお逝《ゆか》れ遊ばしても、殿様さえ御屋敷にお在《いで》遊ばしたら、またどんな事でお跡が出来ないものでもない、然うしたら、奥様だって、きっと御自害は遊ばさなかったに相違無い。末頼母《たのも》しゅう、お力にもお成り遊ばし、軈《やが》て御病気も御快方になり、元のお睦じい御両方《ふたかた》様のお姿を見

る事も出来たであろうに、あの毒婦一人の為めに、殿様はお迷いになり、お家は乱れ、御血筋は絶え、其上又奥様は御自害遊ばしました。

本当に、お仲違い後は、御生家方の御両親様を始め、御兄弟の方々も、実を申せば、蔭では御案じ遊ばしては被在《いらっしゃ》りながら、御姑御浄心院様、又殿様のお顔をお見遊ばすのが厭さに、御見舞にもおいで下さいません。

奥様は本当のお独り茫然《ぼっち》で御座いました。

その上、殿様にはお捨てられ遊ばし、お姑御様には奥様故とお憎くしみを御受け遊ばし、今又百薬の長とも御頼み遊ばした若様にお別れ遊ばし、何処に立つ瀬が御座いましょう！　此の濁世を儚く思召し、御自害遊ばしたのも無理はない、それというのも皆おきんが因《もと》だ。おきんが自分で手を下《おろ》して、お殺し申した訳ではなくとも、あの色香に殿様をお迷わせ申した悪魔！　お主の讐《かたき》を取った後は、その首を提《ひっさ》げて、お後から奥様に追着き、御覧に入れよう！　と決心をしたので御座います。それ故お暇を頂きましてからは、直ぐにおきんを殺す仕度を致し、首尾好く本望を遂げました。もう何の心残りも御座いません。決して決して奥様のお指図や命《おお》せでは御座いません。もう本望を遂げました上は、私は一日たりとも此世に生きてる用の無い身《からだ》で御座います。少しも早くお二方様のお側へ参り度う存じます。貴方様の御調が、此上御手間が取れますようなら、私は舌を噛んで、自分で死んで了います。」

「こりゃ琴！　血迷うて逸《はや》まるな。」

「はは……い」と琴女は畏《かしこま》った。

此事件は小石川巣鴨町の藤波主水《もんど》という、三千五百石取の旗元の家庭より起ったのである。事柄が事柄だけに、幕府評定所にて評議に成り、老中久世大和守《くぜやまとのかみ》の差図にて、「讐討《あだうち》」と云うでもないが普通の殺人犯とは異《ちが》うので、琴女は遠島《えんとう》に仰付けらるる事に成り、当時の将軍、（幕府十三代）新葬《しんそう》の赦免を理由に、無処刑で兄に引渡さるる事になった。

然し琴女は自殺の虞《おそれ》があるので、暮々も掛り与力から兄へ注意をし、又本人にも奉行の慈悲を伝えたので、此上はと琴女も思い留って、生存《ながら》えて尼になる事を誓った。

講談雑誌　大正十一年（一九二二）九月号

酒匂川氾濫

お道松太郎

一

東海道酒匂《さかわ》川《がわ》に、まだ蓮台《れんだい》渡しの始まる前であった。川端の妙善寺《みょうぜんじ》に、毎晩毎晩不思議なお祈《の》りがあった。

もう信心を始めてから二七日《ふたなぬか》になる。村中、軒別《けんべつ》、男は橋普請に、又、小児《こども》は砂利運びに、代官の仰せ付けで、一軒不残《のこらず》召上げられて、毎日毎日、工事をした甲斐あって、然《さ》しもに広い酒匂川も、其《そ》の中央《なかば》迄は橋は架ったが、もう少しで、彼岸《むこう》へ行渡ろうという段になって、何《ど》うしても彼岸から七本目の橋杭が、打っても打っても打込めぬ、水を掻い乾し、流れを堰き止め深く深く地盤を掘って、其中へ太い橋杭を突差して、幾ら大勢の力でエンサカエンサカ打込んでも、打込んでも、今度は好いと思って居ると一夜《ばん》経つ内には、流れは激怒して、其杭の影も留めぬ、又、堰止めた堰の形も無い、然《そ》う云う事が、何回も続いた。それで、村の新知識で、つい此頃《このごろ》江戸から帰って来ている、庄屋の子息《せがれ》の松太郎が、それは川床が悪いからだ、もう少し深く掘って、完全に杭を打込んだら、何の事は無いと説明しても、何しろ日本に何番という長橋の大工事に、呑まれて了《しま》っている村の人達は、庄屋の子息の言葉なんぞは、天で耳にも入らない。それよりも妙善寺の和尚さんのいう通り、信心が好かろうというので、毎晩毎晩、家毎に女一人ずつ、都合三四百の同勢が、灯明が点くと、妙善寺に集って、声を揃えて、お題目を称えるのだから耐《たま》らない、尤も、毎晩、一人が一文ずつ、お賽銭をガチャリガチャリと、賽銭箱へ抛《ほう》り込むとしても、一晩に三四百文、二七日に九貫文は、間違い無く上るという、和尚の深き心なんぞは、誰一人気の着く者もない。だが信心さえすれば橋杭が無事に立つものだとばかり思って、朦々たる安線香の煙の中に、そのお題目の合唱と、太鼓の音の喧《かしま》しさというものは宛然海嘯《まるでつなみ》が沸いたよう。

それが済むと、嫁の悪口やら、小姑の悪口やら、何処で赤ン坊が産れたとやら、人が死んだとやら、生きたとやら、一時《ひとしきり》あられもない無駄話が始って、丼に山盛で出た、沢庵で、渋茶を啜って、偖《さ》て、名々《めいめい》に、提灯をつけたり、赤ン坊を負《おぶ》ったりして、下駄が違ったとやら、見えないとやら、大騒ぎして、帰って行く……

△「まあ、又明日の晩、逢いましょうよ。もう些《ち》と早目に寄りましょうよ。お冬さん、明日は、お前《めえ》さん処《とこ》が、番ずらあ、お蠟を買って行っておくんなんしょ、お休みなせえまし、御苦労様でごぜえました。」

○「まあ、御免なせえまし。」

□「御苦労様でごぜえました。」

という声が、門前で別れ別れになる。
丁度其頃、お寺の本堂傍《わき》の薄暗い小座敷で、若い男女《なんにょ》の気配がした。

二

女「あれさ、もう、お離し遊ばして下さいまし、御主人様が怖うございます。」
男「いいよ、いいよ、俺が恁麼《こんな》不自由な処を、借りているのも誰の為めだ、狭い村内《むらうち》では人目が多い、隅から隅まで村の者の目が届く、又、家じゃあの通り人出入が多いから、いつ何処でという訳にも叶《い》かない、それから思い着いたのが此処の座敷、お寺様にも梵妻《かみさん》はある、又子供もある、金さえやれば誰に遠慮はない、お前は幸い、毎晩毎晩、村の人達と一緒に信心に行くといわれて、恁《こ》うして此の寺迄は来る、恁ういう時、此処で逢わなけりゃあ何処で染々《しみじみ》逢う事が出来る。私《わし》に言わせりゃ、あの橋杭は、千本万本流れたって、信心の日が重なりゃいい、今日打ったあの杭も、きっと今夜は流れるだろう、亦《また》、流れてくれるように、然うなりゃ明日から又一七日《にち》、信心が延びるだろう、何うか延びてくれればいいと祈って居るくらいのものだ。馬鹿な奴等だ、信心さえすりゃいいかと思って、俺のいう事なんざ、取上げもしない、いつ迄ポンポン打ったって、あの川床じゃあ、柱が立つもんか。だが、其処が此方の附け目だ、お前が幾ら帰るといっても、此の私が離しゃあしねえ。」

女「あれ、今日結い立ての島田が……、あれ、何うぞお離し遊ばして……、もう本堂で、和尚さんが、戸を閉める音が致します。」

男「俺は、静かな処がいい、少しばかり、読み度いものもある、うちは人出入が多いから、少しばかりお寺の座敷を借ります。と、云ったのは、お前に逢い度いばかり……、あの親父さえ亡くなって了えば、きっと俺は、女房《にょうぼ》にするから、然う思って、待っておくれ、俺は、あの、広い江戸へ行っても、花の都の京へ行っても、お前程、可愛いと思った女を、いまだに見た事がない、母親《おふくろ》に別れて後は、もうお前一人が頼りなのだから、お前も決して心変りをせぬようにな。」

然ういう男の目には涙が光った。

女「あれ、若旦那様、勿体無うございます、私《わたくし》はもう、幼《ちいさ》い時から、貴方のお母様に拾われまして、恁麼に大きくなったのでございます。私の命は、若旦那様に差上げましたも同様でございます。ただ気懸りなのは、大旦那様のお怒りでございます。大旦那様は私の母を、大層お恨みに思召していらっしゃいます。」

男「親仁《おやじ》は、金を溜める事と、女にばかり構う事が、道楽なんだから始末に可《い》けない。然し、もう心配する事は無い、お前には私という者が附いてるんだから……。」

恋する男女は、漸《やっ》と離れた。此上女を引留める事は、折角今まで秘《ひ》し隠しに隠して来た二人が恋を人に知られる基《もとい》である。男は、庄屋の子息松太郎、女はその寄食人《かかりゅうど》、親兄弟も何にもない、一人法師の娘お道である。お道は、漸と、今年十七、村一番の縹緻《きりょう》佳しであるが、庄屋の寄食人というので、誰も調戯《からか》わない。村の鎮守祭や、お寺に法会のあった夜など仄明るい提灯の影で、絵行灯《あんどう》の影でその﨟長《ろうた》けた、美しい顔をチラと夕顔の花のように見て、胸の思を焦す男はあっても、唯だ高嶺の花とばかり、庄屋の寄食人では何うする事も出来ぬ。何うかして、あの、大きな欅の門の開《あ》いた時、通り懸りに門内《なか》を覗くか、首尾好く仕事にでも邸の中へ入り込んだ時に、縁側で出してくれる茶でも貰うくらいが関の山である。然し、村では庄屋の三人娘の、あの太高慢《いけこうまん》な、年中ツンとして、紙で拵《こさ》えた姉様人形のように、袖を重ねて、目を釣るし上げて居る姉妹よりも評判が好い。男でも、女でも、庄屋のお道《みつ》ちゃんといえば、その性質《きだて》なら、縹緻なら、誉めない者はない、それ程柔順《すなお》な美《い》い娘《こ》である。

だから、無論、其娘が、お題目の手伝いに来たとすれば、一層橋柱の方へも効顕《ききめ》があったかも知れぬ。けれども、何しろ、お題目の手伝いというのは、家を出る時の口実で、此寺へ来ては、皆なに隠れて、松太郎と媾曳《あいびき》しているのだから耐らない。杭は幾ら打っても打っても、流れて了うのが当然である。

松太郎は、お寺の奥座敷の鉢前の戸を開けて窃《そっ》とお道を送り出しながら、縁側が高いので、自分先ず地《した》へ降りると、抱いてお道を扶《たす》け下し暫しの間《ま》も、残り惜しそうに、

松「さ、其処迄、送って上げよう……。」

道「…………。」

星は、真黒な椎の梢に、降るように、キラキラして居る。

三

甚「偖て皆さん、何ともはや、御苦労さんでごぜえましたあよ。」と、庄屋の甚左衛門《じんざえもん》が先ず、二間床を背負《しょ》って、大きく、村の一同に口を切ると、

○「何う致しまして、恁うして皆の衆の集まってくれたのも、村の大事と思やこそでごぜえますから、まあ、ゆっくり今日ちう今日は御相談申しますべえよ。」

×「然うでごぜえますよ、何せ今も来る道々で頭《かしら》にも、親方にも、色々委しく聞きましたが、何うにも今度の事《こん》ばかりは解せねえ、此上骨の折りようもねえ、不思議な事だと申すくれえでごぜえますから、此上入費《いりめ》も然う然うは納め切れもしねえから、先度《せんど》の寄合の時にも一寸《ちよつと》出た相談《はなし》通り、何か水神様の気の済むような事でもして、何しろ、此の夏の梅雨前《めえ》までには、下工事を済して、ちゃんと梅雨のあれ迄には、拵《こせ》え上げて了いてえと思いますが、どんなもんでござんしょうか、まあ皆の衆。」

中に独り恐れ気《げ》のないのが、

△「気の済むようにって、何けえ、人柱を建てるてんのけえよ。」

◎「おおさ。」

△「じゃあ何けえ、娘っ子を生埋めにしせえすりゃあ、きっと橋は出来上ると極ってるのけ

え。」
一寸返事に窮《つま》っていると、
△「人の命をよう、生きながらにして、あの穴へ打《ぶ》ち込んで、今度杭が立たねえたって、娘っ子は、生きて戻りゃしめえ？」
○「然うも思うけんど、よく例《ためし》にもあるように聞くだからなア。」
△「俺《おら》ア厭だな、殺生な話じゃあねえか。」
すると庄屋の甚左衛門が、
甚「まあ、皆なの心持も聞いてからにしなくてはなるまいで、静かに相談しようよ、なア皆の衆、何うも、易占《うらない》の人も、水神様の祟りだといって、人柱を立てねえにゃ、到底《とて》も此の橋は出来めえと、繰返していわしったし、お代官も、然うしろと差図は出来ねえが、村内の事だから皆と相談して、するものならしろ、人柱を立てても、大目に見ると、いって居さしった、何うだろうなア、皆の気持は？」
すると又、村の一人は、
甲「易占者も然ういうし、お代官もそんなにいわっしゃる事なら、まあ、然うしたがよかろうよなア。」
乙「まあ、気の毒なのは、一人で、助かるのは村中だから、不養生して嘆きを見るより、どんなに当人の身になっても、人助けになるか分らねえから、死んでも地獄へ墜ちもしめえは。然う思って遺族《あと》の者にも諦めて貰うだねえ……。」
するとー人の村の衆は、
丙「然うなっては、さっきもいう通り、やっぱり娘っ子のある衆は、否《いや》をいうのは人情だが、今度は、諦めて、一つ、村の為めに運上して貰うべえよ。先度も、申出しの期限より遅れ放題日限《ぎり》が延び過ぎて、お代官も些《ちつ》との腹立《はらだて》じゃアねえのさ。此上延びたら、どんなに、又上納の時に仇《かたき》を討たれるか分らねえからなア……。」
然ういわれて皆々《みんな》は余計恐をなし、
丙「そうれ、其処だあよ、村は、入費が嵩む、此の通り、此の二三日又、雨ばかり降って、植付前の忙しいのに、橋普請と両方で田の始末も出来ねえのに、此上、いついつ迄に仕上げますと約束の橋が、植付頃に不順でもあって栽《う》えた物ぁ腐る、橋は手が退《ひ》かれねえ上へ、又、ぶん流れる、其上、もうもう然う然うは銭の出処《でどこ》もねえ上に、収穫《とりいれ》時を、然うお上で曲られた日にゃあ、村中の食う事も、飲む事も出来ねえようになるだから、こりゃあ娘っ子のある衆に、腹を据えて貰うだね。」
丁「御道理《ごもっとも》様でごぜえますよ。」
偖て、然うなると、誰しも、迷惑には、迷惑だが、娘を持たない親は素より、娘持つ身も真逆《まさか》俺の家へは当りもしまい、という一時遁《のが》れの安心と、代官へ媚びる卑劣な心と、秋の年貢の高騰する恐ろしさから、先ず人柱を立てて見べえよ、ぐらいな事に相談は定《きま》ったのである。そうなるとその人選である。

四

甚「私《わし》も、村の為めには、親代々勤めて来た意《つもり》だ。」と庄屋は重々しく皆の顔を見る。

皆「然ようでごぜえますとってからに、よう。」と皆が大きく頷く。

甚「けれども、恁麼《こんな》不思議はいつにも聞いた事がない、よそ外《ほか》村へ聞えても、此後又再々工事半ばで変があると面目《めんぼく》がない、私の面目は、村の面目、村の面目なりゃ、もう、皆、お前《めえ》方の面目なのだ、いいという事なりゃあ、何も彼にも、して見ずば成るまいで、今度の事も、気の毒だが、事の善悪《よしあし》は其時の事で、人柱が、可かろうとなら、立てずば話が聞えまい、其上で、験《しるし》がなくて、恨みがあれば、皆の衆が、一度に腹を揃えて、受けるばかりではあるまいか、又其の娘の事に就いても、色々と考え抜いて、考え抜いて、恁うと此処が定まったから寄って貰いました。」と、太い指で胸を指さす。

皆なが呆れたような顔で見てる処を、庄屋はまた矢継早に語り出す。

甚「先祖以来《このかた》、村の為めには、身代を投げ出してかかるような事《こと》にも度々打著《ぶっ》かっているが、今度の工事なんぞは、此上永引けば、身上を擂っても果てしのねえ事だ、金《こん》で御奉公をした人は、代々有るが、私は、御奉公納めに、今度の御供《ごくう》は、私が御奉公しますべえ……。」

皆「ええッ？」と皆なが驚くのを、甚左衛門はじっと押えて、

甚「村の内がよく治まって、褒められる時頂き物をする時は、いつも先へ出る村長《むらおさ》が、恁ういう時に尻込んでては、少し理の通らねえような話だと考え着きました、地主様のうちの者と皆の衆に大切がられたからには、皆の衆の為めに先ず一命を捨てるのは、時代時節《ときよじせつ》で仕ようのねえ事と、私からようくいって聞かせましょう、私も辛えが、皆なの為めだ、主人《あるじ》の俺が頼むのを、否やをいおう筈はねえのだから、先ず、私にお委《まか》しなせえ、村の娘に誰一人、無垢を着せるような嘆きは、私が決してさせめえから……。」と太い煙管《きせる》を斜に構える。

村の人達は皆愕然《ぎょっ》とした。まだ人選の定まらぬ内は、それでもという安心があるから、然ほどに驚きもしなかったが、今の口裏で聞くと、確かに庄屋の寄食人《かかりゅうど》に違いない、あの可愛い処女《むすめ》のお道を、生きながら人柱に葬る事かと思うと、有繫《さすが》に我子可愛いと思う親達も、庄屋の心が憎かった。庄屋の娘は三人ある。其内の一人とでもいう事か、あの可愛いいお道、内心では誰惜《にく》まぬものもなかった。と云ってそれを留める訳にも叶《い》かぬ。留めればその厄難《さいなん》は、忽ち自分達の身に降り注《かか》る。と云う卑怯な心から村人は興覚めながら、先ず先ず触らぬ神に祟りなしと、

◯「それはまあ難有《ありがて》え事《こん》でごぜえますよ、何分宜しゅうお願え申しますだよ。」と、礼を述べ述べ帰って行った。其後で、子息の松太郎は、甚左衛門の居る座敷へ飛込んで行った。

×　×　×　×　×　×　×

松「お父《とっ》さん、そんな残酷な事を何故《なぜ》なさるのですか？　そんな馬鹿な事をしたってあの橋柱が立つ訳のものじゃありません！　橋が大切《だいじ》か村が大切か、お父さんの名誉が大切か、人の命が大切かぐらい、幾ら年を老《と》ったお父さんだって、大概つもりにも分りそうなものじゃありませんか！　何だって又そんな馬鹿な事を引受けるんです？」と、幾ら子息が引留めても分らない。父の甚左衛門は烈火の如く怒って、

甚「それが分ってるから引受けるんだ。私に取っては、あんな娘の、一人や二人の命より、村が大切だ！　橋が大切だ！　又此の私の名が大切だ！　ええッ！　此処な不孝者奴《め》が！」とばかり。

松太郎は、隙もあらば、お道を村から逃がさんものと急《あせ》ったが、それも無駄に終って了った。そしてただ心地好げに微笑んだのは、親父の気性をそのまま受継いだ、高慢娘の三人であった。これは何《いず》れも、その縹緻が寄食人のお道に及ばなかったから。

五

道「死ぬ事は、厭でござんす！　死ぬ事は、厭でござんす！　何うぞお免《ゆる》し下さいませ！」と、いう声が、磧《かわら》に響いた。おみちは其日、文金《ぶんきん》の高島田に、白丈長《しろたけなが》の丈高く、ばら元結もしめやか

に、かけ離したのみで、櫛笄《こうがい》の飾もなく紅をもつけない片化粧の顔も、自ずから蒼褪《ざ》めて凄い程美しく、生きながら猶死装束の白無垢に同じ帯を結び下げたるもいと哀れげに、袖口を、洩る る、手さえ、指さえ、消えもしそうに雪の如く清らかなるも、痛々しく村の衆に手を曳かれて、荒莚《あらむしろ》の上へ坐らせられた。

広い磧には、颯々《さつさつ》と春風のやや力強きが、白い砂利の上を吹いている。土堤の上には村の衆の、老若男女が黒山のよう。お道が前の祭壇には、真榊《まさかき》、幣帛《へいはく》、五色餅、交魚《こうぎょ》、鮮菜《せんざい》、神酒《みき》、洗米、それが皆、幾段にも飾られている。

甚「ええ、又しても我儘ばっかり！　村内で定《きま》った事を、今更何う取返しが付くものか！　騒いだって、喚いたって、今迄恁うして命が継《つな》がっていたのも、俺が情《なさけ》なんだ、生かした俺が、村の為めに、死んでくれろと頼むのは、何が不足でごたくを吐《ぬ》かす？　親がしぶとかったばっかりに、手前《てめえ》迄言い度い三昧、此の剛突張《ごうつくばり》め！　死んで親の傍へ早く行け！　村の為にでも死ぬ事が、親の罪亡ぼしと有難く思うが可い！　俺が死ねというのに、何が不足で口を返す？　村の定《さだ》めた冥加《みょうが》な役を、居候の分際で背いたとて何になる？　今迄の穀潰し穴埋めと思え！」

お道は猶、陰気に、飾りのない島田の頭《かぶり》を振って、

道「エエ……！　死なすために、生かしてお置き遊ばしたとは、余《あん》ま《ま》り情《つれ》のう御座ります、そんなら何でその時に、見殺しにしては下さりませなんだ、つい先頃迄なら、死ねと有仰《おっしゃ》りゃ、命なぞ惜しゅうも何とも御座りませなんだ、けれど私《わたし》は、もうもう命が欲しゅうて欲しゅうてなりま

せん！　し、死ぬ事は厭でござんす……、死ぬ事は厭でござんす！」

甚「ええ！　ここな剛突張めが！　死ぬ事が厭じゃ厭じゃと、手数ばかりかけ居って、……そんなら私《わし》のいう事聞くか？」」と、甚左衛門はお道の耳に、口を寄せて低声《こごえ》に囁いた。

道「ええ？」とそれにも顫《ふる》え上った。然し他《ひと》には聞えるように、「私には男が御座んす！　私は女になりました！　橋の犠《にえ》にはもうなれる身では御座いません！」

甚左衛門は慌ててその口を押えるように、
甚「ええ！　何という、此の白痴《たわけ》め！　村の迷惑をも思やがらないで、と、飛んでもない出鱈目をいう奴じゃ、そんな嘘をいったぐらいで、助かる命と思うか、馬鹿めが！　それ皆の衆、遠慮は要らねえ！　情をかけて構っていれば、命惜しさにつけ上って勝手次第な事を吐します。さあ、邪魔暇の懸らぬ内！　時でも移って、空模様でも悪くなっては大変だ、少しも早う、それ其処な畚《もっこ》に」と、厭がるお道を背後《うしろ》から引抱えると、
○「おお！」と答えて、四五人の、薄っ剝げた半纏を裏返しに着た土方工夫は、手に手に太い丸太ン棒と、大きな縄畚とを引摺ってやって来た。お道は、
道「あれえ！」と、悲鳴を上げた。途端に、その臈長けた、白無垢の華車《きゃしゃ》な身は、荒々しい、縄畚へ横倒しにされた。

甚「それ、坐らせて！　坐らせて！」と、甚左衛門が、指図をした……

お道の身は、早や七八人の土工等の手に、真直に縄畚の上に坐らせられて、縄畚の縄を、丸太

で担がれて了った。
白無垢を着た、お道の姿は、荒々しい縄畚に吊されて、ふらふら宙に浮いたと思うと、
道「松太郎様えのう！　助けてえ！」と呼ぶ声が、磧に響いた。

六

ギイ……、ギイ……、と、轆轤《ろくろ》のなる音がした。太い、櫓《やぐら》の柱の尖《さき》からは太い、綱が張り切って、数多の土工等が磧で支えている。

その綱の端からは、お道を吊した縄畚がブラ下っている。下を見ると数丈の膝下には、奈落の底かと思わるる、深い穴が掘ってあって、其処には冷たい水が沸き出ている。

祭壇には、数人の神官《かんぬし》が、青く紅く、或いは紫の直垂《したたれ》を着て、頻りと祝詞《のりと》を奏しながら、幣帛を、春風にしては、些と荒い川風に翻している。

代官を始め、村長、世話役、村の衆の主立った者は、皆羽織肩衣で、棟梁は、烏帽子、水干《すいかん》で、皆、お道の畚を見上げている。

ギイ……、ギイ……、と轆轤は鳴って、少しずつ、少しずつ、お道の畚はぶら下って行く。

お道は、その、白い柔かな手で、しっかりと畚の縄に摑まりながら、磧の彼方此方《かなたこなた》を眴《みまわ》して又しても、悲痛な声で叫んだ。

道「松太郎様えのう！　助けてえ！」

天《そら》は益々暗くなってきた。

川風は颯々と吹送る。ざあ！　という川瀬の音は、それが聞えるだけに、一際《きわ》、凄寂《せいじゃく》を増して来る。

お道の畚は見えなくなった。と思うと、ギイ……、ギイ……、と轆轤の鳴る音が騒《かしま》しく聞えたが、旋《やが》てその音がパタリと止んだ。櫓の綱は緩んで了った。その太い綱の端が磧に引いていると思うと、深い穴底からは、幽《かす》かに虫の鳴くような声が、天に向って響いて聞えた。

道「松太郎様えのう！　助けてえ！」

瓦落瓦落瓦落《がらがらがら》！　瓦落瓦落瓦落！　と、数多の畚から、砂利が、お道の、生ある上へ投げ込まれた。

続いて、どすん！　どすん！　という、やや大きな荒い石が、生きながら葬られた、お道の上から、投げ込まれる音が地響きした。

軈《やが》て、その、石の上へは、にょっきと太い、新らしい、松の橋杭だけが顔を出した上から、ドシン、ドッシンと、鉄の分銅が土工等の手に依って、轆轤の力で落される。

ズシン！　ズシン！　と橋杭は少しずつ、少しずつ、穴の底へ打込まれて行く。

不思議や、お道の人柱の上へ立った橋杭は、鉄の分銅を宙から落下する度毎、人々の手に、ベタリベタリと、異様に餅でも突くように、柔らかに感じられる……。

犠牲《いけにえ》は、昔から、純血無垢の処女の身と定《さだ》ったものである。男を知った、お道の罪か、抑《そ》も亦、庄屋の罪か、其後、お道の人柱とともに、然しもに広い酒匂川も、無事に、見事に、天空の、虹の如く橋は架ったが、何うしても、維新の頃迄、橋の架らぬわけがあった。

七

轟！　轟！　と云う川波の音は、刻一刻に弥《いや》高くなって来て、さしもに広い酒匂川原も、今は全く寸尺の地も見えなくなって了った。

濁流は滔々と、岸から岸へ漲り溢れて、いつもは澄んだ水晶のような流も、今は全く泥河と化して了った。つい、先頃迄は、やれ渡り初めだの、人柱の、何のと騒いでいた、石川原の面影も今は何処へやら、五月雨の水量《みずかさ》は、刻一刻と弥増して、一尺、二尺、三尺、四尺、五尺――遂には十幾尺。虹のように、岸から岸へ、果から果へ架け渡された、さしもの長橋《ちようきよう》も、奔馬の如く、躍り来る川波に、百足《むかで》のような橋柱は、グラグラ、グラと、老人の歯のように揺いでいる。

雨は今、小止みとなったが、その間《ま》も、卑しい村の男女《なんにょ》は、手に手に、長い鳶口を持って、岸に立って、川上より流れ来る流木を、見咎めては、死物狂になって、争い拾っている。中には、天秤、大八、荷車、小荷駄、背負籠、背負梯子、畚などで、蟻の餌《え》を、運ぶように、運んでいるのもある。それが皆、川上から流れて来た、崩壊家屋の棟木、折れ柱、流失家屋の、敷居、鴨居、戸板、搗臼《つきうす》、橋杭、橋板、何れも他《ひと》の難儀をした物ばかり。軈て、それが、我身に降り注《かか》ろうとは、誰一人、無智な村人等に気付く者はなかった。

突然、メリメリメリという、大木の、へし折れるような音がして、第七本目の橋柱は、真先に、老人の歯の抜け落ちるように抜けて流れたと見ると其処には、五抱えもあろうと思わるる杉の、生々しい大木が、枝も葉も茂った儘、根こそぎどうと打着《ぶっ》かって、水を左右に振分けて居たが、軈て一緒に、橋柱と共に流れ出す。

続いて、一本、又一本、その裏のも、その又裏のも、大木と共に流れ出す。

見る間に、橋は、両方の岸から、膝を屈するように折れて行く。

驚破《すわ》こそ橋は水が冠った。冠ったまま、荒浪立って、やや暫くは熟《じっ》として動かぬ。

それでも、村人は、流木拾《ながれぎ》いに、夢中になって、狂奔している。

川上の堤防《つつみ》が切れたという知らせが、誰いうとなく村人から村人の口に伝わって、人々は、その百鬼夜行の流木拾いの姿のまま、各々の、田に、畑に、畦に心を配る時、丈余の濁流は見る見る内に、その堤防の此方に漲って、田も、畦も、畑も野もあったものではない。

至る処の、寺院という寺院、宮という宮、庄屋という庄屋の、屋根ばかり、森ばかり、濁流の中から見える当りからは、頻りとドンドン、ジャンジャンと鐘を鳴らす、太鼓を叩く、助けを呼ぶ！　乍然《しかしながら》、船もない。

土堤の上には、老人も、子供も、婆も、嬶《かかあ》も、若い者も、いつか一度は、世話人であった男も川端の妙善寺で、お題目を唱えていた連中も、右往左往、東奔、西走、逃げるにも道がない。する内、波は土堤へ冠って了った。折角拾った流木《ながれぎ》と、一緒になって、流れて了った。馬も車も、人間も、むくむくと流れて行く。

一人松太郎は、松の梢に、摑って、心地好げに、小手を翳して、果てしもない、濁流を眺めやっていたが、ふと耳元に、聞える声がした。

「松太郎様えのう!……」

「助けてえ!……」

「痛い痛い!」

「苦しい苦しい!」

其の声が、川面を掠めて、途切れ途切れに聞えて来る。

松「応《おう》!」と一声、松太郎は、其の声を聞くと同時に、摑っていた松の枝を離した。と思うとふわり、足元を流るる、滔々たる濁流の上へ、すっと降りた。

「松太郎様えのう!」

「助けてえ!」

「松太郎様えのう!」

その声のする方へ泳ぎ出した。

お道の声は、連《しき》りと聞える。

松太郎は、抜手《ぬきで》を切って泳いで行く。

講談雑誌　大正十三年（一九二四）二月号

相撲と江戸児

おさんの意気

一

日本橋矢の倉の菓子屋菊水《きくすい》の若主人藤吉《とうきち》は、晴天十日の大相撲を、十二日見る程の相撲道楽であった。

成程十日の相撲を十一日見る人は沢山ある。今の両国国技館と違って、その頃の相撲場《ば》は、年々、回向院の境内野天《のでん》へ、板と葭簀《よしず》の小屋掛をしてからで無くては、相撲は始められなかったものであるから、好きな人は、初日に待兼ねて、その小屋掛の前景気から見たものである。

処が此の若主人は、その小屋掛の前日から見始めて、千秋楽のその翌日、小屋を取毀《とりこわ》す跡へまで行って見て、更に次場所の星の数を、案ずる程の好き者であった。

事実、藤吉の堅気な唐桟《とうざん》姿は——強《あなが》ち、家が、矢の倉で、回向院に近い故《せい》ばかりではなかった——日の中《うち》にも、幾度《いくたび》とは無しに、小屋掛の木戸前で見る事が出来た。

初日からは、ずっと、桟敷に坐り通しで、夜になると、先廻りをして、贔屓の相撲を、中村楼に招ずる。

それが、いつも、大一座で、贔屓相撲の部屋中を招《よ》ぶ。

その又、合間合間には、衣裳《きもの》を贈る、化粧褌《まわし》を贈る。部屋の普請の寄進につく。吉原へ連れて行く――

だから身上《しんしょう》は幾らあっても足りない。

最初《はじめ》の内は、先代の藤兵衛《とうべえ》が、好きで、一生の内に随分と買集めた、書画骨董の類を、一品、二品ずつ、密《そっ》と蔵から持出しては、出入の書画屋に売捌いて、内証で小遣の足しにもしたが、そんな事では遣り切れなくなって了《しま》って、到頭終には蔵一杯に充満《つま》って居た什物《じゅうもつ》の払出しをする。家を売る。蔵を売る。店の者には暇を出す。

而《そう》して、漸《やっ》と残ったものは、店にもあらず、紙衣《かみこ》にもあらず、又一蓋《かい》の編笠にもあらず、唯《たっ》た一人の美しい女房のおさんであった。

夫婦は今、薬研堀《やげんぼり》の裏露地――つまり元は自分の家屋敷であった裏の小さな長屋に佗住居《わびずまい》をしている。

然《しか》しおさんの甲斐甲斐しさ。今まで大家《たいけ》の御新造《ごしんぞ》で居たものが、遽《にわ》かに馴れぬ世話女房となって、水仕事はする。拭掃除はする。釜の下は焚き付ける。

それは可《い》いが、遽か零落の悲しさ。行き馴れぬ銭湯へ行くさえ、何となく人に顔見られるようで、成るたけ人の居ない頃を、見計らって行かねばならず、永い出入の髪結さえ、結い日に廻りが遅くても、呼びにやるべき人もない、何より毎日の苦になるのは、此頃出入の八百屋魚屋が、つい端近《はしぢか》から大声で、がさつに値から先へ鳴り込まれる事……。それをも耐えて、つい先頃までなら、猫にやる分、といってのけさした程を買いは買っても、素より主人の口には合わず、一層豆腐と八の字を寄せられて、一走り行て参りましょうと、気軽に立って、目笊《めざる》片手に、門《かど》まで出は出たものの、其処等《そこら》に居る子供を呼んで、豆腐よりも高い駄賃を持たせて買いにやったのも最初の内、今はもう、雨でも降って来そうだと思うと、自分から、一走り、襷さえ取るのも忘れて、駈けて行くのも苦にならぬ程、かけ向いの気楽さには馴れたものである。

けれども主人だ。おさんの、爾《か》く、甲斐甲斐しいのを見るにつけても、成程、気の毒だとは思うらしい顔色《つき》をして、何しろ狭い家の内だから、台所をしている後姿を見たり、ぼんやり天井を眺めたりはして居るが、……と云って何をする訳でもない。

其処は、矢張《やっぱ》り、大家の若主人で、偶《たま》におさんが気をつけて、お茶湯日《ちゃとうび》だからと勧めて出せば、無い中《うち》から、入れて置いた、三つ折を其儘持って、中を検《あらた》めるでもなく、帰りはそれなり、猿若町《さるわかまち》の芝居へ入って了う……

それも。何と、以前《むかし》の通り、馴染の茶屋から行くのだから、耐《たま》らない。

おさんは何《ど》うにも遣り切れなくなって了ったのである。

「お呼び立て申しては済みませんのですが、直ぐにおいで下さいますように……、丁寧に言って来な、そして、お留守番なら私が致しますと言ってな、あ、それから、今度の家は、先《せん》のお家の裏通りへ入って、三軒目のお家だよ。」と、親方は丁寧に言った。

二

柳橋の芸妓家《げいしゃや》で、吉川家といえば柳橋切っての草分けの芸妓屋である。親方の常五郎《つねごろう》は、当時名うての顔役で、年配《とし》さえ今年四十二の、分別盛り、男盛り、亭主は、奥の小座敷に、どっかと坐って、腕を組んで、口を結んで、何か決心せし処あるものの如く、袢纏《はんてん》を引被《ひっか》けて、茶掛を背後《うしろ》に控えて居れば、女房も元はそれ者《しゃ》の上りで、山繭《やままゆ》の柳縞に、粂三《くめさ》という意気な姿で、物思わしげに、茶の間の長火鉢の前に控えている。

その向うには、今まで、奥で、親方と話をしていた、藤吉の妻のおさんが、一寸座敷を外したという態度《みえ》で、御守殿持《ごしゅでんもち》の煙草入に、手を差込んだまま、女房と話している。

「へい、承知しました。」と、乾児《こぶん》の彌助《やすけ》が飛んで行く。

もう歳末《くれ》の事で門並《かどなみ》には笹が立って居る。両国は何となく人の足もざわめいて居る。漸と薬研堀の露地へ行って聞くと、角から三軒目で直ぐに知れた。

小《ささ》やかな、古びた長屋。然し、格子はよく拭込んである。

藤吉は、朝から居ない、女房の行方を案じながらも、出る時、よく熾《おこ》して行った、火鉢へ炭を

注ぐ術もなく、火の無い火鉢へ肱《ひじ》を掛けたまま、ぼんやりと、越し方を考えている。と、戸外《おもて》から、

「今日《こんち》は！」

と威勢の好い声がする。

「誰だかお入り……」と、立ちもせぬ。

スッと障子を開けた彌助は、

「へい、今日は、お寒う御座います。」

同時に、藤吉は恟《びく》りとした。

今も今とておさんの帰りの遅いのを案じて居た矢先、それが、おさんのもと出て居た、吉川家の若い者だったからである。

もしやおさんの身の上に、凶事があったのではあるまいか？

あれ程、心許した仲だから、今は何一つ身に付けた物さえ無い儚い身分とはいえ、おさん一人を宝に思っているものを、今更私《わし》に愛想を尽かして、出て行って了う気遣いもあるまい……

然し、此頃の貧乏と来たら、随分酷い有様だからなア……

と、思いながら考えていると、

「へい、旦那、誠に恐入りますが、本来なら、親方が、伺う筈なんでございますが、一寸おいでを願い度《た》いと、伝《こ》う親分が申しました。お留守番は、私《わっち》が致します。恐入りますが、何うぞ一寸

……」

「何の用だろう？」と、藤吉は意中《こころ》に案じたが、打付けに、女房は？ と、彌助に聞く訳にも行かなかった。

支度といっても別にない。着のみ着の儘である。

「留守番なら、御覧の通り、何もない家ですから、寒いのに、お気の毒です。では御一緒に参りましょう……」と云う。

「でも、旦那……、私ゃあ恁う見えても、飯も炊ければ、お菜《さい》拵えでも何でも出来る重宝な男ですぜ。旦那の留守に、火をよく熾して、お帰りまでには、お湯でも沸かして、暖かにして置きやしょう……。まあ、行って入《い》らっしゃいまし。」

「それでは。」と、藤吉も置いて行く事にした。

然し、吉川家の閾《しきい》を跨ぐのも、何となく足の高いような心地がする……

藤吉は、窃《そっ》と吉川家の格子戸を開けて入ると、先ずおさんの両刳《りょうぐり》が目に付いた。それに安心をして家内《なか》へ入って行くと、おさんの姿は何処にも見えず、小座敷に唯だ常五郎がギロギロと目を光らして居る。

三

「藪から棒を突出すような事で、誠に為難《しにく》い御話ですが、実は、先刻《さつき》、突然に、お家《うち》のがおいでなすって、まあ、始めて、色々と、委《くわ》しい入訳《いりわけ》も聞きましたが、当人の腹では、もう、今となっては、何う方返《ほうがえ》しも付かないから、どんなにでもして働いて、もう一度暖簾を表通りへ掛け度い、とは思っても、それも、みんな、金沙汰次第、そんな望み事より今差迫って、此の歳末《くれ》の才覚も何とかして退《の》けねばならぬ口もまだまだ幾つかあって見れば、此の際、一層、思い切って、もう一度座敷へ出るより外《ほか》、何と仕ようもあるまいと、自分独りでは覚悟しても、やっぱり、川育ちは川で果てる、連れ添って居るのも、大間口を、張っている時だけの事かと、思われるのが悔しさに、自分では何うしても口が切れないで、つい一日一日と、折を見ている内に、もう数え日にもなって見れば、何うしても一度は聞かす耳だから、私《わたし》に代って、あの人の胸の中も聞いてくれ、男はまた男同士、却って私よりはっきりした心の中も打割ってくれようからと、言われた時には、大分私《わつち》も困りは困りましたが、まあ、それが当人の思慮《かんがえ》ならと、一応お話だけは通しますが、余店《よそ》の主人なみに思って下すっちゃあ困りますぜ、立派に落籍《ひか》して連れておいでになった貴方にゃあ、誠に失礼な申分だが、娘一人嫁《い》った嫁入先だと思うに付けて、今度の事を聞くに就け、外の妓《こ》どもの手本だと、夫婦《ふたり》でいつも噂をしては、仲の好いのを喜んだり、また、家から出た妓は襟元にゃあ付かねえと、仲間の奴にも威張って居たものが、おいそれと、同じ島からは、私の顔としても、出せるんじゃあありません。」

と云って一寸息を入れ、

「今の話は、ただ、当人の、貴方《あなた》の為め、お店の為め、と、女心で思い詰めている処だけを、お話し申したまでで、聞けば、当座の事は、先ず、私の手にも、何うやら合うらしい金高《かねだか》。貴方《あんた》の腹さえ、私に読めれば、失礼だが、あの妓の志に免じて、難かしい理屈ぁ抜きに、用達《ようだ》てやろうじゃあありませんか。ねえもし、ざっと、それで、此の世話場《ば》をぶん流しやす、又、後は後の相談。悪いようにも、乗り懸った船だ。決して、年の甲で計らいはしませんつもりだ。ただ、よく聞かなきゃあならねえ処が私にゃ一節《ふし》あってね。」と釣瓶形《つるべがた》の莨盆《たばこ》の灰吹へ、吸殻を、トンとはたく。

その音が、妙に、藤吉の腸《はらわた》に沁み渡った。

「もし、若旦那。」と、常五郎はジロリと睨めて、

「貴方ぁ、一体全体、もう一度お店を、盛り返す方立《ほうりつ》が、幾らかお有りなんですかい？」

「……」藤吉は黙っている。

「お有《あ》んなさるんなら、それに擬《なぞら》って、又御相談しようじゃありませんか。」

藤吉はただ黙っていたが、

「何とかしなくちゃあならないとは思ってるんだけれども、何うも……」

常五郎は引取って、

「それじゃあ彼《あ》の妓だって、好きで浮いた浮いたで返り咲をし度いのじゃあなし、ならば、一軒間口の処からでも、取着き度いと、あの人の決心は、堅いもんですぜ……え、若旦那、何うです、夫婦共稼ぎ、昔思えば、納屋程の処からなりと、もう一度遣り直して御覧なすっちゃあ？　及ばずながら、一肌脱ぎましょう。」

と、力を入れていう。

「ええ……、難有《ありがと》うござんす……、けれど、何を始めたら、一体好いか……」と、藤吉は考え込む。

常五郎は苦笑いしながら、

「可《い》けねえ可けねえ……、一度潰した身上だ、親に譲られた家業の外に、商売があると思っちゃ大間違いだし、それより外、貴方にゃあ、何にも出来よう筈がねえんだから、餡煮る事ぐらい出来なさるだろう、本当の餅屋は餅屋だ、場所の好い処へ店《たな》を見付けて、新規蒔直し、小体《こてい》にやるだけの資本《もとで》ぐらい、大したもんでもありますまいから、話が定《きま》れば、尠《すくな》いけれど、資本のお金は、此処に有るだけお持ちなさい。

店は、若い者に、探させます。お家の方の世話場は、又、女同士、女房《かかあ》とも、お話しなさいと申して置きますから、ねえしっかりして下さい、呉々《くれぐれ》ももう若旦那気《ぎ》はおさらばですぜ。」と常五郎は念を押した。

「年明け者の取着きと同《おんな》じに、気を占めて、おくんなさらないと、女房の罰が、当りますぜ。」

四

藤吉は、懐中《ふところ》には金もあり、往来は賑やかなり、久しぶりで好い心持になって、何処か其処等で飯でも食おうと、ブラリブラリと、柳橋へ来懸ると、意外な人物に出会《でつくわ》した。

それは、柳橋をも揺がさんばかり、大兵《たいひよう》肥満の大漢《おおおのこ》で、荒い黒手八丈の倶《とも》下着の二枚襲《がさね》に、思切って絞《しぼり》の荒い烏帽子縮緬の五つ紋の羽織を着て、旅焼けに、色こそ浅黒いが、目も眉も、鼻も口も、顔の幅も、大髻《おおたぶさ》の頭髪《あたま》の大きさも、これが普通の人間かと思わるるばかり、総てが偉大な、見事なもので、一寸一座敷挨拶廻りをして来たという態度で、微酔《ほろよい》機嫌でやって来たが、ふと藤吉を見咎めると、莞爾《につこり》と打微笑んだ。

「おお！」と、藤吉は飛着き度いばかりに喜んだ。それが兼て永年贔屓の、当時両国では飛ぶ鳥も落す程の勢力のある多摩川という関取だったからである。

「いつ帰ったんだ？」と聞く声もそぞろである。

関取は、鷹揚に、大きな両手を膝の辺りまで下げて、

「一昨日、漸く、自分の部屋へ入りました。いやもう、旅は、いつもの事で、飽き飽きでごんす。」と世辞を言う。

「方々の様子は？」と藤吉が聞く。

「いやもう、申訳はない事ながら、同士打は一向、埒ゃあごんせん。」と、大きな手を揉み揉み、

「星の心配はあっても、本場所は、恁麽《こんな》野郎でも、断ち物をする気になりますからなア……」と、笑いながら、

「その変り、旅の恥は何とやらで、みんなが又、馬鹿馬鹿しい話を、明荷《あけに》一杯仕入れて来ました。」

然ういわれて見ると、藤吉も、満更黙ってばかりは居られなくなって了った。

「関取忙がしいのか？　都合で一口附合って貰い度い。」

「然うでごんすか、や、お供致します。何、実は、野郎共に、一寸御挨拶だけに出しますと、コケた野郎で、馬鹿馬鹿しく、どえらく大《でか》くもない癖に、お店が目に入らんとばかりで、そのまま帰って来よって、何の彼んのと、愚図愚図吐《ぬ》かして、よく聞けば、旦さんにも、御挨拶さえ申さなんだというので、これからでも、一跨ぎ、上ろうと思っておった処、お目に懸られれば何より幸い、何処迄なとお供致します。」

×　×　×　×　×　×

先へ帰った女房は、ほッと一息、外着のまま、まず火鉢の前へ坐って、埋《うず》み火《び》を掻き分けなが

ら、今日の首尾を考えてはほッとし、思い出しては又ホッとする。

親方に相談して好かった、立派に堅気になったのだから、死んでも二度の褄《つま》は取り度くなかったのだが、取らなければならないような、今度の始末に、先ず是《これ》で、雨降って地堅まるで、心配して却って好かった。もうどんな小さい処からでも取着いて、夫婦で気を揃えて働いたら、稼ぐに追着く貧乏はないのだから、時が来て閉ったお店でも、堅気でないものを家へ入れるとあの通りと、人の口端《くちは》も気兼だったが、これからは自分の腕一つ、働けるだけ働いて、元より勝る店を早く仕出したいものだ。

と、思うに付けても、うちの人の帰りの遅さ。

思ったより、あの人の機嫌も好く、口数を利かない人が、ああして親方にも喜んでやりますといったからには、今度こそは、身に沁みて、親方の意見も聞いてくれたのだろう。

それにしても、先に帰ったあの人が、何うして戻りが遅いのか、何処ぞへ御礼詣《まいり》でもあろうか？　真逆《まさか》儲けさして居た親分から、お金の始末を付けて貰うのが何う思っても、厭になって、戻しに行ったのではあるまい……

久しぶりで、何処ぞ気晴しにでも行ったろうか……？　けれども、真逆、あのお金を、然うした筋に使う程、わけの分らぬ人でもなし、気の毒な、元なら、幇間《たいこ》一人の祝儀にくれてやった程の金を、持って居たとて、金があるから、久しぶりでもしやと思う程、知らぬ間に私まで、無いに馴れたか、何にしても、見に行くのは、雑作も無い一走りだが、と云って、行かれた筋合でもない、追着《おっつ》け、お腹を空かして帰って来ように、どれ、着物でも着換えて、何か一色《いろ》、今の内大急ぎで……。

と、気を変えておさんは立上った。

五

多摩川に取っても、藤吉は、数多い旦那の中でも、一番好きな旦那である。

柳橋の生稲《いくいね》へ上った二人は、それからそれへと話に花が咲いて、つい時刻の過ぎるのも忘れた。

それに、藤吉は、幾ら尾羽打枯らしても、随分生稲でも為になった客筋である。顔を見て、半年や一年は、素手で上っても、座敷がないと、断るような不義理はせぬ。

それ故、客の命ずるが儘に委《まか》せて、幇間《たいこ》も招べば、芸妓《げいしゃ》も招んだ。

到頭、大《おお》陽気の、大躁《はしや》ぎに騒いで、漸と引揚げたのが今の十二時時分。

「ああ、酔った酔った。今日久しぶりで旅帰りの関取に逢ってな。」と、生稲へ上った迄は、酔った紛れに好《いい》機嫌で話したが、藤吉は其儘炬燵に横になると、前後も知らず寝て了った。

× × × × × × ×

歳末《くれ》の心配が胸に痞《つか》えて、つい初春《はつはる》の事までは、思う暇はなかったが、明ければ春場所、つい目と鼻の間では、とても櫓太鼓が聞えれば、居ても立っても居られなくなって、出掛けて行くのは知れ切った事と、云って又、我慢をされても、あの好きな道、どんなに却って辛かろう。関取衆に声懸けられて、ふっと元の気に返って、話の一つ二つもする内に、自分で自分が分らぬように、又夢中になったのだろう。今なら恰度《ちょうど》旅帰り、うちの此の、いきさつは知らないで、元の意《つもり》で関取も何かと話をして、面白く遊ばしてくれたのに違いない。男を売る稼業なら、真逆、承知で、暢気《のんき》に茶屋小屋這入もさせはすまい。もしやもしやと思ったが、機嫌好う、此頃になく、あの嬉しそうな、晴々した調子で、旅話を聞かしてくれるあの人に、先刻《さっき》の金はと、はしたなく、聞かれもしないで居たけれど、酒の機嫌で、いつもの通り、スパリとやって了いはしないだろうか？

下司張《げすば》った事だが、一寸調べて見よう。心懸りでならないから……

と、脱ぎ捨てた衣服《きもの》の中から、手探り当てた古渡《こわた》り更紗の、三つ折を、重かれかしと祈りつつ、もしやと軽いのを恐れるように、そうっと引出しつつ咄嗟に胸轟かせた。

無い！　無い！　親方が封のまま、渡してくれた二包みは愚か、真逆の時にもと思って納《い》れて置いた小粒まで、綺麗薩張《さっぱり》何も無い！　あるものは巳成金《みなるがね》の守ばかり……

何が巳成金だ！　馬鹿馬鹿しい！　此の気だからこそ家蔵《いえくら》無くして了ったんだ！　言甲斐ない！　頼《たのみ》無い！　と、腹が立つ。

而《そう》して、其の謗《そしり》は、みんな私に懸って来るんだ。

明日からの心配も、有るのか、無いのか。それより猶、人の志を受けるだけの、胸さえ、定《きま》って、居るのか、居無いのか。

泣くにも泣けない。そんな人とも思わなかった。

僅かなお金で有頂天になる程、貧乏が人を鈍にするのか。鈍なので、恁うなったのか。

その見分けさえ私に付かないで、今まで連添って来たのか。

とは云え、女の私でも、廻り日を遠くさせても、髪結の祝儀は止められぬ。気の毒そうに、何かと、辞《こと》わる度に、却って此方《こっち》が腹が立って、猶更余計やる気にもなるものを……。苦労知らずのあの人が、無理もない……。と、気も弱くなる。

けれど……、時が悪い！　何故辛抱が出来ないだろう。働いて得《とっ》た金なら、使おうと、捨てようと、何もいう処はないけれど……。一体、ほんの了簡が聞き度い！　何と思ってるんだろう？

一層……起して……。

と膝を向け直せば、気の所為《せい》か、いつもより、穏やかな寝顔をして、すやすやと睡入《ねい》って居る……。

明朝《あした》起きたら、一体私には何という気なんだろう？　また、心細いほど萎《しお》れ返るに違いない……。

あれ程大家の主人だった人が、纔《わず》か五十や百でその苦労……、未だに金の有難味が本当に分って居ないらしい……、これから先、どんな山川を越えるものやら……。

と、起しもやらず、がっかりして、身に沁みて来る夜明の寒さに、おさんは思わずも袖掻き合わせた。

六

その翌日、親分の常五郎は、尻を襞《から》げて、長脇差を一本腰に指したまま、人込みを掻き分け掻き分け、トットと両国橋を渡って行った。

その血相が尋常《ただ》ならぬので、乾児《こぶん》の両三名は、それを見咎めて、

「おい、親分、何処へ行くのだ？　用があるなら連れてッてくんねえ！」と、バラバラと後追駈《おっか》けた。

「うんにゃ、お前達《めえ》の知った事じゃあねえ、素直に家に待って居《い》や。」と、親分は後振返りながら、またトットと行って了った。

と思うと、親分の姿は、忽然《こつねん》と、緑町《みどりちょう》の、多摩川部屋の、荒い格子の前に現われた。

親分は、ガラリと開けると、

「関取はお家にか、一寸逢わしてくんねえ、急用だ。」

玄関先に居た取的《とりてき》の一人が、

「へい、今稽古場から上った処でごんす、一寸お待ちなえ。」と、奥へ入って行く。

直ぐに出て来て、

「奥へお通んなえ……」と、案内をする。

通されたのは奥の十畳で、直ぐに其処に、此処ばかりは別な、客蒲団より一層大きな、友禅の蒲団に坐って、はや多摩川が其席《そこ》に居る。

可恐《おそろ》しい大きな根木《ねっこ》の火鉢を、ズウィと前に押出しながら、

「いや、お久しゅうごんす。」と、丁寧に挨拶する。

「上ろうと思いながら、ついまだ御無礼して居ります、何しろ。」

と、言懸けるのを、

「関取……、私《わっち》ゃあ野暮の野暮用で、誠に言難《にく》い、気の毒だが、貰い物《もん》があっての……」と、更《あらた》まっていう。

「一体また、何でごんす、親分の事なら、有る物なら、何なと……」と大きな目をギロギロ。此方は又隼《はやぶさ》のような敏捷《すばや》いのが、

「有る物だ、有る物だが、其処がまことに言出し難いが、うむ……金だ。」

「へい……」と、顔をジロリと覗き込んだ。

親分はやや落着いて、

「時に、関取、お主ゃあ昨日、菊水の若旦那に逢ったとな。」

「へい……、夕方からの大陽気でごんした。御宅の衆も大勢見えとって、帰ってから、彼処《あすこ》迄行きながら、お顔出しもしない内で、間が悪くて困りました。」

「ふむ、言伝も確かに聞きました。然し、お主ゃあ、菊水の店の、今度の始末を知ってるか？」

「いいや。」とそれ限《きり》。

「然うだろう、妙だと思った。実ぁ、あの店も、ついこの程大戸を下してな……、佗住居の段だ。……切り餅二つ、貰った筈だが、ありゃあ、明せば、私の手から出た金さ。知っての通り、彼処の御新造は、元はうちの妓ども、久しぶりで来て、此節の、苦しい内証《ないしょ》もみんな聞き、店の為めなら、二度の褄をと迄、飽きもせぬ夫婦が、女の腹で、稼ごうと迄の決心を、聞いて見りゃあ、涙が出た。阿漕《あこぎ》な主人にゃ成り度くねえ、洒《ま》して、長く、同じ釜の物を食った妓だ。と、柄にもねえ仏心で、商いの資本《もとで》に下した、五拾両……。歳末だ、やり度くないじゃあ無いけれど、外の時より値打の金。借金こそなけれ、派手な稼業で、内証は苦しい。其奴《そいつ》を笑って出したのも、貞女立ててやりたさの私の心……。一つにゃあ彼《あ》の暖簾も惜しい……。そりゃあ重々、若旦那が気が揺れて居るのサ。けれど此奴《こいつ》ァ、旦那がいうんじゃあねえぜ。俺一人の了見だ。何《なん》にも言わずに、昨日旦那に逢わぬ昔と運上《うんじょう》ってくれる訳にゃあ行くめえか。」

「些《ちつ》とも知りませんでした……。成程、若い者の、使い帰りの口上が、変だと思った……。御送り申そうというのを、いつになく、小走りに、一人でお帰んなすったのも、うとい私《わっち》にゃあ、よみ切れなかった……。知らぬ事だ、親方……、勘弁しておくんなさい。」

「それじゃあ金は?」

「ううむ……」と、黙って了う。

組んだ腕は段々堅くなって、俯向いた大髻《たぶさ》が重そうに傾いて来る。

七

「親分、私も、派手な稼業、知らぬ事とて、気持よく、旦那に受けたあの金は、昨夜《ゆうべ》の内に、みんな散りました。」

「ええ何だって?」と親分の顔は険しくなる。

関取は顔俯向けたまま、

「大舞台は背負《しょ》いながら、歳末の金には詰っとりやす。」

「返《けえ》せねえというのか?」

「一夜明けての事に願い度うごんす。」と、キッパリと突刎《つっぱ》ねる。

「見ッともねえ、恁麼《こんな》奴に、事の出入を、忙《せわ》しい中で、言って聞かして、細々《こまごま》と、お願い申すの、関取のと、頼んだ自《おの》れが恥かしい……。覚えて居やがれ! 何が大舞台だ! 二軒間口の亭主でも、乗り懸った船だ。立派に俺等《おいら》一人で黒潮は乗切《のっき》て見せるから! 覚えて居ろ! 初春明けちゃあ愚かな事、これッ切、逢うものか! 相撲の座敷や、うちの妓どもはもう出さねえ! だから土百姓《どびやくしよう》は大嫌《でえ》えだ！　好い覚悟だ、客の祝儀を溜め込んで、故郷《くに》へ帰《けえ》って、安い田圃でも、買う算段《つもり》をしゃあがれ！　五拾両の才覚《せえかく》が、付かなくって頼みに来たんじゃあねえ。足数にして三歩《あし》か四歩、同《おんな》じ島でも取られようが近過ぎる。貴様を男と思えばこそ、事を分けて頼んだんだ。忌々《いめえま》しい！」

と罵り尽せば、関取は唯《たつ》た一言。

「私も旦那を男にし度うごんす、時が来る迄何なと言わんせ。」

と、組んだ腕を解《ほぐ》しもやらず、傾いた首を上げもせぬ。

親分は益《ますま》す憤《じ》れて、

「馬鹿野郎！　江戸ッ子に、そんな事の分る時が来て耐《たま》るかい！　回向院様の屋根へペンペン草が生える時に言やあがれ！　関取面《づら》して大きな図体《ずうてえ》で、柳橋を渡って見ろ！　ただは置かねえ！行先々のお茶屋さんで、赤ッ恥を掻かしてやる！

やい面を見やがれ、それでも天下の関取か？　成程お部屋は大舞台だ！　その御値打が五拾両たあ、存外後家の質屋だ。帰るぜ。」

と、スッと立った常五郎は、その儘後を閉めもせず、ツイと出て行って了った。

×　　×　　×　　×　　×　　×　　×

この事が、誰いうとなく、取的からでも洩れたものか、両国中へ知れ渡ると、一方は今売出しの花形関取なり、一方は顔役なり、今に何事か無ければ可いがと、回向院でも、柳橋でも、寄ると触ると専ら此噂をして居た。

と、湊屋《みなとや》の山鯨の旗が、三叉から吹越す風に、ハタハタと鳴響《はため》いて、軒並の相撲茶屋は、皆煤《すす》払《はき》は迅《と》うに終えた頃。菰冠《こもかぶ》りの剣菱の上に、思切って大きな鏡餅が、長い昆布をダラリとブラ下げて、餅の白さに引変えて、海老のみが紅く、黒光りに光る店内《みせうち》の殊更目立つ、其中を洗い髪の女が、物忙がしげに、出つ入りつしている。かと思えば、歳暮配りの、丁稚、下職《したしょく》、親方の手輩《てあい》。折柄とて、仲間《ちゅうげん》はチラホラながら、裄丈《ゆきたけ》合わぬ単物《ひとえもの》を、襲着《かさねぎ》した獄門頭《ごくもんがしら》の褌《ふんどし》担ぎ、黒染の法衣の小坊主、大徳寺の夜鷹、広からぬ小路《こうじ》の忙《せわ》しさ賑やかさ、恰《あたか》も年の流とともに、人の流を見るような。

時も時、折も折、大相撲場を向うに廻した、茶屋武蔵屋の筋向い、間口はたった四間だが、見付かったのが百年目、何屋の跡か、常五郎は、諸式も聞かず、向う河岸の常五郎だ、私に貸しておくんないと、話は其場で纏《まとま》ったので、其日の内に乾児《こぶん》を寄越す、大工を寄越す、指物屋を差向ける、柳橋から、薬研堀から、何かと矢鱈に荷物を運ばせる。

煙《けむ》に捲かれて女房のお房《ふさ》が、抱妓《かかえ》を連れて、お八つを持ってやって来る。自分の家の引越だと聞いて、藤吉が、女房のおさんに、万年青《おもと》だけ一鉢おまじないに持たされて、迷惑そうに、届けに来て、置き場に困って、家《や》の中《うち》でも、抱いたまま立って居るのを、抱妓のお留《とめ》に叱られて、漸と箪笥の上に置く。

左官が、何やら、台所で、弟子を叱って、指揮《さしず》している。水口からは金物屋の小僧が、釜の寸《すん》を聞いて行く。指物屋が、蒸籠《せいろう》の数を、女将のお房と相談して帰る。

「薬研堀《あっち》の始末もすっかりつきました。御新造は、二三軒、挨拶をして、直ぐにおいでです。荷物があるので私《わっち》だけ先へ来ました。」と、彌助が手廻りの細々した壊れ物を持って入って来て、窃《そっ》と床の間の隅に置く。

蕎麦屋が蒸籠を担いでやって来る。

先へ出した箪笥の中へ、うっかり頭巾は入れて出して了ったので、おさんが、頭巾も冠らず入って来る。

「生れ損ないの大入道奴《め》。覚えて居やがれ、土百姓！」と、罵り罵り、親分は釘を打つ。

藤吉は、自分の首へでも、打たれるように、冷々《ひや》している。と、乾児の一人が、親分の傍へ行って、

「何の釘ですえ、私が打ちましょう。」といえば、

「黙って見てろい、此処ん処へ、ずうっと恁うっと、突当りが俺の方、片方が、三座の衆《ひと》に頼んで、此方が組合の方へ話をしてと……、家中は若暖簾《わか》だらけだ。景気が好いぜ。畜生奴《め》、此処ん処だけや、あん畜生《ちきしや》ぁ、通れめえ。三年間食い込みゃ覚悟だ。大食《おおぐい》奴等《ら》ぁ、来たってズンズン売切れ御註文品だとばッかりで断っちまって、施餓鬼をしたって、あんな畜生奴等の、口へも入れ

てやる事《こっ》ちゃねえ。それを太図《いけ》々しく通りでもして見ろ、俺が此店《ここ》に頑張っていて、二度と再び通れねえようにしてやる。おい、誰か、手の空いた者、見番《けんばん》と頭取部屋へ行って、これこれで、お名前を拝借し度いと、丁寧に頼んで来な、組合へは俺が行く。」

「よし来た。」と、荒くれた、乾児が四五名尻襞《から》げで飛んで行く。

おさんが何か心配そうに、

「親分、これで、今は可いけれど、店が忙がしくなったら私一人で何うしましょう?」と心細そうに聞くと、

「うむ、そりゃあ忙しくなるぜ。いいやな、一声かけてくれせえすりゃ、若い者は皆繰出させる。それに何うせ昼間の商売《べえ》だ、稽古と髪結せえ端折らせれば、女手は幾らでもある。一生涯《げえ》座敷に居る気じゃ可けねえんだからみんな手弁当で詰めさせるよ。女房振の見習えだな。それでも足りなきゃあ、玉《ぎょく》さえ付けて見や、化粧《こしらえ》つきで幾人でもぞろぞろと乗り込むからな。心配《ぺえ》するな。」

八

一夜明けて元日の朝、常五郎の乾児二三十人は、揃いの鉢巻、印袢纏、襷掛、棍棒は何の為やら、是がズラリと花暖簾の下に、炭火を赫々《かっかっ》と熾して陣取る。年始廻りの済んだ芸妓《げいしゃ》達は、茶屋茶屋へ理由《わけ》を話して、お約束の時間の来る迄の間を、又は早寝約束の済んだ後を、二三の御座敷

は其方《そっち》退《の》けにして一人でも余計にと、景気附けに詰め懸ける。だから親分の肝煎の店開きは、何の事は無い、柳橋の芸妓の総見と、両国東西の俠客のお花見を見るような騒ぎで、其の景気を見ようというので、物見高い江戸の群集は、遠くは須賀町、浅草橋、横山町、米澤町、薬研堀は云う迄もない、近くは元町、一つ目弁天、立川《たてかわ》、横川、松倉町、或は横網、お竹蔵《たけぐら》附近から、続々とやって来る。

「さあさ、入らっしゃい入らっしゃい、売切れない内にお買いなさい、それ、其処の箱貸しな、そら坊ちゃん持っといで、其方の嬢ちゃんはどうですね、も一つお剰《まけ》に持ってきな。」と、通り懸る人、見に来る人、買いに来る人、素通りの人、誰彼の差別もなく、それ手拭だ、繭玉だ、霰《あられ》の包と撒き散らす。それが皆、頭《かしら》や俠客、笄挿《こうがいかざ》した白衿紋附の、姐さん達だから見物《みもの》である。

すると一方初日の景気は、思做《おもいな》しか、寂《しん》として、徐々《そろそろ》相撲を見ようというので、両国橋を渡って来た連中は、成程寂としたも道理、相撲茶屋へ入ろうとしては吃驚《びっくり》して立停る。立停っては、親分を見付けて、中にはノコノコ店へ入って来るのがある。上へ上げて、酒を振舞う。芸妓《なじみ》を見付けて屠蘇機嫌で調戯《からか》い面《づら》に入って来るのがある。それをも上げて酒を振舞う。何れも是も皆此方が面白くなって了って段々腰を据えて懸る。

二階では、手すりを掛けて、紅毛氈《べにもうせん》を敷詰めの、櫓太鼓も物かはと、此の連中が、御祝儀を付ける。果は二上り、本調子、大津絵、甚九と踊り出す。

階下《した》の通りは身動きも出来ない。然かも此の騒ぎは誰云うともなく、相撲と親分の喧嘩だ喧嘩だ、という、穏やかならぬ評判になって、何方《どっち》が勝つかその勝負を見ようという、此の又見物が非常なもので、押すな押すなと刻一刻に、群集は弥増《いやまさ》るばかり。

偶《たま》ま通り懸った獄門頭髪《あたま》の、六尺豊かの大漢《おのこ》が、揃いも揃って両三人、見物を掻き分け掻き分け、何やらどす声で怒鳴って来たのを、ひょいと顔を出して見た藤吉は、途端に階下からも獄門頭髪に見上げられて、挨拶をされたので、此方《こなた》も思わずこっくり一つやると、親分は機嫌を損じて、「貴方《あんた》は引込んでおいでなさい。」という。

藤吉は恐縮して慌てて首を引込めたが、今日はまだ初荷でもないのに、突然、坊主軍鶏《しゃも》の角の処から、初荷の旗が翻《ひらめ》き出して、群集を押分け押分け、

「テケテッ、テッテ、ドン、スットンドン、ヒュウラァ、ヒュッヒュ、チャン、スチャチャン、チャンチャン。」と、節《ふし》面白き葛西《かっさい》の囃子が聞えて来た。

と、見ると、大きな牛が、先ず、にゅうッと面を出す。又出す。又出す。大八の上には、先ず、米俵が一車《くるま》、次に小豆が一車、餅米俵が一車、砂糖袋胡麻袋新粉《しんこ》袋黄粉《きなこ》袋寒天箱が一車、次に薪木《まき》が一車、都合五荷《か》、それが皆、車の上に、山と積まれ、五色の飾糸に彩られ、紅提灯に振飾られ、小旗に飾られ、何《ど》の車にも、五人七人、皆大漢が、部屋の仕着せの揃衣《そろいぎ》で、屋根より高く乗込んで来たが、一時《ひとしきり》藤吉の店の前で囃し立てると、それというなり、力量勝れた漢達は、車の上から飛降りるが否、手に手に車上から荷を下して、店の前へ積み上げた。見ると、各々の俵や袋には、皆「御祝」「御祝」と書いてある。

「おや。」と親分が驚いている目の下で、又しても一時、空車《からぐるま》の上で、

「テケテッ、ドン、スッドンスッドン、ヒュラヒュウラ、ヒェッヒュ。」と、囃し立てた連中は、相手方の挨拶をも待たず、車は返さず両国指して囃しながら抜けて行く。

と思うと、其後から、ぞろぞろと十人余り、何《いず》れも揃いの紋附袴で、場所入前を、白扇《はくせん》持って、先ず、大関の多摩川龍之助、若手の小結荒磯岩右衛《いわ》門、外何れも幕内の面々、店の前にズラリと立つと、

「御芽出度《おめでと》うごんす。」「御芽出度うごんす。」「今日《こんち》は御芽出度うごんす。」と、口々に挨拶したが、その挨拶が済むと、大関は、

「更《あらた》めて親方にお目に懸り度くて来やんした。取次いで下んせ。」という。乾児が上って取次ぐと、吸さしの煙草を静かに置くなり、

「今下へ行く……」とだけ、声と一緒に立上った親分は、徐《しず》かに階子《はしご》を一段一段と降りたが、降りて了うと、ジロリと一渡り、

「おお！」と一声、店内の火鉢の前へ、ドッカリと端坐する。

大関は、店前《さき》に立ったまま、

「親分、私《わし》ゃお祝いに来やんした。先度《せんど》の謝罪《わび》じゃあござんせん。一通り、理由だけ聞いておくんない。成程、我身が鈍なばかりに、理由も分らず五拾両、旦那に受けた御祝儀を、返せと云われた其時にゃあ、そりゃあ御返し仕度《しと》うごんした。札《ふだ》を入れても、失礼ながら、身に叶うだけは

御奉公仕度うごんした。けれど……、旦那は清く下すった金、知らずに一旦受けた金、親分の心持も、分るに就けて、頑《こく》な事を言通したのも、旦那の男を、我身ゃあ廃らせ度くごんせんかった……。立派に仕出す御店の資本《もと》は、柳橋の親方が、使に立って五拾両、一旦出した其金を、取返しての御店だと、人に聞えるのは、知れた事……、それより一層、恩知らずと、思われるのは一時《とき》、後で、とっくり話したら、分らぬお人じゃない筈と、我身じゃあ、耐《こら》え兼ねた辛抱もしたつもり……、この後様子を聞くに就け、早く、スッパリ、笑って貰い度いと、思い立っては、誰彼と、口を利かせる其の手間で、元は二人の行違い、一層親分に打着《ぶっ》かってと、然う意《おも》ってやって来やんした……」

「関取……、年甲斐《げえ》もねえ、面目《めんぼく》ねえ、深いそんな考《かんげ》えと、読み得なかったばっかりに、三下奴《やっこ》を扱うように、思切っての憎まれ口、怒らずにお主ゃ笑ってくれる気か？」

「おお、そんなら私の志も、容れて下んすか？」

「心に懸けての祝物、私《わっち》ゃあ、みんなに代って、厚く礼を、此の通りいうぜ。」と、支《つ》こうとする手を、

「おッと、そりゃあ可けねえ……、御祝いに、芽出度く拝借しようじゃごんせんか。」

「難有い！」と、親分がいう。

「野郎ども！」と、背後《うしろ》を振返って、「ずッと僁う……」と、関取が呼び込んだ。

何うなる事かと案じて居た面々が、みんなずらりと店へ並んで、勢い好く手を占める。一時《しきり》ま

た口々に、祝い合う声の中《うち》を、おさん一人が、満足そうな藤吉に寄添って、前垂の端で、目を蔽うたが、暫しは涙留《とど》めもあえず……。

文芸倶楽部　大正十三年（一九二四）五月号

浪花の侠客

雁金文七

一、乗合船

武士甲「待て、町人、こりゃ待ち居らぬか、何の遺恨あって身共に衝突《つきあた》り居った？」

若旦那「は……はい、飛んだ粗惣《そそう》でござりましたが、突当りましたのは私ではござりませぬ、船の停ります拍子に貴方様が……」と、皆まで云わせず、

武士甲「はて、身共が何と致した？　はて怪しからぬ奴じゃ、以後の懲しめ、恁《こ》うしてくれるわ。」

とばかり武士は相手の男の襟髪取って引据えると、拳を固めて、其《そ》の横顔を、四つ五つ続け打に打擲《うちはた》いた——

町家《ちょうか》の若旦那と云うよりは、まだぼんぼんと云い度《た》い程の年がまえ、蒼い迄白い瓜実顔、打たれた場所だけがポッと紅くなって、乱れた鬢《びん》がハラリと頬に懸る。

若旦那「あ痛……。あ痛……」と横顔を熟《じっ》と圧《おさ》えて、「これ、何をなされまする？　……あん

まりな。」
武士甲「ええ！　何を申す？　何があんまりじゃ？　あんまりとは、何があんまりじゃ？」と、猶も懸ろうとするのを、今一人の武士は、
武士乙「まあず、先ず、お留まりなされい、相手に取るにも、不足な町人。飛んだ粗惣と初めに申して居る事じゃ、これさ、まあず、貴公も大人気ない、相手は高が町人じゃ町人じゃ。」と、相手の武士の腰を押えて、梯子板へ足を踏み掛けるや否や、グングンと押しながら登って行く。と。相手の武士も、
武士甲「気を付けろ！　此度《こんど》だけは忘れ遣わす。」と、横柄に云い捨てて、河岸の方へ登って行った。——
淀川下りの乗合船が、着いた時である。何《ど》うなる事かと固唾を呑み、舟の片隅に固まって、恐る恐る見物していた人達は、案外呆気無う納まりはついたので、安心もし、又失望もし、下駄を摑んだまま皆ぞろぞろと登って行く。
と、後へ唯一人残された若旦那は——余り遽《にわ》かの事に顚倒したのでもあろう、打たれた痛い傾《とこ》へ懐《ふところ》中の手拭など出して拭いて見たり、頻《しき》りに身形《みなり》を取繕ったりしているが、何やら、ハッとなって、四辺《あたり》を眴《みま》わすと胴の間の薄縁の上を、二度三度くるくると廻ったが、手なる手拭を懐中に仕舞うと同時に、船首《みよし》で棹をさして居た船頭の方へヨロヨロとした足取で馳せ寄った——
身形を取繕う間も気の毒そうに見て見ぬ振をしていた船頭は、何事が起ったのかと驚いた——

若旦那の顔色が変っている――
若旦那「あの、船頭さん、もしか萌黄の唐草の風呂敷包をお知りではないか？」
船頭「はァて、まァ、大分《だいぶん》の物でござんすか？」
若旦那「何の五寸角程の包みじゃがな……」
船頭「何の辺《ど》にお置きなされた？」と、船頭は胴の間を見る――
薄縁の上には、ただ、煙草盆と、茶盆と、乗合衆が食い散らかした殻の、竹の皮や紙袋が穢《きたな》くなってある限《きり》である……
若旦那は、悔々《おどおど》しながら、
若旦那「大切《だいじ》な大切な品故《ゆえ》手に持って居たがナ、あの、今の騒ぎの折に、置いたものやら、何うしたものやら、さっぱりと覚えはない……」
船頭「真《ほん》にまあ意地の悪い武士《さむらい》じゃ、お前様さぞ痛かったろうが、それはまあ時の災難として諦めるとしても、困った事じゃの。」と、猶も船頭は一緒になって、煙草盆を退《ど》かし、茶盆を退かし、其処等中を探してくれたが、
若旦那「ノウ、船頭さん、今の乗合の衆の処は知れまいか？」
船頭「はて、高が乗合じゃ、薩摩下りの船なら知らず、処も何も留めませぬわい。」
若旦那「ああ困った、こりゃ斯《こ》うしては居られぬ……」と、渡りを渡って、河岸へ上って、一寸左右を見渡したと思うと、的《あて》もなく、人波を掻き分け掻き分け、フラフラ、フラフラと、狂気

のようになって、若旦那は駈出して行って了った。

二、新町一の太夫衆

見物甲「まあ綺麗……」

見物乙「まあ綺麗……」

見物丙「本当にまあ美しい。」

見物丁「いい事、あの衣裳……」

見物未「何と云う見事な冠。」

見物○「一寸《ちよつと》退《ど》いて私にも見せて下さんせ。」と、人々の、一しきり、赤い暖簾の影で口々に云う騒ぎに引代えて、之《これ》は又静かに静かに、遠い奥の間から、長い廊下を、徐々《しずしず》と店へ歩みを運んで来たのは、邌物《ねりもの》の「業平」に扮した、折屋の抱《かかえ》遊女岩崎太夫であった。

見事に着け終った綺麗な衣裳を崩させまいとて、床几《しようぎ》を持って来た引舟が、程好い処へ床几を据えると、岩崎は如何にも落着いた太夫らしい品《しな》を見せて、其上にそと腰を下す。

そして、始めて、店の広間の一隅に、取片着けた火鉢の前へ坐って、赤前垂の仲居共を相手に、茶を呑んでいた大阪一の骨董商山川屋の若旦那の権六を見返ると、可愛らしい顔を傾《かし》げて、流るるような秋波《ながしめ》に、然《し》かも感謝の意《こころ》を籠めて、にっこりと、打微笑んだ。

その感謝の心持を、呑込んだ若旦那は、我を忘れて、
権六「うん、よう似合うぞ、大変に立派になった。」と、さもさも満足そうに、膝を浮かせて、ポンと吸殻をはたいた儘、坐りもやらず、伸上って見交わした眼にも嬉しさが溢れている。

岩崎「本当に嬉しゅうござんす……」

権六「そなたさえ嬉しければ……」と、若旦那は、後は云い得ぬ。

岩崎は又、姿こそ、形こそ「業平」なれ、太夫とは云え、女心、況《ま》して惚れ尽した身は、唯の娘気、新町でも一二を争う、今日の姿風俗《なり》は、金に飽かした衣裳着附、況してその嗜好《このみ》は恋しい人の趣味《こころ》。二人は唯だ訳もなく嬉しさに浸っている。

と、店先の見物人は、次第にその数を増して、入り替わり、暖簾の影から覗いては見、飽かず眺めては又その美しさを思わず口に出して去ろうともせぬ。

その黒山の様な人列《ひとなみ》の、狭い通りを掻き分け掻き分け、出番知らせの拍子木を、歩きの者が、カチカチ打ち廻る。

見物甲「そりゃ、邌《ねり》物じゃ、邌物じゃ。」と、人々は、遽かにざわめく。

見物乙「どれどれ、何屋から出ますのじゃ知ら?」

見物丙「然うではのうて、今、集まる処じゃヮ。」

見物丁「やれやれ、漸《ようよ》うこれで程なく見られる。」

と、老若男女《ひとびと》の、異口同音《くちぐち》に、又一しきり立騒ぐ処を、岩崎は、腰を掛けたまま、

岩崎「あの、若旦那え……お寂しかろうが、一寸の間《ま》、それでは行って来ますぞえ……」と、茶の間の方へ声を懸ければ、
権六「何のいの、寂しくともお前の名の上る事じゃもの。」と、若旦那は素直にいう。
岩崎「そんなら皆の衆、気の毒ながら頼みましたぞえ。」と、仲居に云って立上れば、
仲居「お大切の旦那様、確かにお預り申しました。」と、真面目になって云う。
権六「なるたけ早う……」と、小児《こども》のように云う声を、聞き咎めて又立戻り、
岩崎「あの、お好きな物を云いつけてござんす程にな……」と、母が子を賺《すか》すように云って、又しても莞爾《にこ》やかな微笑《えがお》を見せて、仲居の履かす風変りな塗履《ぬりぐつ》を、穿き馴れぬ、白足袋の可愛らしい足に穿き終ると、数多の群集を掻き分け掻き分け、先に立った仕丁姿の、幼いだけに不遠慮な、禿《かむろ》達の後の隙間から、漸くに太夫は戸外《おもて》へ出て行く。
皆々式台の上迄見送る。群集はドッと雪崩れて出て行く。

三、飛んだ邪魔

見物甲「そりゃ邌物の始まりじゃ始まりじゃ。」
見物乙「見えるわ見えるわ。」
などと、又しても騒々しく、群集のざわめく間を、いよいよ邌物の行列は徐かに徐かに練って

来た。

見ると、桜づくしの紅衣裳も媚《なま》めかしい、人形立《だち》の道成寺の姿もあり、三人連の紅葉狩もある。石橋《しやくきよう》か何か知らぬが、獅子頭《がしら》を冠って来るもあり、真紅の武張った頭をつけた——然かも顔立は美しい——猩々《しようじよう》が来るかと思えば、可愛らしい牛若丸を連れた優しい顔の常盤御前もある。

神事とは云いながら、皆思い思いの趣向を凝し、人々《にんにん》の贅を尽した、衣裳の立派さ、美しさ、顔の化粧《つくり》の麗わしさ。

その中央《なかほど》と思う辺りに、清々しい可愛らしい、白衣の仕丁が四人ずつ、大人の中に立交って、チョコチョコチョコチョコと出て来たと思うと、其の仕丁に囲まれて、上品な、男作りの、一際目立って美しい、手弱女《たおやめ》が現れた。それと同時に、群集は又ざわめき立って、
見物甲「やあ業平じゃ業平じゃ。」

見物乙「折屋の岩崎太夫じゃわな。」

見物丙「真にあれが此の島切《へん》っての美女《ひと》かいな、人が噂をするのも道理な程美《よ》い女子《おなご》じゃのう。」と、感心する老女もあれば、
見物丁「あれじゃあれじゃ、あれが山川屋のぼんぼんが、親は知らぬが、揚げ詰め揚げ通しの敵様《てき》じゃ。」

恰度《ちようど》その「業平」が、折屋の四五軒先辺り迄、徐々と来懸った頃であった。

突然。折屋の店内《みせうち》から、暖簾を潜って飛出して来た、五十恰好の、商人風の男があった。

目は血走り、衿ははだけ、何かさも落着かぬ様《さま》で、キョロキョロと周囲《あたり》を眴わしたが、指さす。

番頭「もし、お神さん、一寸御尋ね致しますが、折屋の『業平』はあれでござんすか？」と、

見物女「さいナ……」と、問われた女が答える。

番頭「あの、折屋の……」と、急き込んで念を押す。

見物女「ハテ知れた事、折屋ので無くてあの『業平』が、此の新町《しんまち》に二人とあるかいナ。」

番頭「左様で……大きに……」と云ったと思うと、矢庭に羽織を懐中へ捻じ込んで、其男は、邌《ねり》物目蒐《が》けて飛出した。

見物甲「あれあれ。」

見物乙「あれまあ、狂人《きちがい》が狂人が……」

見物丙「何や邪魔をしなさるのか。」と、人々の驚く間もなく、素より邌物の両側に附いていた、金棒引の男達も立寄れば、見物は唯々呆気に取られて見ている中を、商人風の男は、仕丁の列を断ち切って、「業平」の前に突立つと、

番頭「岩崎さん――山川屋の子息《せがれ》が揚げ詰の岩崎さん――此の邌物は一寸待って貰いましょう……」と、留める。

若い衆甲「待てとは何じゃ？」

若い衆乙「何が待てじゃ？」と、金棒引が四五人寄って来る……。

番頭「ええ、汝等《うぬ》の知った事ではないわい。」と、商人風の男は、叱り飛ばして置いて、「業平」の顔を熟々《しげしげ》と見ると、

番頭「てもさても美しい顔じゃわい。成程ぼんぼんが現を抜かすのも道理《もっとも》じゃ。したが道理なのは先方《むこう》の勝手じゃ。私《わし》が作った此の衣裳――払うて貰わん内は此方の物じゃ、ちゃっと返しなされ、唯《たっ》た今脱いで返しなされ、一寸も穢《よご》さぬ内に、さあ脱いでくんなされ、脱いどくんなされ、ええ、何をする？　手前《てめえ》達の知った事《こっ》ちゃないというのに！」

と、金棒引が留めるのも振捥《ふりもぎ》って、満目監視の中で我鳴り散らして了ってからは、我と我が声の大きさに引立てられて、其後は埒くちもない程高声で我鳴り立てる――そして手はしっかりと、「業平」の衣裳を摑んで離さない。

太夫の顔色は颯《さっ》と変った。

四、業平の衣裳

成程太夫も最初は呆然として、立尽したまま聞いていたものの、その辻褄の合わぬ怒鳴り声の中から、自分の若旦那に作って貰った、此の「業平」の衣裳の代金が、何う云う物の間違いからか、まだ呉服屋である此の男の手に渡って居らぬ事だけは解った。が、それが晴れの場所だけに、満座の中だけに、猶腹が立つ。ただ人形のように柔順《おとな》しく取澄してばかりは居《お》られなかった。

岩崎「あの、その事なりゃ、折屋には、ちゃんと若旦那も居さんす程にな。」と、業平が口を利く……

若い衆甲「然うだ然うだ、野暮臭い、そんな話は揚屋でしやれ、太夫さんには歴とした山川屋の若旦那が附いてござるわ。御神事の邌《ねり》物の邪魔だ邪魔だ、そら退《ど》いた退いた。」

若い衆乙「退いた退いた。」と若い者等は、無暗に金棒を突く。

然し、男はビクともしない。

番頭「何じゃ、折屋には若旦那が居る？　太夫さんには歴とした山川屋の若旦那がついてござる？　ヘンそのお大尽様が、払ってくれさえすりゃ、恁麼《こんな》野暮は言わねぇんだ、（と、又故《わざ》と声を高めて）あの山川屋のぼんぼんはなァ、九離切っての勘当息子だぞ、それを知らなんだから衣裳から何から何迄、私《わし》が引受けて拵えてやったんや、考えて見れば此方《こちら》が馬鹿さ。だが、勘当をされた身で、然うとも云わず折屋の店に大尽顔も凄じい！　金を払うか、奉行所へ行くか、女の衣裳を返すかと聞けば、サァサァサァと芝居の台詞じみた事を吐《ぬか》しゃあがら！　いつ迄経っても、埒は明かぬ、因《そこ》で衣裳を貰いに来たのじゃ、サァ脱いでおくんなはれ！　唯だ今脱いどくんなはれ！」

若い衆乙「そんな野暮を云ったって、此の人中で晴の衣裳が脱げるかい。」

若い衆甲「話は後でつけたが好い。」と、金棒引が、又口を出す。

番頭「厭だ、話のつけようはない。又、金の出道はない、誰が何と云っても私ゃ厭だ、勘当をされた身で、欺《だま》しゃあがったのが俺《おら》ぁ癪に触る。此の衣裳は私の物だ。サッサと早く脱いどくんなはれ！」

衣裳を脱いで渡す事は易い、けれど様の名が廃ろう。私を案じさせぬ為め、何も云いはなさらなんだが、それではお家《いえ》にはもう帰れぬ御身なのか。

知らなんだ知らなんだ！　知らねばこそ此の璲物の支度も、云い度い儘の身勝手をも云ったのに……、私が可愛いいばっかりに、恁麼事をして下さったのか。

と云って、苦界なればこそ、今此処に、払うべき金はない……。

と、岩崎は思うと同時、うむ……と卒倒《ひきつ》けて、人中で倒れ懸った。

見物甲「やあ、太夫が！」

見物乙「璲物の業平が倒れた！」

若い衆「皆な来い、皆な来い！」と町中は又一しきり、大騒動になって了った。

五、まっかな贋金

文七「もし、若旦那、血相変えて何処へ行きなさる？」

権六「ううん、離せ、離せ……」と、身を悶掻《もが》く。

文七「まあまあお待ちなされませ、私《わし》でござんす、雁《かり》でござんす。」

と、門口で引留めたのは雁金《かりがね》文七。紺縮緬へ、我名に因んで、大きく結び雁《かりがね》を染め抜いた、烏《う》羽《ば》の衣裳も瑩澤《つやつや》しく、キリリと締めた白献上の帯には、秘蔵の尺八《たけ》を、グイと一本、落し差しに差している。
権六「おお！　お前は文七どの。」と、若旦那は始めて目が覚めたように、その力々《りり》しい顔を見上げたが、
権六「あの、岩崎は何うしたぞえ、私《わし》ゃ逢わねばならぬ事がある……」
文七「さあ、太夫ならお案じなされますな、漸《やっ》と気分が快《よ》うなって、唯今もう休息所から、邌《ねり》物に加わりに参りました。」
権六「だが、何やら、大勢の中で、可愛や衣裳を剥がされたとやら、脱いだとやら……」
文七「何の何の、相手は高が商人《あきんど》、その話なら迅《とう》に埒《らち》が明《あ》いて去《い》にました。」
権六「そんなら、何か、お前がその話を？」
文七「付けました。」
権六「有難い有難い、嬉しいぞ、文七どの、私ゃ、もう、何うしたら好いやらと、唯だ一人で折屋でうろうろしていると、折も折、時も時、あの楼《うち》の客人の中に、お情深いお侍があっての、岩崎の難儀を聞いて、金を貸して下すったので、汝《うぬ》、備前屋の番頭の奴、其処等に居たら、此の小判で、面《つら》を擲《は》ってくれようと思ってそれで今飛出して来た処じゃ、そして少しも早う岩崎にも知らせて喜ばせてやり度いと思うての。」

文七「はて、それはまあ奇特なお方。して、そのお方は貴方にはお馴染の方でござんすか。」

権六「いや、先方では知らぬ仲でもないように云うてじゃったが、私は見た事もないお方なので、不見不知《みずしらず》の赤の他人に、情を受くるも心苦しく、と云ってその金は欲しい、又、他では出来そうもなし、先方《さき》では要らぬと仰言ったが、私はもう嬉しゅうて嬉しゅうて、世の中にはお情深い方もあるもの、何うしてお礼を申していいかと思ったので、思案の揚句、ふと思い着いて、金を返す時迄の抵当《ひきあて》にと思って、お前も知ってのあの守袋、命から二番目の品を、そのお侍《かた》に渡して置きました。」

文七「え?」と文七は聞咎めた。「それはまあ飛んだ事をなさいました。」

権六「飛んだ事とは?」

文七「そのお守袋の中には、確か親御さんのお書付があった筈……」

権六「そりゃあった――」と訳もない事のようにいう。

文七「淀川下りの船の中で、掏《す》られたは京に二つとないのんこの逸品、然かもそれはお出入烏丸《からすまる》家よりの大切な預り品《もの》、右の品手《しなて》に入らざる間《うち》は、当家の面目、且つは公家《こうけ》へ申訳立たず、即ち勘当申付くるもの也。然りと雖《いえど》も、右の品手に入り候か、或いは父不幸の節は金銀財宝地所家屋、総て其許《そこもと》にお譲り候もの也。云々とあったあのお書付まで?」

権六「さいのう。」

文七「貴方のお心は情《なさけの》うございますが、もしひょっとその人が、善くないお人でもあった日に

は……」と文七は言い懸けて、
文七「いや、いい事を思い付きました、一寸そのお金を拝見さして頂きます。」
権六「拝見などとそんな水臭い事は云わずとも、何うせこれはお前に払う金――話をつけて置いて下すったのなら、何れは金の要る日が来よう。さ、受取って置いて下され。」と、懐中から素直に出して渡す。
静かなる廓の午後、況《ま》して此の新町には、邌物の騒動が、一しきり他の町へ過ぎて行った後とて、見渡す限り人気もないくらい。
文七は不審顔で手の上の封包みを見ていたが、
文七「それじゃあまあお預り申して置きますが、刻印を見れば、御藩が知れます、御藩が知れれば又そのお方のお名前も分りましょう、失礼でござんすが、一寸此処で明けて見ます。」と、バラリと封を切って、熟と見たが、
文七「若旦那、こりゃ真赤な贋金《にせ》、そのお侍はまだ折屋に居りますか、一寸逢って、守袋を、取返して上げましょう……」と急き込む。

六、怪しい三人の武士

踏込んで、首を引捕えてと思って、勢込んで入って行った折屋の奥座敷――酒肴《さけさかな》の支度は其儘

ながら、其の座敷の侍は、庭の折戸を自ら開けて、廓の通路《かよいじ》を線道《うらみち》伝い、微酔《ほろよい》機嫌で邌《ねり》物の見物にでも行ったものであろう、何処となく立出でた儘と聞いて、二人は呆然とした。
文七「重ね重ね怪しい奴。」と、口に出した雁金が、座敷を変えて待っていようと、若旦那に囁く時、ふと折戸を外から開けて、庭下駄の儘入り来った三人の武士、若旦那は、障子の蔭から、一目見ると、
権六「あッ！」と叫んだ。その中《うち》の一人は金をくれた武士――それに別に仔細はないが、後の二人は、誰あろう、舟の中で喧嘩を仕掛けた武士《さむらい》。
血相変えて、長廊下迄、グングンと雁金を引張って行くと、
権六「あれじゃあれじゃ、あの人じゃ、あの目玉の大きいのと、色の黒いのが船の中の人じゃ、金をくれた人も一緒に居る……、何うぞ仇を取って下され……、大切《だいじ》の品も気に懸る……早う取って下され……」と縋《すが》り着く折も折、時も時、又しても一つの災難は、若旦那の上に降り懸って来た。
折屋の女房が、雁金の姿を見ると、何か用有りげに、そわそわして長い廊下をやって来たが、
女房「一寸お顔を拝借……」と云う。何かと思って、文七は、明いた座敷へ行って見ると、
女房「貴方のお手引のお客様故、若旦那には申上難《にく》いが、貴方へ迄お耳に入れて置きます。岩崎さんは、さるお方へ、根引の約束が出来ました。」
文七は、磕《はた》と当惑した。大切な品が手に入《い》りさえすれば、若旦那は今日にも勘当の容《ゆ》りる身分。

その勘当さえ容りて了えば、岩崎の一人や二人、身請をするは何でもない事。然かもその大切《たいせつ》な品には、聊《いささ》かの心当りも出来て来た今、此の雁金の顔を立てて、岩崎を出す事は、もう暫く待ってはくれまいか……。と云ったが女房は承知しなかった。明日……、明後日迄……と折入って頼むと、それには女房は承知をした。

然し、その金の出来る的《あて》はなかった。

七、橋上の悪態

其夜の引過《ひけ》――勝誇ったように三人の泥酔《よいどれ》武士が、遜物から疲れて帰って来た美しい岩崎に送られながらいつも忍んで来る時の通い路――裏道伝いに廓を出て、暗い阿波橋へ差し懸った時であった。

権六「贋金返す!」と、橋の袂から、突然に飛出したのは若旦那。懐中にした金包みを取って、発矢《はっし》とばかり、中なる一人の、武士の面《おもて》に投げ付けると、

文七「其換《かわ》り、此方でも、返《けえ》して貰い度いものがある。」と、落し差したる一刀の柄に、手を掛けながら、ズイとそれへ現われたのは雁金であった。

一人の武士は、雁金には目も懸けず、

武士甲「何? 贋金返す? 猪口才《ちょこざい》な……」と、胸板へ飛付いていた、権六を、何の造作もな

く、柔術《やわら》の一手《ひとて》で、ズデンと投げると、その武士は、
武士甲「御同役、恁麼《こんな》奴が居るばかりに、いつもいつも身共の恋路の邪魔され勝で煩《うる》そうて叶わん、御助勢下されい、討取って了います。」という。
武士乙「何も慰み、武士に向って不礼致した奴、久しぶりの荒療治も、又一興でござろう。」と、云われた武士も目釘を湿す。今一人は、
武士丙「あはははは、コリャ素町人、貴様こそ身が遣わした金子を有難いとも思わないで贋金などとは以ての外の過言じゃぞ。」
武士乙「察する処、あの様な事を申して、又重ねて金が欲しい下心でもござろう、横着者奴《め》が！」
武士乙「さようさよう。」
武士丙「今一人の奴《やつこ》は何者だ？」
武士乙「町奴を看板の金貰いでもござろう、些《ち》と成敗をしてやりましょう。」と徐々《そろそろ》と下駄を脱ぐ。
文七「喧しいやい此の三一《さんぴん》、手前《てめえ》っちの端た金なんぞ、此の雁金が貰いに来るかい。」
武士甲「雁金か針金か知らないが、命が惜しくば二才を置いて立帰れ。此の青僧には些と用があるのじゃ。」
文七「贋金使いのお主達に、金を返したからには、此方でも返《けえ》して貰い度いものがある。さっ

き渡した守袋、まった過日船《いつぞや》の中で掏り取ったのんこの茶碗、さ、何処に有る？　在所《ありか》を云え！」

武士丙「はははは。」

武士甲「それ迄知って居るからには引導代りに云って聞かそう。」

武士乙「何しろ此の男達は、先達ての、な、それ、あの品の為に、心が顚倒致して居るものと見えるわい。」

武士丙「不憫な奴等でござるわい。矢張りその町人根性とやらでな、欲が突ッ張って居申すのじゃ。何の茶碗の二つ三つ……」と云いかけたが、その武士は、

武士甲「やい、雁《がん》とやら、雁《かり》とやら、よっく聞け。恋路の邪魔を殺すも不憫、困らして折屋へ足を遠のかして太夫に愛想を尽かさせるが上分別と存じた故、先ず手始めに屋敷方を失策《しくじ》らせて其為に、船中に於て、まんまと首尾好く、あの茶器を奪い取ったも拙者《それがし》の六韜三略《りくとうさんりゃく》……。やい雁、あの青僧はの、腰に手が懸ると同時に、物に憑かれたように大切な品を、手から離して了ったを、太夫に心を奪われていた為めに、血迷うて心も着かなんだのじゃ。」

武士乙「偖《さて》も偖ものろい奴、橋の上から見ていたれば、つい其処に身共が居るをも知らず、気の抜けた機械《からくり》人形のように、フラフラフラフラと行き居ったわ、わはははは。」

文七は耐《たま》り兼ねて、

文七「うぬ、世迷言を云わずと茶器の在所を言え、言わぬか？」

武士甲「云わずば冥途《よみじ》の障りともなろう、云って聞かそう、あの茶器はな、拙者共が持って居っても詮無い品故、播州姫路の藩士林丈助《はやしじょうすけ》、即ち恁く云う拙者が受人で、質屋の蔵へ預け置いたわ。」
権六「え？」
文七「その質屋は？」」と、雁金が聞返す。
武士甲「待て待て、今見せてやるぞ、それ、是が質札じゃ。此の金で、太夫も身請、手活の花と眺むるも近い内、何うせ二才は亡い命じゃ。拙者とてもあの品を受け出す意《つもり》もない上は、あっても邪魔な此の質札、それ見ろ！」と、寸断《ずた》寸断《ずた》に引裂いて丸めて権六の顔へ投げ付けた。

八、懐をさがして

文七「それ、若旦那……。」と、云うより早く、雁金は一刀を振翳して、前なる一人《ひとり》を車斬《くるまぎり》に、
文七「えい！」と一太刀横薙に浴せれば、口程にもなく逃出すを、血を見て狂う一人《にん》が、斬り込んで来る一刀を、ヒラリと避《よ》けて、七八合、打合う隙に、今一人、ジリリジリリと寄り来る処を、片足揚げて、ハッタと蹴りつつ、一太刀、前なる若侍の、小鬢《こびん》の辺へと斬り込めば、
武士甲「あッ！」と云って目に染む鮮血《ちしお》を、拭いも敢ず、又一太刀、袈裟掛けに斬り込んで行く。

一人《にん》は斬られ、一人は倒れた。今一人《ひとり》、逃げ掛けた武士《さむらい》は、傷を負《て》いながら引返《ひっかえ》して、背後《うしろ》から斬付けようとしたが、此場の光景《ありさま》に怯《おじ》気付《け》いたか、その儘、又、他愛もなく、抜足《ぬきあし》して、逃げようとする処を、背後から頸髪《えりがみ》取って引戻せば、刀を捨てて組付いて来る奴を、此方も刀を投げ捨てて、引受け引受け、組んず解《ほぐ》れつ、果しもなく見えていたが、雁金の背は欄干に只押《ひた》しに押付けられ、今にも危《あぶの》うなった時、腰の居合で、捻りを掛け、身《からだ》を交すと見ると同時に、武士の姿は、ザンブとばかり、川中へ投げ込まれた。

文七「失策《しま》った！　力が余って投げ込んだが、彼奴《あいつ》は命が助かったかも知れぬ……」と、案ずる処へふと耳に入《い》る草履の跫音……。

怪しまれては一大事……、然し、裂かれたながらも質札は確かに若旦那の手に入《い》った筈……此の守袋をさえ取って了えばと雁金は跨って居た武士の懐中からその守袋を抜き取ると同時に、橋向うの方へ逃げようとして、熟と透《すか》すと、草履の音は、益々急いで、此方《こなた》を指して、ピタピタ、ピタピタと近づいて来ると、思うと同時に、

雷「親分親分」

権六「文七どの文七どの。」と、低声《こごえ》に呼ぶは権六と弟分の雷《いかずち》の庄九郎であった。

文七「おい……」と、雁金は微かに答える。

雷「おお、親分、無事だったか、有難い有難い。」と、橋の上迄駈け寄って来た庄九郎は、息を機《はず》ませながら斯う云った。

雷「若旦那は斬合が始まると同時に、直ぐに私処《とこ》へ知らせて下すったが、それでも無事でまあ好かった。そして相手は？」

文七「此の通り殺《や》って了った。」

権六は怖さに顫《ふる》えて、橋の上へもやって来ぬ。

文七「手を貸してくんねえ、形付けて了うから」

雷「よし。」と、雷は身支度したが、大切な物は皆手に入ったか。

文七「若旦那、大丈夫ですね、あの質札さえ持ってて下さりゃ、守袋は、確かに手に入りました。」

権六「あい、大丈夫、持っています。」と、云う声も顫えている。

文七「貴方《あんた》は其処に居ちゃ不味《まず》い、誰か来ると嫌疑が懸るから、早く太夫の許《ところ》へ行っておいでなさい。」と、叱って、雁金は支度を始めた。

権六は、素直に云う事を聞いて、いつの間にか、居なくなって了った。

ドブーンドブーンと、死骸の落つる音が、川浪に響いて聞えた。

講談雑誌　大正十四年（一九二五）七月号

新講談

小蝶の幻

一

春の曙——

半蔵門警衛の大名番士《ばんし》は、萌黄色の割《さき》羽織に、蠟色の陣笠を冠った首を、ちょいと傾げて考えた。

「いつもと違ってからすが騒々しいな……、何かお濠にあるのではないかな……」

明《あけ》六つ時、提灯びけで、不寝《ねず》の番士と交代なすべき、見張の下座《げざ》見《み》は、城内から出て来たが、これが又驚いたような顔をして、

「どうもよく鴉《からす》が鳴くなア……」

「へい、全くよく鳴きますよ。」

見張の下座見は城内へ引返して行ったが、間もなく一人の臨時見廻り役を呼んで来ると、三人一度に、それかと思う辺りへ、そろりそろりと、土堤の下へ下りて行って見た——

と、水鳥の二羽は堤上に登り、他は皆木の葉の吹寄せたように、お城寄りの濠の隅の処に数十羽かたまって浮き寝をして居る――それに別に仔細はなかったが、堤上の二羽が時ならぬ人気配に驚いて、水の中にすべり込むと、波紋を描いてツーイツーイと、群の方へ泳いで行く……と見た途端、

「あッ！」と下座見は立どまった。

続いて見廻り役も、

「あすこだあすこだ……」と呼ぶ。

三人、お濠の隅の処へ行って見ると、土堤の松の覆被さった下に、黒くどんよりと光った淵の面に、上を向いて、寝ているように、寝鳥に交って浮いているのは、今ははや見紛うようもない、白く、やさしい、女の顔。

番士はそそくさ土堤上に駈上ると、御門内に駈込んで、番頭《ばんがしら》へ届け出た。

番頭は飛出して来て、これが又一見すると、お目附へ訴え出た。

お目附は、御徒《おかち》目附、御小人《ごこびと》目附両人を、同道して、検分に来た。

又、門衛の大名方からは、主人代理の番頭が、わざと差向けられてやって来た。

処が、顔は――首ばかりで、首から下は――見当らない。

土堤上には早人立がしてならぬので首は、棒突が藻刈《もか》り船で拾って、丁重に、城内へ担ぎ込まれた。

又、そのあとのお濠の中へは、幾艘もの藻刈り船が浮べられて、首から下の、死体が掻き探された。然《しか》し死体は上らなかった。

二

その日は三月上巳《み》の節句で、どこも役所は早びけであった。

奉行所でも、早や諸役人が、うき腰になって、帰りかけて居る処へ、突然城内から急使が立って、

「御用有之候《これありそろ》に付、重立つ与力同心等《ら》は、非番三廻役《さんまわりやく》（隠密《おんみつ》、定廻《じょうまわり》、臨時廻りをいう）召集の上、打揃い相待たるべく候……」

とある、奉行からの廻状《かいじょう》を持って来た。

「やれやれ」

「折角帰って一杯やろうと思っていたのに、一体何事が起こったのだろう？」

「こんな日にはちと迷惑だな」

と、しまいかけた硯の蓋を取って、又しても、用もないのに、筆をしゃぶって落書をして居る処であった。

奉行鳥居甲斐守は、これも城内から早退《はやびけ》で帰って来た。そして一同の顔を見渡すと、

「御月番御老中水野越前守から特別の御沙汰があった。今日しかじかの事あって、その捨《す》てあった女の首というのは、御目附、その他の検分によれば、どうしても下臈《ざま》の賤しき女の首ではないという鑑定で……。奥向きの事は、御取締の役々へもそれぞれ厳達して検べさせる事になったが、町奉行でも、厳重に探査して、早速その女の身元を調べ、又犯人を召捕るようにという厳命である。一同もそれぞれ手配を定めて少しも早く犯人を召捕って、奉行所の功を表わしますように……。又、首は御門衛の大名方から、間もなく当所へ引渡さるる手筈になって居るから、皆もよく検分して、その手筈を定めますように……。」

奉行が奥へ引込んでしまうと、

「イヤハヤお雛様の節句だというのに女の生首穿鑿《せんさく》とは、うんざりの至りじゃなア……」

「だが、お雛様の節句だから、女の首が浮上ったのかも知れない」

「兎に角、どんな首か拝見する事にいたしましょう……。」

といって一同が待つ間《ま》ほどなく御門衛の大名方からは、番士が恭《うやうや》しく白木の箱に入れて白布《ふ》で包んだものを持って来た。

当番の与力が受取った。

一同は役所内の広間に集まり、奉行の出るのを待って居た。

奉行は、紫袱紗《ふくさ》で刀を捧げた、小姓を付従えて検分に出て来た。

与力は、南北両側に居流れ、奉行は床の間を背後に控えた。

首は白木の箱の上に乗せられ、一同は目を見はって見た――

何か知ら検証となるべきものを、その顔の内から見出そうとするのである――

女の年齢《とし》は、二十二三か、五にはまだ間があろう……。濃い笹紅をつけた口元も品好く、(その紅の色もまだ褪せてはいない)粒の小さい可愛い歯で、鉄漿《かね》黒々とつけて居る。目は切長で、睫毛《まつげ》が長い。鼻筋もよく通っている。怨恨《うらみ》のある様子でもない。優しく目をつぶっている。

なぜにお目附はこの首級を、下賤の女の首ではないと、見定めたかと皆が思うに、髪は、乱れては居るが、ふっさりと、濃く、黒く、長い間の奥勤め中、白粉《おしろい》を濃くつけて居たものと見えて、白い顔の地肌にも、自ら白粉焼けのして居る跡があるばかりでなく、その他、一寸《ちょっと》見たばかりでも、品といい、位といい、誰が目にもそう感じられる。

切った刃物は刀である。

外《ほか》には何の検証もない。

与力が済むと隠密専務の同心が入かわって検分した。又、同心等の願いによって、同心等が召使っている、岡ッ引にも内々で見せられた。これも何かの手がかりを得《う》るかも知れぬというので、臨機の処置を、奉行は取ったのである。

が、「奥女中の首である」という事には、誰一人異議を挿む者はなかった。

三

奉行所では、この事件に、隠密廻、定廻、臨時廻、各主任一人ずつを定めて、先ず首の身元調べに懸った。

大奥の向は、係が違うから、その筋々で、城内で探査をして居る。奉行所方は、奥向の発見以前に、城外からこの犯人を揚て、奥向の柔弱武士《じゅうじゃく》等の鼻を明かせてやろうという魂胆。

それにつけても、見たいものは、大奥女中の「由緒書《みもと》」である。今でいえば履歴書であるが、それさえ手に入れば、何女《だれ》は何家の娘、又、何女は何某の姉妹、という事が直《すぐ》に分る。然しその「由緒書」は奉行所にはない、城内の奥深く、御用部屋に蔵《しま》われてあるのである。真逆《まさか》に盗み出しも出来まいから、畏《おそ》る畏る奉行に相談すると、

「私から一つ御老中の祐筆《ゆうひつ》頭に相談して見よう」

となった。皆は成否を気遣いながら大人しく待って居ると、間もなく、奉行は、祐筆頭にかけ合って、老中の許可をも得て、借受けて来てくれた。

同心等は、鬼の首でもとったように喜んで、一寸大奥へは内分で、写し取る事にした。

処が大変！

大奥の女中の数は、この大部の由緒書によると一千五百八十三人ある……

先ず目指す相手は「お目見得以上」だが……ざっと目を通した目録だけでも、

上臈《じょうろう》之部、御年寄之部、中年寄之部、御客会釈《おきやくえしやく》之部、御中﨟之部、御小姓《おこしょう》之部、御錠口詰《おじょうぐちつめ》之部、表使《おもてつかい》之部、お次頭《つぎがしら》之部、お次ぎの部、祐筆頭之部、祐筆之部、御錠口衆、御錠口助、御切手掛、呉服の間、お三の間、御広座敷詰、等々

然もこれは皆御台《みだい》附で……

右の外、将軍附女中が右同断《どうだん》居る。

なお、当時、西の丸には、大御所家斉《いえなり》公在世の頃とて、この大御所附女中の数《すう》が、本丸も同じほど居る。

又、二の丸にも、尾州、紀州、水戸御三卿附女中が居る。

御家門御連枝《れんし》と称える越前家の一族女中が大勢居る。

一口に溜詰《たまりづめ》といって居るが、帝鑑《ていかん》の間詰《まつめ》、菊の間詰、鷹の間詰、牡丹の間詰と称する女中が沢山居る。

なお又外様大名筋には、これも一口に大広間詰といっているが、つまり、徳川家から諸大名へ縁づかれた姫君達（お住居様という）附の女中が雲霞《うんか》の如く居る。

どれからどう手を着けていいか、こうなると薩張《さっぱり》分らぬ……

然も大奥へは、城外からは、男の役人は入れない掟になって居る。

先ず何よりも近道は、婦人を探偵《いぬ》に入れる事だが――

右の高等な女中達になると、「奥向事は親兄弟たりとも一切口外不致候《いたさず》」と誓詞を書かされて

居るのである。

成るべく探偵《いぬ》に使うのなら、「御目見得以下」の「部屋子」「部屋方」がいいのだが、これが又、生憎と、奥向の役人へは、ただ名前だけを、使用人から形式的に届けてあるきり、その由緒《みもと》書がない……

「はて、どうしたものであろう？」

「いかがいたしたものでござろう？」

と、一同鳩首凝議《ぎょうぎ》してる処へ、城内へ内偵に行った一人は、血相かえて飛んで来て、こういった――

「大小目附はもちろん、将軍御手元のお庭番等（共に城内で探偵《たんてい》の事を司どる者である）は、老中から厳命があって以来、我こそは犯人を探り出して、その手功を表わさんものと、一同奉行所へ対抗して、熱心なる活動を開始している。」

「大奥女中の噂によれば、甲某《なにがし》のお部屋様と、乙某《なにがし》のお部屋様とは、平素から仲が悪かったが、甲某は近頃急な病気で亡くなって、死体は内々で宿元へ下げられた。もしやその女の首ではあるまいか……。大奥では専らこの風評《うわさ》と、穿鑿で持切ってる。然し名は分らぬ……」

というのである。

さあ奉行所方でも、一刻もまごまごしてはおられなくなった。

直に「吸出し」をかけて見る事にした。

四

翌日、江戸の市中へは、人の目に立ついでたちをした、瓦版の読売が、辻々に現れた――

「さあさ皆さん買いなされ読みなされ、今度このたび、半蔵御門の、お濠の中におきまして内裏雛のお首のような、美しい女の首が、ぽくりと一つ浮上りましたは、いよいよ全く大奥女中の生首と決しました。」

「それもそのわけ、綺麗なお首を、包んであった片袖は、何と、皆さん、美事な裲襠《うちかけ》の片袖ではございませんか。」

「何でも大奥の噂によりまするると、彼《か》の狂言にいたしまする、鏡山の尾上岩藤《おのえいわふじ》の如く、お女中同士の争いから、一方を暗殺いたし、首は他人が殺したように見せかけて、お濠の中へすてたものだそうにございまする。」

「お部屋の女中衆、その外にも、沢山な怪我人が、そのために出来ましたとやら。」

「さあさ買いなされ読みなされ。」

「これさえ読めばすぐに分る。」

「振仮名附でたった三文。」

「似顔の絵まで出ておりまする……。」

その瓦版の読売には、無論、それだけの出鱈目文句と、岩藤と尾上に似せた、芝居の絵だけが描いてある……

然しこの策は案外に成功して、大奥へ御奉公に出してある、女中の親元、その親戚達は、一方ならず恐慌した。そして、

「怪我をしたのは家の娘ではあるまいか？」

「殺されたのは親類のお何ではあるまいか？」

事の真偽を確めるためには、家に居て心配するより、直に大奥へ駈着けて機嫌を聞くのが捷径《しょうけい》だ。

大奥へ上るには、何か、みやげ物を持って、母か、伯母か、姉か、妹か、何しろ婦人が行かなければならぬ。

鮨は与平《よへい》か玉鮨がよかろ。菓子は塩瀬《しおせ》か藤村がよかろ。

煮〆物は弁松、団子は桃太郎と、皆それぞれ重詰物にして、夜《よ》に入っては御城内へ入る事は出来ないから、お城近い処はその日の内に間に合ったが、遠い処は翌日早朝。

何が仕合せになるか分らぬもので、江戸中の有名な、菓子屋、鮨屋、煮〆屋なぞは、皆この首のために一時は生物は売切になったというくらい。

何万という人数が動いたのであった――

「ええ一寸伺います」

「一寸お尋ね申します」

「お宅のお嬢さんは御無事でございましたか？」

「お嬢さんには何事もございませんでしたか？」

御門御門へ詰かけて居た、さまざまのいでたちをした手先達は、と、御門内から出て来る婦人達を、一人一人待設けていては、それとなく様子を聞く――

「はい、御蔭様で、無事な顔を見まして、こんな嬉しい事はございません……」

と、いう向きへは
「それは何よりでございました」でうっちゃって、少しでも変な顔色の向へは、色々の事を聞きながらついて行く――

と、新しい畳も叩けば埃の立つ道理で、少しでも内輪に何かあれば、誰女《だれ》さんと誰女さんとは、仲が好いとか、悪いとか、こういったとか、ああいったとか、種々の事が聞えて来る……

早いもので、その日の夕刻までにはすでに様々の扮装をした岡ッ引が、見舞人の風聞を綜合して、少しでも疑問のある女中達の親許屋敷へ、皆入込んでしまったのである……

五

処が又もや江戸中を驚かすような一大事件が突発した。

それは西丸にあらせらるる大御所、前の将軍家斉公薨去《こうきょ》の仰せ出だされである。

この人は人も知ったる子福者で、六十名以上も子があった。従って諸大名にも御連枝が多く、江戸開府以来の御家繁盛で、又一代の将軍としても、この人ほど栄華と奢侈と歓楽を極めた人はないというくらい。庶民も上を見習う下で、この人の在世の時代程、奢侈歓楽を極めた時代はなかった。

だからその主将の薨去という事は、上下を通じての恐慌であったばかりでなく、やがて来るべき新時代は、いかなる性質のものであろう？　というような不安もあった。

それは又なぜかというのに、当時老中の首座を占めて居る、水野越前守忠邦《ただくに》が、年来の主張というのは、今でいう緊縮政策であったからである。

それで、今度の首一件も、何か大奥の改造に関連しているのではあるまいか？　と、いうようにも思われて来た――

そして、至る所にこの風評が盛んになった。果然、新葬の四十九日が済むと、大改革が仰せ出された。

先ず大御所附の奥の衆と称える、重役《おもやく》の面々が、突然、その理由は分らずに、「思召有之《おぼしめしこれあり》に依り解役」又は「閉門被仰付《おおせつけらる》」など、頻々として馘首《かくしゅ》沙汰があった。

又しても色々の下馬評が盛んになった。

「大御所御在世の頃少しぐらいの不調法はあったとしても、父君《くん》の御愛臣を御死去後間もなく馘首し又は厳罰に処するとは、ちと水野のやり方も酷《こく》に失《しっ》しはせぬか？」

「イヤきっと生首事件に関係があったからだろう……。」

「きっとそうに違いない……。」

すると水野の改革も、ただ一時破壊したのみに止まって、まだ何の建設もされない内に、当の自身が罷免になった。

市民は又もや大風のないだ跡のようだと、雀躍《こおど》りして喜んだ。そして、

「今度の阿部伊勢守という老中首座は若手ではあり、美男であるから、水野のように野暮な真似はしまい。」

などとつまらぬ事まで理由にして、再び泰平の美酒に酔う事が出来るであろうと喜んだのである……

自然、問屋場《といやば》は復興し、組合は再興し、諸種の贅沢品、興行物《もの》は、日の出の勢いを以て再興して来た――

従って奥女中の首一件なぞは、もう迅《と》うに忘れられてしまっていた。

束の間に十年は過ぎ去った。

南北奉行も交代になり、今は例の文身《いれずみ》奉行、遠山の金さん時代――

黙って、澄して、口を拭ってさえおれば、自然罪は滅するものを、我から飛んで火に入った虫があった――

六

「私出生《うまれ》は大阪の高麗町で、鼈甲屋《べっこうや》嘉兵衛《かへえ》の長男、以前の名は定吉、只今は旅興行をいたしております阪東小雀《ばんどうこじゃく》と申す俳優《もの》で御座いますが、十七八の頃、道頓堀の小屋掛芝居の座頭、花園小蝶と申す旅の女役者に迷いましたのが、はじまりでございます。

私は、その頃はまだ息子《ぼんぼん》、家に財産あるにまかせて、手を変え品を変え持出しては、やっと、三つ年上の、小蝶と情《なさけ》を通じ、己《おの》が本望遂げましてからは、遂に家を勘当され、行き所がなくなりましたので、そのまま小蝶の弟子と相成り、中国筋から四国九州と、諸所方々を旅興行に歩いておりましたが、十年前に、一座と共に、江戸へ稼ぎに参る途中、遠州浜松は小蝶の郷里とて、暫く滞在いたしております内、私は病気と相成り、小蝶はそのまま旅に出て、私一人小蝶の宅に、留守居かたがた養生いたしておりましたが、いつまで経っても全快いたしません。医者に聞くと、長い間の、馴れぬ旅、馴れぬ稼業で、疲れた所為《せい》の病気だろうと申します。

私は歯痒くて歯痒くてなりません。少しも早くよくなって、小蝶の一座に加わりたい、顔も見たいと、じれったい日を、なす事もなく送っております内、出立前には、情婦の小蝶から、行く先々からきっとたよりもする、金も送ってくれるとの、堅い約束でございましたが……、去る者は日に疎《うと》しとやら何の沙汰もございません。……

それればかりか、一座と別れて、名古屋方面へ帰る一人が、浜松へ立寄っての話に聞けば、何でも小蝶は一座の立役者で、市川春五郎と申す者と褄《つま》を重ね、今ではお前の事なぞは、思い出しもしまいと申します。

私は腹も立てば小蝶の不人情をうらみもしましたが、然しまた、越し方三年越の旅の先々での、小蝶の情を人知れず思い出しては、よもや仇《あだ》し男にと、我と我が心を慰めておりましたが……又、私と同じ事を、あの憎らしい春五郎めと、繰返して居るのか知らと思うと、気が気ではありません……

人に頼んで、旅先々へ、手紙を出して気をひいても見ましたが、返事は一度も参りません……さてはと思い当たります頃には私はもう、その日その日の、暮しの代《しろ》にも、差支えて参りました。

が、然し、自分は全く、彼女のためには、親から勘当されたのだ。行き所もなくなったのだ。大切な生涯をも振捨てたのだ。芸人仲間へも入ったのだ。

それを見捨て、あの恩も義理もない春五郎と、乳繰り合うとは何事だ。

ああ然し……いかに軽薄は芸人の慣《なら》いとはいいながら、そんな約束ではなかった筈だ……。

病気がよくなり次第、今一度あって、小蝶の心も確めたい……。そしてもしその事が、嘘ならよし、真実なら覚悟がある……。

少しも早くあいたいと思いますと、気の張合か、病気もよくなり、人に頼んで、旅費をも調達いたし、それを持って浜松を発足いたしましたのは、丁度春も如月の末っ方……。」

七

「私は、御当所へ参り、直ぐに小蝶の開演先《できさき》を尋ねますと、当時は新宿大宗寺《たいそうじ》の開帳最中《さなか》とて、大宗寺に小屋掛芝居があり、小蝶春五郎の一座はそこへ出て居るが、連日連夜の大当たり大評判で、いつも客止めの景気との噂……

私は、嬉しくもあり、腹も立ち、すぐに旅支度のまま大宗寺の境内へ行って見ますと、なるほど小屋ははちきれそうな大入――

小屋前の老若男女は、爪も立てられぬほどの黒山でございます。

国々、各町村の、ひいき、ひいきから送られた立幟《たてのぼり》は、春風にはためいて、林の如くその群集《ひと》中に立っています――

私が始めて大阪の道頓堀で、小蝶に贈った縮緬の分もその中にございました――

小蝶は中幕に、彼女得意の、先代萩の政岡を勤めて、春五郎が八汐をしている。絵看板も美しい……。それを見るために見物人の多い事も分っております。

かつて小蝶が政岡や重《しげ》の井を勤めた時に当たらなかった例はない……

私が迷うたのもこの政岡だった……重の井だった……

私は越し方を思い出さずにはおられません……

小蝶は、見物人の噂によると――ここで政岡を一幕終ると、又両国の夜芝居へ行って重の井を勤める――それでここへは先代萩を出したらしい……

そう思って、時刻を見計らって、楽屋口へ行って、あおうといたしますと、色々な人間《やつ》が中に入って、あわせません……

芝居者の冷淡さ、その中には兼て私と一座をした、男も、女もおります。又随分羽振の好かった折には、恩を被せた者も大勢おります。

それが皆手の裏をかえしたようなあしらい方……

どこから物貰いが来たかとでもいうように、木で鼻をくくった挨拶……

「太夫さんは忙しいよ、そんなにあい度かったら宿屋へ行ってあいねえな」

とこうです。

そして、草履を突掛たまま、さッさと楽屋口から行ってしまいます。

大抵小蝶の心底《てい》も分りました。が、兎も角も宿屋へ行って……と、その宿の名を聞きますと、
小蝶は麴町三丁目の、伊豆屋というのに泊まって居ます。

私はそこへ行って、小蝶の帰りを待っていますと、夜更けて小蝶は両国をハネてから帰って来ましたが、人を以て応対さして、

「わらじ銭をやるから大阪へ帰ってくれ」と申します。

しかも奥二階では春五郎と呑んで、ふざけて居る様子が、手に取る如くうかがわれます。

幾らあってくれと取次の者に申しても、小蝶は決してあってくれません……

漸次夜も更けて参ります。

このまま帰ろうにも家はなし……、あの憎らしい春五郎との、この贅沢な宿屋の奥での濡場……私の瞋恚《しんい》の焔は胸の中で煮えくり返るようです。

其夜は兎も角も伊豆屋から引取りました。そして山王台で野宿をいたし、花の下で夜露に濡れつつ一夜を明しながら小蝶春五郎二人の事を考えます心地の悪さ！

もう一刻も我慢が出来ません。

夜の明けるのを待兼て、山王台の下に参り、金物屋を尋ねて行って、脇差を一本そこで買いました。

そうして一日ブラブラと、麹町中をあるいて、夜に入るのを待兼て、新宿の大宗寺の芝居へ、人に紛れて入込みました。

が、見れば見るほど美しい、仇ッぽい目をしております。

あの目に俺は迷わされたのだ。あの美しい裲襠姿に、俺は魂を奪われたのだ。然も俺は欺《だま》され

たのだ。あの烈婦に欺されたのだ。

と、思えば、赫《かく》と急き立ち、直に舞台へ駈上って、飯焚《めしたき》の場の政岡を、刺し殺してやりたくは思いましたが、他人《ひと》に迷惑をかけるでもないと、じっとこらえて、飽かずに見物いたし、先代萩の終るを待って、美しい政岡の顔をそのまま、然し深く駕籠の垂《たれ》を下して、楽屋口を出る処までを突留て、両国指して行こうとする処を、私は先廻りをして、半蔵御門の外で待って居ました。」

八

「見ると、小蝶の乗った駕籠は、濠端に出て、左の方へ曲ろうとします。

私は暗闇に待伏せしていて、脇差をキラリと抜き、先ず駕籠屋の提灯に切付ました。舞台の試合には馴れております。

駕籠屋は刃物の光に驚いて、提灯を消されるとそのまま、わッと声立てて駕籠を置いて、鈴ヶ森の雲助のように逃げ去りました。

私は、駕籠の垂を上げて、その中から小蝶が逃げようとする処を、夢中になって切り付ました。

と、小蝶は物に躓《つまず》いて、土堤下へ転げ落ちました。

私も、続いて飛降りると、土堤下の芝の上で、やっと小蝶の胸倉を、手探りで捕える事が出来ました。

『俺だ！　定吉だ！』というと、文句もいわせず、刃尖《さき》を、小蝶の鳩尾《みぞおち》に突き刺しました。

『あッ！』

と、叫んで、倒れようとする処を、手探りで、首のうしろへ手を廻して、グイグイと首を掻き切りました。

首が漸《やっ》と離れると、はじめて私は人心地がつきました。

が、それとともに、何ともいわれぬ『可哀そうな事をしたなア……』という思いが、私の胸へ、グイグイと込み上げて来ました。

又、それとともに、可愛い女の死体を、このまま濠の中へ捨ててしまうのは、何とも譬《たと》えようのないほど惜い気がして仕方がございません……

出来るものなら、この二世《にせ》三世《さんぜ》もと誓った、可愛い女の死体も首も、皆どこかへ持って行って、一度は思うさま怨みもいいたい――又改心もして貰いたい……と思いましたが。

そんな事をしている内に、もし駕籠屋が訴えてでも出て、召捕が来ては、大変であると思いましたので。

惜いが、死体は土堤の石を起こして、重石につけて、お濠の中へ沈めてしまい、首だけ抱て堤上《うえ》に上って参りますと、どこか灯のある処へ行って、ゆっくりも一度顔が見たいと思いましたが、折悪しく、三宅坂の方から、屋敷廻りの提灯の火が見えて来ましたので、残念ながら首もそのまま、お濠の中へ投げ込んでしまいました。」

九

「何故十年後の今日に至って、その旧悪を自訴する気になったか?」と、奉行遠山左衛門尉《さえもんのじょう》が聞くと、小雀は又こういった。

「当時の御改革騒ぎに芸人は皆零落いたし、都落をいたした者も、数多くございましたが、私は、大阪に逃げ戻っては、お手が廻って居るも知れぬと存じ、尾張名古屋は御支配外《そと》ゆえ、名古屋へ参って、身を潜めておりました処、引続き水野様の御改革騒ぎに、江戸中は大騒ぎと相成り、殺人等の御詮議は何の御手配もないとの事に、一先ず安心いたし、十年も無事に暮しましたが、その間に芸道を修業いたし、坂東吉五郎と申す一座に加わり長い間旅稼ぎをいたしておりましたが、追々芸道も手に入って参りましたので、今度名古屋踊りと申す、茶番狂言の一座を組織《そしょく》いたし、私はその座頭と相成り、男女十二人組合って、中仙道より御当所に参り、潜《ひそ》かに聞合せて見ました処、敵手《あいて》の情夫《おとこ》、市川春五郎は、その後ぷッつり御当所に姿を見せぬとの事に安心いたし、南茅場《かやば》町の薬師地内、宮松と申す席亭の主人、ろ組の常吉親分の御招きにより、一座は唯今宮松にかかり、名古屋踊りを初めました処、毎晩引続いての大入に、私も喜んでおりますと、常吉親分のおっしゃるには、

『この辺には八丁堀の旦那方の御見物が多い。又、岡ッ引やお手先衆もあの通り大勢見えて居る。

しっかりやって御贔屓に預れ。』

と、いわれてギックリ胸に応えましたのは、十年前の小蝶殺しの事。

まざまざと半蔵御門外の闇討も目に浮かびます。

さあそれからと申すものは、毎日毎夜良心の呵責に責められ舞台に出るのも恐ろしく相成り、夜は小蝶の幻を見ます。

これは一層名のって出て、私も順縄《じゅんじょう》にお縄を受け、女の妄念を晴らしてやろう。そして未来で添遂げようと、今以て小蝶が忘れられませぬので、昨夜決心をいたしました。」と答えた。

小雀は望み通り鈴ケ森で処刑になった。

サンデー毎日　大正十五年（一九二六）七月四日

幕末名探偵彌《や》太《た》吉《きち》老人を訪《と》う

井上精二

記者は、二月二日の払暁《ふつぎょう》、今は江戸と称《とな》えぬ東京を発って、其の昔江戸と称えた頃、南町奉行遠山左衛《さえ》門尉《もんのじょう》の下に名を成した幕末の老探偵彌太吉老人を川越の閑居に訪ねたのである。

汽車は夢まだ醒めぬ冬の朝の山や林や田や畑を縫うて十時過ぐる頃川越に着く。

「奈何《どう》だい俥夫《くるまや》さん！　彌太吉お爺さんと云や、川越の人達は大抵知っているだろう？」

「ハイハイあのお爺さんは一風変ったお爺さんで厶《ござ》んしてね、今年は恰度《ちょうど》八十で厶んすが、飯も自分で焚きなさるし、お菜も自分で拵えなさるし、全然《まるで》お嫁さんの無え書生さんの自炊同様で厶んすよ。よく学校や、お寺に行っては大勢の人達に演説して下さるんですが、もう此頃《このごろ》では床を畳んだり延べたりする事だけは億劫《おっくう》になった、之《これ》は男のする仕事じゃ無え、元来女のする仕事だから之許《ばか》りは大儀だと云わっしゃるで厶んすよ。それゃ面白いお爺さんで厶んす、ハハハハ。旦那！　此の彌太吉というのはお爺さんの子供の時の名で厶んしてね、今では佐久間長敬《ちょうけい》さんというで厶んす。……オットット此所《ここ》だ此所だ……話に実が入っていまに行き過ぎる所だった、アハハハハ」と俥夫がヒタと梶棒《かじぼう》を下すと、古びた家の格子戸の横に、今俥夫が呼んだ「佐久間長敬」の名札が掲げられてあった。

刺《し》を通ずると老人自らお出迎え、

「私が彌太吉、佐久間長敬と申します。これはこれは遠路のところよくこそ在《い》らせられました。さあ奈何ぞお上り下さい」と快活な語調、白髪《はくはつ》を頭に頂き白髯《はくぜん》を顎《あご》に巡して、争われぬ年恰好ながら、障子の蔭から聞けば、迚《とて》も八十の老人の声とは信じられない元気さ、塵を払うて玄関に上ると、先ず壁に掲げられてある「一道舎」と墨痕淋漓《ぼくこんりんり》に筆を振《ふる》った横額の儼《おごそ》かな光に打たれる。

玄関の隣りが書斎になっている。其所《そこ》は四畳半ではあるが、整然と片附いていて少し南寄りに二尺の炉《いろり》が取ってあり、西側の二枚の障子には半間《はんげん》の床を配してある。床には故乃木大将夫妻の肖像を祀り、其の上に両陛下の尊影を掲げてあるのを見ると、老人の人と為《な》りや趣味というものの一端を窺い知る事が出来る。床の隅には何にも技巧を施してない赤い甕《かめ》を据えてある中に、まだ綻《ほころ》ばぬ梅の素朴な枝を二本投げ入れてあるのも面白い色彩、風はあるが、南から照り栄ゆる冬の日盛りに、軒端《のきば》の蔭が廊下を通して南側の障子に凍てついた様、老人はつつましやかに炉の端に座して、時折古びた鉄瓶の蓋を拭き乍《なが》ら過ぎし幕末の想い出を物語る。

「私の家は八代の間与力でありましたので、警察の沿革でも、裁判のことでも、江戸町中の取締りのことでも、大抵は幼い時分から能《よ》く知っていました。御維新、即ち明治の大革命の時代、恰度私が三十代の時で、幕府が、大政の奉還と同時に、江戸の三奉行（勘定奉行、寺社奉行、町奉行）を朝廷へ引き継ぐ時には、私は与力の外に調役《しらべやく》というものを勤めていました。のみならず、年番《ねんばん》役、裁判をする吟味役、市中取締役、非常取締役、諸色《しょしき》の調掛《しらべがかり》、外国人の調掛、租税を取り立てる掛《かかり》等、恰度十役程研究して居りました。その上に、町奉行を朝廷に引継ぐ時は、南町奉行の引継委員に命ぜられましたのでその忙しさと来たら目が廻わる程でした。それに、二十五人の同心を預っていましたので、之等の人の支配もせねばならぬ。その会計等も私がせねばならぬというのですからお話しをするだけでも何となく忙しい様です」と云って快活に笑われる。

同心と与力とは共に同じ方面の仕事に従事していたので、与力と同心とは主に同じ所に居を構えていたという事を記者も時々耳にしたことがある。よく講談等に出て来る八丁堀の旦那というのは同心のことで、あの近所にも居たし、麻布龍土《りゅうど》町、今の一連隊と三連隊の間に板屏を廻らしたシモタや町があるが、其所も一方が与力の邸で一方が多勢《おおぜい》の同心連の住家《すみか》であったそうだ。

老人はお茶を啜って、

「革命成立後も矢張《やはり》以前の職官をして居りましたが其後、司法省の判事を勤めました。然《しか》し病気のため職を辞して野《や》に下《くだ》ったきり、全然《すっかり》官界を去ったのであります。そうして六十才までブラブラしていましたが眼を悪くしたので、今度は精神の修養をしようと思って、備前岡山の山の中に這入って禅学の研究をしました。そしてもう其所で盲人になる心意《つもり》で居りましたところ、幸《さいわい》に眼病もいつか全癒して今日の様に再び社会に生活する様になったのであります。

右から佐久間長敬、仁杉英、安藤親枝、原胤昭、尾崎将栄

私は、天保十年生れの本年恰度八十才になります。町奉行を朝廷に引継いだ時は、与力五十人、同心三百人ありましたが、それからもう五十年の年月が経ちますので、只今生存しているのは私の八十才を筆頭に、安藤親枝《ちかし》の七十七才、仁杉英《ひとすぎえい》の六十六才、尾崎将栄《しょうえい》の六十八才、原胤昭《たねあき》の六十六才、纔《わずか》に五名に過ぎません、随分世の中も変りましたよ」と感慨無量。

この話は、彌太吉老人の官歴ともいうべきもので、談話に現われた原胤昭氏は、本誌に於ても屢々《しばしば》紹介した如く、目下神田元柳原町にある出獄人保護所管理であって、実に彌太吉老人佐久間長敬氏の実弟なのである。

時移るままに、話は文芸倶楽部で人気を博して居る岡本綺堂氏の半七捕物帳、本誌が二月号から掲載した彌太吉老人捕物帳の上に落ちて行った。老人の話によると、町奉行を朝廷に引継いだ時、南町奉行には代々の記録（犯人検挙、罪人裁判の記録等）が山程もあった。北町奉行では、我々の仕事を官軍に引渡す等とはもっての外の事である。幕府の威信にも拘わるし、幕府の内幕も曝け出さるるからと、多数の反対者が出来たので到頭《とうとう》一部も残さず焼棄てて了《しま》った。東京市設所に引継いだ南町奉行の記録も「恁麼《こんな》物を倉庫に蔵《しま》って置いても仕方がない、紙が良いから屑屋にでも払下げたらよかろう」と大事な記録を屑屋に払下げた、それを楠本正敏氏が発見して之は捨て置けぬと五分の一位は取り止めたけれども、残りは何処にあるやら方々へ散らかって了った。

「それが完全に残っていると貴郎《あなた》、興味ある探偵の材料が山程あって現代の法曹界に多大の貢献をすることであろうと思いますが、実に惜しいことをしたものです」と老人も非常に惜しがっていた。

「その記録さえあれば事件の最大を問わず、犯人逮捕の経路が判るのですか？」と記者は聞いた。

「否《いいえ》、その記録と云うのはほんの略筋、略筋と云うよりも結果だけを書き認《したた》めたものですから、肝心な探偵の苦心等はそれを見ただけでは判りませんが、誰が逮捕して誰が吟味したと云うことや、その事件の一端を知れば面白い事件は大抵私の頭から引張り出すことが出来ます。御承知の如く、昔は犯人を逮捕すると『人《にん》体《たい》怪しきものにつき取調べ候処《そうろうところ》云々』と云う口上書《こうじょうがき》を添えて奉行所に差出したものですが之はその犯人の人相が悪いからと云うのではない挙動不審と云うことも加味されてはいるだろうけれど一種のお極《きま》り文句になっていたので、探偵の経路などをクドクドしく書くのは止めにして右のお極り文句で済ませていたものですよ。ですから、同心や岡っ引はウンと面白い材料を持っているが、記録に残っていません。けれども、犯人を逮捕する度毎に与力には総ての成行《なりゆき》を報告しますから。記憶さえよければその節の心覚えに控えた帳面の端の方を開いて見ただけで、大抵の事件は判ります」

老人の話によると、老人が五才位から此の方七十五年間の事は大抵記憶にあるとか、昨年来朝した米国のハーデー翁《おう》にも恥じぬ誇るべき記憶の人である。

此の時、泉斜汀《しゃてい》氏の顔が見えた。氏も老人とは初対面であると見えて、型の通りの挨拶が済むと、

「御老人、私は大変な野心があって参りましたよ。大体、老人を擲《ほう》って置くのが勿体ない。だから元気の良いうちに古い頃の事を残らず聞いて置きたいと思ったものですから、実は態々《わざわざ》千葉の山奥から泊りがけで老人の探偵事実談を聞きに来ました。ハハハハ、も一つは、出来ることなら、私の宅にお連れ申したいと云う大野心を抱いてやって来ました」と、煙管《きせる》の灰をトンとはたく。

老人の横には、『弘道』『大正道話』『江戸全集』『歴史地理』等の雑誌が、つい今の今まで老人の手に載っていた様に散《ちら》かっている。これを見ると老人の趣味の一班が窺知られるが、記者が、「歴史地理」を何のために読まるる哉《や》と尋ねると、老人は一寸《ちょっ》とその本を見流して、

「私はね、若い頃から歴史や地理が非常に好きで、未だに暇さえあればいろんなものを買って来ては読みます。一つは、江戸の地理、地文《ちもん》、曳いては、江戸時代の建築法から、大正の東京の建築法等を研究したいと云う興味があるからなのです。私は何時も考えることですが、今、安政の大地震の様な大地震が此の東京にあって御覧なさい。取り返しのつかぬことが出来ますよ。東京の貸屋普請《ぶしん》は有名な粗雑なものですから一軒残らず倒れて了いましょうが、一番恐しいのは小学校中学校、女学校の受負《うけおい》普請です。若《も》し昼間《ちゅうかん》、あの大地震が遣って来たら逃げることも何も出来たものじゃない、大変なことになりますよ。何故、私が心配するかというと、東京は今こそ大廈高楼《たいかこうろう》が建ち並んで、昔何処まで海の水が来ていたか一寸判りかねますが、今、芝の愛宕《あたご》町に大きな銀杏がある。あれが其の頃江戸の港に入って来る船の目標《めじるし》になったものであるから、それから、推しても何処迄海の水が来ていたかが判ります。湯島天神、神田明神の近傍《あたり》は湯島村と云う島になって、須田町の賑かな交叉点も海の中にあったのです。それが、漸々《だんだん》と発達して来て現今の様な大都会になったのですから、地盤の軟かくて危険なことは云うまでもないことです」と云って、老人が差出された若い頃老人の手写《しゅしゃ》になった江戸町の地図を見ると、なる程そうかと思われる程、東京の前身は海水の干《ひ》た跡に建設せられた漁師町の感がある。

斜汀氏も記者も此の浮沈《うつりかわり》の多かった老人の昔物語を、尚も、それからそれと繰り出さるるままに聞いていたが、その日帰りの記者には余り緩《ゆっく》りした時間もないので、三時が打つと暇を告げて老人の許を辞したのであった。

探偵雑誌　大正七年（一九一八）四月号

斜汀泉豊春論

伊狩章

一

鏡花には弟妹が三人あった。弟はここに述べる豊春、明治十三〔一八八〇〕年一月生で、妹は二人、その一人、たか女は芝居茶屋へ、他のやえ女は呉服店へ夫々《それぞれ》養女にやられた（村松定孝「泉鏡花」）。たか女は養家没落の後芸者となって難渋し鏡花これを引取り一時豊春と共に同居せしめている。後述する斜汀の「彫像記」はこの間の経緯に取材したものだ。豊春の生立の状況その他明かでない。父の死後二十九年祖母と共に出京して鏡花に養われる身となった。鏡花の「薄紅梅」には「小説家の巣に居ながら心掛は違う、見上げたものの大学志願で、試験準備に神田辺の学校へ通って」云々とあり、又「海軍兵学校を志したが近眼の為めに目的変換を余儀なくされて令兄と同じく小説家になった」（畔柳芥舟《くろやなぎかいしゅう》『深川染』序文）ともいう。以後豊春の前半生は全く兄の庇護の下にあった。生活はもとより、その文学も亦舎兄の亜流を踏むもので、彼の上に被いかぶさっている鏡花の影は大きい。後年豊春が兄と確執しその死にまで及んだ深い溝は、一つには彼の内部に潜む鏡花コンプレックスに対する精一杯の反抗だったとも考えられる。

その筆号の由来は、鏡花かねて俳句の上で師事する内藤鳴雪の下に豊春を伴い「これは舎弟であるが俳号を頂きたい」鳴雪言下に、「酒亭がよからん」、之を斜汀としたのは紅葉が改めたのだと鳴雪が伝えている由である（『古書通信』昭和三十年〔一九五五〕二月）。蝌蚪《かと》をもじった活東のそれと好一対の筆名である。酒亭時代の作としては鏡花の「百物語」（二十九年〔一九〇六〕八月）「ありのまま」（三十年三月）の中に俳句若干が遺されている。

簞笥町の塾終末近く（三十一年秋頃）紅葉門に入って斜汀と改め玄関生となって三十四年に及ぶ。紅葉宅を退去後も（『十千万堂日録』三十四年八月―十月）師の周囲にあって親侍した。紅葉晩年の弟子中最も愛幸せられている。「紅葉全集」全六巻の校訂は斜汀の手になっている。

作品の初出は『少年世界』に上掲の「うぐいす渓」（三十二年八月）「金花山」（三十三年八月）などだが何れも少年物の習作にすぎない。小説の処女作は「監督喇叭」（三十三年九月『新声』）であろう。鏡花補の肩書付で発表されているが題材より推して軍人志願時代の斜汀の経験に基く作と考えられる。内容は、蛮風と粗大主義を校風とする軍の予備学校を舞台に、軍人の偏狭と陋劣を嘲罵するもの。反軍思想は阿兄《あけい》鏡花の「海城発電」「琵琶伝」以来のモチーフだが、一面軍人になれなかった作者の意趣返しの感もある。結構整わざる素描的小品だが、粗暴や偏見に対する反抗、侠気ある女性の登場など鏡花作風を倣った跡濃く、以後の作品の基本的色調をなしている。

次いで「彫像記」（三十三年十月『新小説』紅葉閲）は一流文芸誌に載った作者の文壇登場作である。内容は前記した通り鏡花兄弟の身上と養女にやられた妹との経緯に取材している。

　木彫の名人を父とする青年彫刻家秋野駿星は師高島陵斎の指導の下に技を磨き、声名をあげ、故郷の祖母を引取って巣鴨に一家を構える。駿星は学者詩宗の娘お光と相思の仲、やがて陵斎の仲人で結婚し円満な家庭を営む。たまたま駿星の妹で他家に養女にやられていたお外が養家の没落によって身を売られ眼病を患って困窮し駿星に救助を乞う。お光これに同情、夫をしてお外を救わしめて同居さす。お外余病を煩って永びき、我儘をつのらせて家族を苦しめ、為に駿星は別居して仕事場をもつ。お光看護に真情をつくし、夫には病が恢復に向かいつつありと偽りの便りを出す。駿星これを欣んで帰宅を通知、お光せっぱつまり、寝ている病人の上に馬乗りになって剃刀にてお外を刺さんとする――とこれは実は上古、小碓尊《おうすのみこと》が熊襲を刺殺せんとするをアイデアとする駿星作の彫刻であった。

彫刻家を材としたのは亡父泉清次の家業より着想し、駿星の境遇は舎兄鏡花の身上に、陵斎は紅葉に夫々原型を得ている。骨法は観念小説のスタイルを学び、露伴「風流仏」を手本とした気配がある。一般に戯作臭あり、描写冗漫のうらみも否めぬが必ずしも駄作ではない。文辞技巧の幼稚が却って清新な効果をもたらしている所もある。文壇登竜作としては合格の出来栄であった。

斜汀君の処女作の「彫像記」は、自家の事を材料にしたものだなどと云う説がある。それは兎に角、比較的に見るべきものだと思う。尤もこの一篇だけでは兄君の、天才の俤《おもかげ》は、薬にしたくとも認むる事は出来ない。

（同年十一月『明星』——筆者、高須梅渓）

と評され、或いは又、

何処までも感興に重きを置きて書きたる阿兄鏡花に似たる所あり、殊に劇主人公の秋野駿星を写したる節の如き全然鏡花子と帰向を同うす……さもあらばあれ節々の中に独創の匂多く力《つと》めてある物に近寄らんとする傾向の見ゆる、吾人は子の前途に多き望を有するなり。

（同年十二月『活文壇』）

と前途を祝福されている。多少家兄の余沢を蒙っている趣もあるが反面常に鏡花作と比較評価され、鏡花の天才的輝光におし消されてしまう憾《うら》みもあった。文豪の肉親が負わざるを得ぬ宿命とはいえ、いささか損なめぐりあわせでもあった。牛込南榎町《みなみえのきちょう》の鏡花宅の「昼猶暗い古寺の荒庭のような土地に囲まれた、すさみきった淋しい二階家で、上下三間か四間の小い古びた家、その六畳の二階が先生（鏡花）の書斎で、下の六畳が令弟斜汀君の居間になっていた」（寺木定芳『人、泉鏡花』）。ここには紅葉はじめ藻社の諸家の出入も繁く斜汀は見よう見まねで文壇社交裡に出で、原稿料を稼ぐ様になる。

鏡花の伝手で『新小説』に雑文「金沢風俗」（三十四年二月―三月）「秋の金沢」（同年九月）「懐起録」（三十五年四月―五月）などを寄せ、硯友諸家に随いて「和漢復讐奇談」（三十四年十二月『勢揃ひ』）の一篇を掲げたりした。

「木遣くづし」（三十五年二月『新小説』）は中篇の力作、賛否両面よりの評かまびすしく、作者の名を広めた。代表作の一とすべきものである。

浅草三筋町の棟領木平の息子文治は母お藤の死後魚勝お綱夫婦にあずけられお長と共に育てられる。三年後文治帰宅するが木平の家にはお藤の姉お鉄が後妻に居直り、連子の相場師くずれの悪漢次郎吉とともに文治を疎む。一方、魚勝は突然の火事に焼死し、お綱はその葬儀費用の捻出の為身を売りもとの芸妓にもどって静岡に赴き、お長は木平の家に引取らる。文治お長と相思するが次郎吉の横恋慕に妨げられる。又、出入先の質屋伊勢屋の娘お園も文治を恋し、文治は養子に望まれる。種々の葛藤の果、文治はお綱の身受金の為に伊勢屋に強盗に入り過ってお園を殺して捕縛さる。お綱警察署にて文治の告白を聞き経を誦す。

趣向の悲劇性、叙述に於ける映画的手法——二場面を交互に描出しつつ筋を進める体のもの、テンスの変移など依然鏡花を範とした跡が深い。全体に無理なプロットで難点も多いが、下町情緒に一脈のひらめきあるところ硯友社の伝統的作品の一篇に数えられる程度の意味はある。当時の評価の中、これを賞讃したのは『小天地』（同年三月、筆者浩々?）で、「仲々に入組みたる筋を、時に或は布置順序の細工に陥り、拙に流れたる点ありとは言え、斯くまでに書きこなしたるは新作家として頗る多とすべし」設定に小細工が過ぎたが、「而も瑕疵《かし》は瑕疵として斯篇優に賞揚を価いすべき前途の諸点を有し、且つや観察機智の頗る見るべきものあり、吾人は斜汀氏の伎倆を多」とするものである、とやや過褒の評を寄せている。中位の評を載せたのは『新声』（同年四月「甘言苦語」）で、

「木やりくずし」今一息という所である。随分苦心の大作ではあるが、阿兄の外科室時代の活気は迚《とて》も認めることが出来ない。（冗長、不自然など）抜けている箇所が沢山ある。小説家となるには、もう少し人情世故に通じて貰いたいものだ。ただお長は比較的よく出来て中々活動してる。此程の境遇の人物は一寸描写するに興味のあるものである。

と説いている。最も酷なのは『帝国文学』（同年三月）で、例によって硯友派に辛く、着想はいいが「作者の筆未だ想と叶わずして描写の精彩なく、大体の組立あまり複雑にして、此の作者には振廻しがたい」、「殺人の動機の如き極めて曖昧不十分にて到底満足の限りにあらず、寧ろ滑稽にして噴飯に堪えたり」と痛評した。いささか極論だが、レベルを高くすればこの評の通りの作であった。

「はやり雄」（三十五年十月『新小説』）は、

私立下谷中学校々長理学士清滝竜之助の下に寄食する少年磯貝力には芸妓をしている姉の鈴代がある。学校の理事の倉沢某、鈴代に振られたるを恨み、鈴代と清滝の間を歪曲中傷、又、倉沢の弟も落第せしめられたる怨みより清滝を毒言し、為に清滝は職を辞するに至る。力は師への謝罪の為姉を刺して自らも死なんとするが鈴代より事情を説明されて思止まる。

サスペンスもほどほどに情緒も漂って好短篇となる所なのだが惜しむらく尻きれとんぼで了っている。一体にこの作者は構成力が不足だった。情緒や雰囲気をかもし出す才筆は阿兄より譲られたが、プロットを立て、筋を仕組む技倆は会得できなかった様である。構成の才腕があればせめて通俗作家として一家を成せたであろうが、その方面の力量は殆ど無きに等しかった。後の長篇『深川染』なども構成が支離滅裂なため折角のアイデアも滅殺されている。「はやり雄」も筋立にもう一工風ほしいところだった。

鏡花の「湯島詣」の書出しに出てくる「紅茶会」のメンバーは姉崎嘲風、畔柳芥舟、吉田賢龍、笹川臨風だという（前掲、寺木定芳）。臨風の一文「本郷台の回顧」（昭和十五年〔一九四〇〕四月『鏡花全集』月報第一号）によればその同室には高山樗牛もおり、鏡花は同郷の吉田賢龍を通じて接近した如くである。「湯島詣」をはじめ鏡花作中に屢出するスマートな青年文学士が彼等を抽象化したものであることは定説であるが、斜汀も又彼等を作中に取入れ、社会正義、人道主義、反俗精神などの理想を体現せしめている。「はやり雄」の清滝理学士、「金剛石《ダイヤモンド》」「紅宝石《ルビイ》」の白川文学士、『深川染』の鷹巣法学士などがそれで、斜汀の筆力の不足と、理解の浅薄との為概ね観念的にしてリアリティ乏しく、二枚目的類型を超えぬが、ともかく彼等学士達に親近していたことは留意してよい。『深川染』には、芥舟、竹風らの序文が添えられている。

「金剛石《ダイヤモンド》」（三十六年〔一九〇三〕四月『文芸倶楽部』）、その続篇「紅宝石《ルビイ》」（三十七年五月同誌）は評判を獲て作者の声名を高め、後一括上梓され、『松葉家の娘』（大正三年〔一九一四〕六月鳳鳴社）と改題して代表作となった。その梗概は、

意地と俠《きゃん》の芸妓、松葉家の養女小鶴、文学士白川に対する好意より、あくどい客を嫌ってダイヤの指輪を抛棄

して朋輩芸者を驚かす。一方、小鶴は幼馴染である松葉家の息子国男をひそかに未来の夫に擬していたが、俳優市村某に身をけがされてより国男に疎まれる。国男は抱妓《かかえ》のお糸に近づき、小鶴は絶望して市村を刺殺せんとするを白川に訓戒さる。国男急性肺炎にかかって入院、小鶴の献身的看護に救われて心ほどけ兄妹の約を結ぶ。小鶴自ら謀って国男の刃に死す。指には白川より送られた紅宝石《ルビイ》が輝いていた。

家兄の「辰巳巷談」「湯島詣」以来の花柳情緒、紅葉の反俗性、下町気質などを主想とし、鏡花的悲劇を虚構した作である。筋の運びにさしたる破綻なく、筆致ものびやかで渋滞の箇所も少ない、花柳事情を写した条下はさすがに精彩あり、特に女主人公の描写は前作に比して進境著しい。一面、冗長にして戯作臭をとどめ、内面の描写浅く、構成の妙味に欠けるなどの失点も多いがともかく硯友社の情緒作中の佳篇と言えよう。

俠がかったお鶴の、その一面の仇《あど》けない正直な我儘な意地の強い方を現わして居て、俠を書いて兄さンには一目置いておるが、筋の発展も無理なところがなく、筆がなかなかよく走って居る。「礼心」「白葡萄酒」以下「韓紅」までのあたりは淀みなくさらさらと申分はない。本誌（文芸倶楽部）上、近来の好文学である。

（三十七年〔一九〇四〕六月『帝国文学』・「時評」）

との讃辞を受ける位の価値はあった。他に、旦那にあたる子爵が結婚する為に絶縁を宣告された孱弱《せんじゃく》な妾が、その披露宴の夜紅葉館のあたりをさまようというを描いた「秋風嘆」（三十六年十月『女学世界』）の拙作もある。

二

この頃漸く文壇的に名も知られ始めたが生活は依然舎兄の扶護の下にあり、鏡花がその愛人とのトラブルに際しては師紅葉より「鏡花兄弟を枕頭に招き折檻す、十二時放ち還す」（『十千万堂日録』三十六年四月十四日）という如く懲罰され、或いは家兄が原稿の聞き役をつとめる（前掲、寺木）など事毎に鏡花の弟子乃至書生の様な存在だった。その作品も常に鏡花の亜流視され、それらを総合して斜汀の内部に次第に家兄に反撥するものを生じてきたであろうことは想像に難くない。「白鷺」の主人公稲木の弟孝は斜汀をモデルにしたものだという。ただしそれも小説構成の上だけのことであって実際の斜汀には「あの快活さや気軽さや同時に放蕩さは無かった、豊春という人はもっとくすんだ芸術家肌の人だった」（寺木）とされている。
「離縁状」（三十六年十一月『新小説』）も比較的評判良く、此頃より新進作家としての地位を固めた観がある。その内容は、

大学生橘夏樹はその名前の似たるより学友冬樹と親交し、兄弟同様の間柄である。夏樹は、恩義ある菅原子爵の娘道子と父子爵の懇望によって結婚す。冬樹も道子にはかねて思いを寄せていたが夏樹への友情の為にこれを打明けず、失望の余り投身自殺す。夏樹之を知って亡友に義理を立て道子に離縁状を渡す。

筋は通っているが、叙述晦渋で流露感なく、特に一種臭みのある鏡花張りの文章（これ以前の作にもあったがこの作に殊に著しい）は感興を損なうこと甚しい。現代の評価に堪えられるものではないが、プラトニックな恋愛を捉えた点などが『帝国文学』（同年同月）時評子の嗜好に適ったのであろう。

（略）我は斜汀の小説を多く読むの機会を有せざりしが、此篇に於ける夏樹の性格の深刻なる、当年鏡花の描ける幾多の男女の性格と脈絡相通ずるものなきにあらず。当年鏡花の作はあまりに読者の神経を刺戟するの結果、往々にして美感にショックを与うることもありしが、斜汀の此作の如きは鏡花当年の奇瑋《きい》に加うるに風葉の軽妙を以てせるものの如く、何となく舒暢《じょちょう》の態度あり。斜汀は未来に於て鏡花よりも円満なる発達を為し得ずとも限らざるべし。

と大いに属目している。しかし次の「他生の縁」（三十七年六月『新小説』）の駄作に至ってはさじを投げ「コンマ以下の作」ときめつけ、以後『帝国文学』は斜汀の作を見捨ててしまう。
「他生の縁」は孤児の少年が恩義ある歳上の女性を慕い、その女性があやまって轢死されるや後を追って自殺するというもの。舎兄の「義血侠血」「照葉《てりは》狂言」

以来の糟糠的作物、創意の見られぬことおびただしい。孤児を主人公としたものは他にも多く作者の身上に拠るのであろうが鏡花の先蹤あっては如何とも救い難い。

> (略)とんだ鏡花さんのおからくりのお門違い! 一体斜汀氏の手腕に現われた前後の関係から見ると全体この(主人公の)書生白痴に違いない。……小説そのものが到底白痴のコンマ以下たるを免れない。これでは斜汀氏には「前途の光明」など思いもよらぬ。
>
> (同上誌、同年七月)

他に「真珠夫人」(同年十二月『新小説』)の劣作もある。大体この頃を最高として以後斜汀の筆力のびず、水平線下に消えてゆく。「子供の時から側で偉大な先生(鏡花)の感化が肉に骨に沁み込んでいたので、どう転向しようとしてもそれは不可能な事だった」(『鏡花全集』月報第十五号―一門下生・寺木)のであろう。

「ピヤニスト」(三十八年二月『文芸倶楽部』)は、一戦争未亡人が亡夫の遺命による再婚を厭い自ら刺殺さるるに至るもの。戦時色を摂入れ、社会新風俗に趣向を凝らしてはいるが、要は「離縁状」の焼直しである。構成はともかく、致命的難点はその鏡花張りのスタイルであり文章であった。「其の名誉ある戦死者の未亡人でありながら、縦令《たとえ》其年紀《とし》が若いからと云って、其の器量が勝れたりと云って、望む者があるからと云って、再縁するなどとはと、縁《ゆかり》は又其処へ想到ると、居ても立っても居られなくなった。」という風な呼吸の長いセンテンス、誇張された表現、昂揚された格調などを含むロマンティックな文体は、独り鏡花にしてよく使いこなせるものであった。鏡花の特異な耽美抒情、徹底した情緒主義の裏付けあってはじめてこのスタイルは生動し、読者を浪漫世界に魅了しつくす、想と文とが渾然して間然するところなき独自のものとなっている。しかるに斜汀のそれは、常識の世界に住する作者が無理にフィクションを構え、徒らに浪漫的スタイルを装っている体のものであった。空しくから廻りするスタイルのみ浮上って内容空疎に堕ち、読者を引き込む必然性乏しく、付焼刃の弱点を歴々とさらけ出している。所詮亜流に畢《おわ》る所以であった。

「大和錦」(三十八年五月『新小説』)は、女学校長の息子で文科大学生の青年が該女学校の生徒と恋愛したるを三面記事に暴かれ、少女退学せしめられて火箸でのどを突刺し青年は発狂す。という筋。風葉、荷葉などの驥尾《きび》についた女学生物だが叙述冗漫で通俗的サスペンスすら薄く、篇尾の唐突な結末に至っては読者を啞然たらしむる。「恋女房」（同年十二月同誌）も同様の駄作、職人の妻が隣家の子爵を敬愛してその世話をやくのを夫の職人が誤解嫉妬し、一夜しのびこんで子爵を傷つけ、妻は自ら夫の手にかかって果てるという内容。「火定《かじよう》の記」（同年同月『文學界』）も同じ劣作。これらは何れも色褪せた観念的ロマン、硯友調下町小説の末流と見る他なきものである。

急ピッチでリアリズムに移行しつつある当代の文界で、舎兄鏡花の位置すら動揺しはじめた情勢下にあって斜汀のかかる作が冷評されたであろうことは推測に難くない。当時の文芸時評で彼の作を取上げたものをもはや見ることを得ぬ。かかる情勢への適応と、かねて抱いていた家兄への不満とを合せてこの頃より次第に鏡花的なものから脱出の気色を示してゆく。

「斜汀は若き頃は新進作家として相当に当時の文壇で認められたんだが、途中から外国文学、殊にロシヤ文学の感化が烈しく、境遇的にも作物的にも先生を離れて独立自主の生活を始められたが」鏡花の影響を遂に脱け切れず「骨の髄から湧き起るローマンチシズムの上に俄仕込のロシア文学をなすって見ても、それは全然失敗だった」（前掲『鏡花全集』月報第十五号―寺木）という。三十九年二月には祖母逝き、七月には鏡花逗子に退く。斜汀が鏡花宅を出たのも此頃であろう（四十一年頃の初期「鏡花会」会員名簿には、「牛込区袋町、泉豊春」とある）。

「葦中路《あしなかみち》」（三十九年三月『新小説』）は、哲学を学ぶ大学生が自分との交際からあらぬ濡衣を着せられ剃髪せしめられた貴顕の歳上の姫君に対する慕情より神経衰弱となるが、その女性に似た百合子姫という恋人を得て元気恢復するという愚作。掬汀《きくてい》の「伯爵夫人」、風葉の「麗子夫人」など上流社会に取材した当時の家庭小説の流に沿う作だが、題材、表現に暴露的色彩を加えたあたりに時潮への追従の気配がうかがわれる。次いで「犬鬼灯《いぬほおずき》」（同年三月『文芸倶楽部』）はさらに現実味を増して来る。

美しい娘を喰物にしている親爺あり、娘を縁附けては金をせびって娘を取返すということをくり返し、傍ら春画をひさぐを業とす。果は娘の身を娼妓より私娼まで陥さしむ。娘一度身を売った医学士某を忘れ得ず、一夜、犬に化して愛幸せらるると夢み、遂に病んで死す。死骸は医学士の解剖するところとなる。

所謂きれい事文学から一歩進み現実的色調を加えているが一篇の骨子は依然として鏡花の世界を出ていない。作中の父親の解釈なども本質的には「夜行巡査」中の伯父のそれと変らず、篇末のアイデアは「外科室」と逕庭《けいてい》なきものだ。いかに新装を凝らしても要するに一時代前の観念小説の枠を超えられなかった。前掲寺木の説く通り「骨の髄から」鏡花の色に染まっていたのである。

「零れ松葉」（三十九年七月『新小説』）「渡りぞめ」（四十年一月同誌）「金秀蘭」（同年二月『文芸倶楽部』）などの凡作を重ねた後、書下しの力作（長篇という意味で）『深川染』（前篇四十年四月・後篇同年五月・春陽堂─鏡花補）を世に問うた。諸家の序文などよりしてかなり自信作だったと思われるが、率直に言って鑑賞に堪えぬ失敗作である。芥舟漁郎、竹風酔人の序に随いて宙外の「舌代」は、

（略）「深川染」と申すからには、何れ元禄模様桃山風俗などいう類とも違い、かの八幡鐘の音高き羽織衆時代の仇姿を明治式に描けるものか。令兄が筆の神韻にあやかり給う君が文の艶に過ぎて他を悩殺したもうことあらば其の罪は逃るべからず。あな恐るべし、恐るべし。

という戯文調のものだが、内容もこの舌代相応の低調な作品である。梗概は、

法学士にして新聞社に勤める鷹巣林一郎は恩人小宮山理学士が洋行中のためその留守を預り、小宮山が継母の隠居を守護す。鷹巣が幼馴染にして将来を約したお香あり、お香の父親呑代に窮して悪人熊田某より借金し、為にお香は熊田に奪われんとす。お香の兄、紺屋職人の亀蔵は鷹巣の救援を求め、旅館の一室にて鷹巣とお香を結ばす。たまたま隣室に熊田在り、お香を監禁して口説く。一方、小宮山の隠居の甥に無頼漢大沢直太郎あり鷹巣を脅迫する時、小宮山の妹にして海軍少将夫人たる雪子現われて之を妨ぐ。実は先の熊田とはこの大沢が偽名を用いたものであった。お香一度びは大沢の手を逃れ鷹巣にかくまわれるが再び奪われて芸者に売られ清香となる。

大沢お香の遂に自由にならざるに絶望して短刀で刺し、自らはお香の父親に殺さる。お香傷癒えて鷹巣と結ばる。

前後脈絡せず全く支離滅裂のプロットである。でたらめと言ってもいいほどの筋立で、最初から構想無しに書続けたものでもあろう。右の梗概も稿者が適宜に補って首尾を整えたもの、実際には未熟拙悪も甚しく殆ど小説なるやを疑わしめる程だ。作者に構想の力無きこと無慚な位である。紅葉の「多情多恨」、阿兄の「婦《おんな》系図」などを取捨案配し、藻社の花柳趣味、下町情緒を加味した末流作品であった。ただ注目すべきことは『深川染』の筋立が後の鏡花の「日本橋」（大正三年〔一九一四〕）に酷似していることであろう。鷹巣は葛木に、お香（清香）は清葉とお孝に、熊田は赤熊の伝吉に夫々、性格や人名まで相似し、一篇のシチュエーションや構想も同趣向の展開をとっていることである。『深川染』が鏡花補の肩書ある点などよりして一篇のアイデアはもと鏡花より出でたるものかを想像させる。秀作「日本橋」には及びもつかぬがそこに何らかの連鎖あろうことを付記しておく。

他に「捨団扇」（四十年〔一九〇七〕十月『新小説』）の恋人の違約によって母の墓詣りの日を違えしめられた青年が、その不実なるに呆れ女を捨てるという小篇の凡作もあった。

三

この頃斜汀は北海道に旅した。「心強くも鬼が棲むてふ蝦夷とやらんに旅立てる君が心根思ひやりて」（竹風『深川染』序）と遺されている。ロシア文学に刺激され、気分の転換を企てたものでもあろうか。ともかく帰京後その作風は大きく変貌してくる。

「異蟲」（四十一年一月『新小説』）は、札幌に遊ぶ青年が案内役の農学士から彼の養女にやった妹との因縁話を聞かせられるというを骨子とし、サル蟹その他北海道の風物を点綴したもの、「異熱」（同年五月『文芸倶楽部』）は人生上の苦悩から札幌に遁れたが尚脱却できぬ青年を主人公とし、葉山の病院を舞台に挿話を重ねたもの。二作共に出来栄えは香ばしくないがともかく鏡花調をぬけて新機軸を企図した苦渋の跡は濃い。都会的狭隘から田園自然に視野を広め、自然描写を試みたあたりは当代の時潮やロシア小説の感化であろうが、そこに作者の焦慮の色もうかがえるのである。しかし総じては尚鏡花文学の埒内にあった。斜汀の根本的な小説観——悲劇性を主想とする虚構の世界に陶酔惑溺せしめようとする、舎兄直伝の文学観は所詮近代リアリズム精神とは無縁なものであり、その観念の革新をはかるべく余りにも鏡花の呼吸を受けすぎていたのである。むしろ鏡花的ロマンティスムに徹底したならそこに活路が開かれたかも知れなかったが、当代の時潮と家兄へのコンプレックスがそれをも妨げたのだ。「医学生」（同年七月『新小説』）は人生に失敗絶望している虚無的な学生を描いた。

斜汀氏の作に至っては何だか訳が分らぬ。世から捨られた様の人物を描写した積りであろうが、少しも深味が無い。わざわざ淋しがっている様な人物が二人までも写されている。而も何処に中心点があるか不明だ。……何とかして更に有意義の性格発展が出来ぬものであろうか。なお描写もごてごてして、取りとまり（ママ）が無い。

（同月『文章世界』—「小説月評」長谷川天渓）

という評の如き拙作である。

「廃屋」（四十二年六月『新小説』）は、やはり札幌を舞台に、一軒の廃邸を写して甲州の富農が開拓に失敗する経緯を叙したもの、荒涼たる北海道の自然描写に若干の精彩あるが、プロットの貧薄は小説的興味を索然たらしめている。以後「孤児」（四十三年七月『文芸倶楽部』）「旅絵師」（同年十一月『新小説』）などを最後に一流文芸誌から姿を消し、地方紙、二流誌に生き延びていったが、そこでも浮び上らず不遇の中に畢った。硯友社に出で、自然主義の波に消えたはかない作家生活であった。

晩年の斜汀については秋声の「和解」に詳しい。昭和八年〔一九三三〕、家を追い立てられた斜汀は三番目の妻と娘を連れて秋声のアパートの三階に転がりこんできた。もう相当の年配なのに「世間からおいてきぼりを喰った、芸術家の晩年の寂しい姿を」見て、当時落目になっていた秋声は「自身にまざまざ見せつけられ」る様な暗澹とした思いだった。秋声の援助で、皇室の写真を額縁に入れて全国の女学校に売込む仕事や、俳句雑誌の刊行などを企てている間に脳膜炎で急死した、という。享年五十三才であった。菩提寺は祖母と同じ牛込の円福寺――鏡花にも秋声にも想出多き横寺町の小路の中にあった。「鏡花の流儀で通知を極度に制限したので、告別式は寂しかったけれど惨めではなかった」（「和解」）。帰途、二人は紅葉旧居や十千万堂塾の跡を尋ね懐旧の念に堪えなかった。

斜汀と鏡花の確執について秋声の説く「この兄弟は、本当に憎み合っている訳ではなかった。謂わばそれは優れた天才肌の偏倚的な芸術家（鏡花）と、普通そこいらの人生行路に歩みつかれて、生活の下積みになっている凡庸人（斜汀）とのあいだに掘られた溝のようなものであった。K（鏡花）に奇蹟が現われて、センチメンタルな常識的人情感が、何らかの役目を演じてくれるか、T（斜汀）が芸術的にか生活的にか、孰《どちら》かの点で、或る程度までK―に追随することができたならば、二人の交渉は今までとはまるで違ったものであるに違いなかった」（「和解」三）という見解の通りであろう。天才的な芸術家に対するコンプレックスが斜汀の道を誤らせたのだ。内的には鏡花の感化や引力が強すぎて独自の文境を建て得なかったのだろうし、外的には文壇、読書界がとかく鏡花とひき較べ、鏡花の感化や補筆の跡を探し出す程の小姑的品評を加え、斜汀独自のものを認めぬ傾きがあったのであろう。かかる理由からひがみ根性を起し（同じケースに蘆花が蘇峰に対する如きもある）鏡花への劣等意識から敢て殻を破って飛び出したが所詮家兄の陰にしか育たぬ才分だったのである。紅葉藻社の畑に咲いた秋海棠の様な作家だった。

附記……最近、森銑三氏によって、鏡花作「新泉奇談」を斜汀作と見なす推定もなされている（『古書通信』昭三一・一一）。

明治大正文学研究　昭和三十二年（一九五七）三月

＊〔　〕の註は幻戯書房編集部による。

『鬼平』に連なる伝承《フォークロア》　――泉斜汀の後期作品

善渡爾宗衛、杉山淳

本書は、泉鏡花（一八七三〜一九三九）の実弟で作家の泉斜汀が、大正期に発表した大衆娯楽小説を中心に編まれている。

泉斜汀――本名、泉豊春は、明治十三年（一八八〇）一月三十一日、金沢に生まれた。斜汀の幼少期について、その遺児であり、のちに鏡花未亡人の養女となった泉名月《なつき》の「羽つき・手がら・鼓の緒」（『鬼ゆり』學藝書林　一九七五）には、こう記されている。

■幼弟
鏡花の弟の豊春は、夜、寝る時、おとうさんの清次さんの仕事をしている顔を見ながら寝ないと眠れませんでした。おとうさんの仕事部屋の隣に布団を敷いてもらって寝ました。おばあさんは豊春に部屋の畳のへりを全部歩かせてから寝かせたといいます。

■たのむう
豊春は小さかった時、おとうさんの清次さんの出来上がった細工を届けたり、お金をとりにいきました。

豊春が広い広い屋敷の門に立って「たのむう」「たのむう」と大きな声を出して案内をこうと、しばらくたってから、「どうれえ」という返事がありました。

■身請け

豊春が幾つの時かはわかりません。まだ舌の廻らぬほんの子どもの時でした。おばあさんが豊春に、手甲をつけ、脚絆をはかせ、お弁当の風呂敷包を斜に背中にしょわせました。雪のちらつく日でした。一村か二村かはわかりません。豊春は姉の多賀の身請けに、多賀のいる町まで歩いていきました。お茶屋の門前で「たのむう」と立ちました。その様子にお茶屋の主人は、一人前の使者として、いろりのそばへ豊春を通しました。豊春はいろりのそばにどっかりと坐って口上をのべました。おとうさんが工合が悪いし、おばあさんと二人で困っているから、姉さんをかえしてほしいという口上でした。小さな子どもが姉の身請けの口上をいう、その姿にほだされたのか、茶屋ではすぐに多賀を家にかえしてよこしたそうです。

泉名月は斜汀の三番目の妻の娘だが、斜汀は名月が生まれる直前、昭和八年（一九三三）に五十三歳で死去していた。「羽つき・手がら・鼓の緒」の記述は、父に会ったこともない名月が、人伝に聞き及んだ話であろう、断片的な回想であり、他愛もないと言ってしまえば、まァそれまでであるが、この斜汀のエピソード自体が、本書収録の「印旛沼の怪」で語られる民間伝承《フオークロア》めいて、佐々木喜善《きぜん》の『聴耳草紙』（三元社　一九三一／ちくま学芸文庫　二〇一〇）で語られることのように、斜汀について触れた数少ない資料である。とりわけ印象的なのは、幼い斜汀が、父親に懐いていたという点であろうか。母性憧憬を表現衝動の核とした鏡花とは大きく異なる。ただ、鏡花が上京し、祖母と斜汀を呼び寄せるまでの斜汀の実生活については、判然としない。

明治期の斜汀の活動、つまり前期作品については、本書にも付録として収められた唯一の先駆的研究である国文学者の伊狩章《いかりあきら》（一九二二〜二〇一五）による労作「斜汀泉豊春論」（『明治大正文学研究』二十一号　東京堂一九五七）を参照していただきたいが、ちなみに明治四十三年（一九一〇）に本名の泉豊春で発表した『帝大教授学生気質』（文成社）は、当時の帝大教授らの蛮勇が描かれたユーモア溢れる逸話集で、例外的な一冊である。この系統を継ぐ作品としては翌明治四十四年の「小賣呉服店の番頭小僧」（「社会政策」第一号　九月号）があり、ユーモラスという点においても、斜汀の妙味があったのではないだろうか。

伊狩章の「斜汀泉豊春論」は明治四十年頃の北海道旅行に触れているが、斜汀は同地の北海タイムズに勤めた時期もあり、紙上に「札幌見物」という随筆の連載までしている。しかし、いつからいつまで北海道にいたのかは判然としておらず、今後の調査が待たれるところである。

泉斜汀の明治期の作品の特徴は、泉鏡花を彷彿とさせる装飾性の強い文体にあった。これは斜汀が、兄鏡花の作品世界を憧れの対象として、はっきり意識していたことを感じさせる。鏡花の作品世界の性質を一言でまとめるならば、〈歌舞伎的様式美〉と言い得るであろう。豪華絢爛かつ独特な文体は一癖も二癖もありながら、一度慣れてしまうと麻薬的な魅力がある。こうした鏡花の作品世界の性質については、上総英郎《かずさひでお》が興味深い指摘をしている（「劇的なる異次空間　——泉鏡花の場合——」『論究』三十五号　一九九二）。


舞台という空間が、少年期以来鏡花にきわめて異次元の空間として強烈な刺激、それも創造意欲をかきたてるような刺激を与えたのではないかと思われる。女役者ばかりか、歌舞伎のような男ばかりの劇舞台、そこでは男女両性が〈性〉という枠を超えて自在に変幻し得るのである。それに感じやすい泉鏡花が瞠目したとしても、おかしくはない。もともとが〈幻を追う人〉であったのだから。従って鏡花の異空間は、劇空間に近接して構築されていると私には推察される。この劇空間は、母方の葛野《かどの》流の鼓師であった祖父の系譜に拠るばかりでなく、おそらくは現代でも幻想を追う者が幼少期にテレビや演劇や映画に恣意的な夢の空間のひらかれているのを見て、それに耽溺するのと同じ心的傾向であったろう。一応これを〈芸能空間〉と呼んでおくことにする。

上総英郎の指摘は、須永朝彦《あさひこ》の「鏡花の小説は、同時代（明治後期〜昭和初期）の作家達の小説と比べると、際立って異色である。一口に申せば、その構造が、近代の小説一般と全く違うのである。全体よりも部分が優先し、然も異常に肥大する。つまり常に趣向本位の展開を見せるのであり、この歪みは江戸時代後期（享和以降即ち十九世紀）の伝奇体小説（読本・合巻）に、更に言えば合巻（草双紙）や読本の上に著しい影響力を揮った歌舞伎狂言の作劇法に似てゐるところがある」（『日本幻想文学集成1、泉鏡花』国書刊行会　一九九一）という意見と呼応するものであろう。とにかく、派手に！　華美に！　豪華に！　という鏡花作品の外連味《けれんみ》は、歌舞伎のもつそれに等しいのである。また、尾崎紅葉譲りとされる鏡花作品における衣服の細密描写は、歌舞伎由来のものではないだろうか。服部幸雄は江戸時代の劇場空間における舞台上と観客席の融合を指摘し、全方位的に広がる歌舞伎の特質に触れ、こう述べている（『大いなる小屋　近世都市の祝祭空間』平凡社　一九八六）。

衣装というものが歌舞伎の劇の中で占める位置は大きく、そして重い。そのことは、芝居見物に胸をときめかせてやってくる観客たちが、「さあ今日は何を着て行こうかしら」と迷ったり、この日のために豪華な衣装を新調したり、また幕間ごとに衣装をあらためて桟敷に現れたりするような、異常と思われるまでの衣装への関心の持ちようと響き合っていることであるのは言うまでもない。劇場国の天が下は、色あざやかな、とりどりのハレ着の立てるさざ波が、いやがうえにもこの国の眺めの美しさを強調したに違いない。こうなると、観客も役者であり、また役者も観客であったことになるのではあるまいか。

泉鏡花作品における衣服の細密描写は、読者サービスのニュアンスが強い。読者を自らの作品世界に誘い、理想的な追体験をさせるための重要な装置としているのだ。波乱万丈な筋立て、眼も鮮やかな衣服に身を包んだ美男美女たち。まさに読む〈歌舞伎〉で、言葉によって読者を舞台空間へと誘い込む。鏡花作品の視覚美は、歌舞伎的〈芸能空間〉の構築に由来するのである。この悪魔的な魅力に、明治期の斜汀はがんじがらめにされていたのであろう。

大正七年（一九一八）、印旛沼に隠棲していた斜汀のもとを田山花袋が訪ねた。花袋は次のように記している（「印旛沼にて」『水郷めぐり』博文館　一九二〇）。

「ひとつ、紅葉先生のやつをかけて見ましょうか」

こう言ってI君は茶懸けの横物を床にかけて見せた。それには、

盂蘭盆《うらぼん》に
おどらぬ都
うかりけり

と見事に書いてあった。

I君は話した。「これは、紅葉先生の惚《のろ》けですよ。先生は佐渡に行って、小木《おぎ》で、馴染が出来て、帰るに帰れなくなった。それを漸くわかれては帰って来たが、何うも思い出されていけない。何うも忘れられない。それで佐渡の盆に比べて都の盆を考えるとさびしいと言って、いくらか言外に女のことをも詠み込んでいるんですよ。面白いじゃありませんか」

私にも紅葉山人時分のことがいろいろに思い出されて来た。つづいてI君が紅葉門下で、その兄君と一緒に、紅顔の美少年であった時代のことがそれからそれへと話し出されて来た。私はその紅顔の美少年が、病んだ妻を看護すべく、こうして沼の畔の田舎の旧家に一時身を落ちつけなければならなくなったさまを

ローマンチックに考えずにはいられなかった。私は過ぎ去った月日の中に種々に織り込まれた色彩をそれからそれへと描き出して見た。

「いつからなんです、細君が病気になったのは？」

「もう五年になりますよ」

「五年？　大変ですね」

「半《なかば》は、奴のために費されて了ったような気がしますよ。何うも、人間というものは、しようがないもので、長くなると、いろんなことを考えますからね。え。何うもこうしていると、何だか、万事が中ぶらりんで、為事《しごと》が手につかないような気がして為方《しかた》がありませんよ。そうかと言って、早く何うかなって了えば好いと思うのではないですけれどね」

「それは何うしてもそうでしょうね」

「このまま、何もせずに終って了ってはつまりませんからな。何か、少しは残して置けるようなものでも書いて置きたいと思いますからな……。何うもしようがありませんよ」


続けて、前掲の泉名月「羽つき・手がら・鼓の緒」より引用する。

鏡花と斜汀兄弟は、最初の頃は仲がよかった筈でした。それが、いつ頃からか、向こう岸とこちら岸との間の川幅が広くなってしまったようでした。弟が兄に、何かというと借金申し込みをしたので、いつしか兄に敬遠されてしまったのが、原因ばかりではないようです。こんなことがありました。斜汀が初めて結婚をしたのは、千葉県印旛沼の、下男を使って暮しているような豪農の娘さんでした。斜汀は印旛沼の娘さんの家にしばらく住みました。この娘さんが胸をわずらいました。斜汀が印旛沼の家でとれた卵をもって兄のところへたずねてゆきました。すると、兄は、茶椀にばい菌がつくからめしをくわせるな、坐ったざぶとんを焼いてしまえ、その卵を返せ、の騒動が起きました。弟は兄に憤慨して、足が遠のいていったのだと。

泉斜汀が明治の終わりから大正の初めにかけて最初の妻を娶り、大正二年（一九一三）あたりから大正七年まで印旛沼近辺に居住していたことが窺える。これは本書所収「印旛沼の怪」の「お松の亡霊」の冒頭にも触れられている。先の「印旛沼にて」の田山花袋とのやりとりにも表れているように、自分を持て余す斜汀の苛立ちは、作品にたびたび滲む強い〈孤独感〉として投影されているのかもしれない。

泉斜汀は大正五年（一九一六）、「伝説物語　姫路城の怪女」を雑誌『飛行少年』（二巻十一号　十一月）に発表する。内容は、江戸時代の怪談集『老媼茶話』に収録された「朱ノ盆」「舌長婆」および「播州姫路城」を子供向けに紹介したものだ。そう、ご存知、泉鏡花「天守物語」の典拠とされる説話である。そして、「天守物語」は翌大正六年に発表されている。また伊狩章は、斜汀の長篇『深川染』（前後篇　春陽堂　一九〇七）の筋立てが、鏡花の『日本橋』（千章館　一九一四）に酷似することを指摘しつつも、『深川染』には「鏡花補」の記載があることも記している。まず言えるのは、鏡花―斜汀間で創作の源泉となる原典の共有があったということであろうか。また鏡花、斜汀周辺の作家、おそらく硯友社系の作家たち、および画家たちの間では、江戸文献の読書会や、識者を招いての勉強会があった可能性も高い。なお、鏡花と斜汀の間柄については、徳田秋声のこんな証言がある（「鏡花追憶」『鏡花論集成』谷沢永一、渡辺一考編　立風書房　一九八三）。

彼はその性癖として、書く前に思構を人に聞いてもらはないと安心できず、書いてからも弟の斜汀に読んで聞かせるのが習慣となつてゐた

「姫路城の怪女」と「天守物語」に関して言えば、おそらく鏡花には、早くから「老媼茶話」の三つの挿話をめぐる構想があり、何かの折に斜汀に話したのであろう。そしてこの構想を鏡花に先行する形で、斜汀なりに雑誌へ発表したということではないだろうか。別にこうしたことは珍しくなく、たとえば稲垣足穂から構想を聞いた石野重道が「廃墟」という散文詩を執筆し、のちに足穂が「廃墟」を見ながら短篇「黄漠奇聞」を書いたというエピソードもある。

とはいえ、鏡花への過度な依存状態は、斜汀の自尊心を長期にわたり傷つけたことであろう。それゆえに、小説家としての手口の転換も促されたのではないだろうか。小説家泉斜汀は大正期に入って、鏡花の上品な〈山ノ手〉の娯楽性から、荒っぽい〈下町〉の娯楽性の獲得へと向かうことになる。それは、とくに大正半ばから昭和にかけての斜汀作品の多くに「新講談」という副題が付されたことによく現われている。これは、当時の娯楽小説の多くを、講談師が執筆していたことに由来する。実際、斜汀の後期作品が発表された「講談雑誌」「東京」などでは、正岡容《いるる》、倉田啓明《けいめい》といった作家や講談師たちが、どぎつい味わいの情痴ものや探偵小説めいた筋立ての作品を数多発表していた。なかでも斜汀は、パンク的な構造かつ探偵小説の要素をもつ作品を、平易な表現で発表し続けた。確かに、雑誌編集者の註文に応じたという側面も強いはずだが、しかしその結果、斜汀は視野を広げ、後期作品で初めて鏡花の呪縛から解かれたとも言えるであろう。大衆作家としての斜汀が、ここに誕生したのである。たとえば「彌太吉老人捕物帳　幕末探偵奇談　百本杭の首無死体」は、捕物帳の嚆矢として知られている。この作品を初めて掲載した「探偵雑誌」大正七年二月号（第三巻第二号）の「編集局便」には、

本号から泉斜汀先生に御執筆を願い彌太吉老人捕物帳と云う極めて興味深い読物を連載する事にしました。斜汀先生の文章は、此の頃多く拝見する事が出来ませんでした。先生が、その永い間養われたエネルギーを以て本誌のために特に御執筆下さった長篇ですから、屹度諸氏に御満足を呈する事が出来ると思《おもい》ま

す。号を追うて益々興趣が湧いて参ります、奈何ぞ御愛読の程を願います。（せいじ）

とある。また、翌月に続編が掲載された「探偵雑誌」同年三月号（第三巻第三号）の「編集局だより」には、

本誌が苦心の結果、目下現存中の幕末名探偵彌太吉老人を探出《さぐり》し泉斜汀先生に托して当時の追憶談を執筆して戴いて、それを彌太吉老人捕物帳として掲載していることは諸氏の克く御承知のことと思います。記者は一日老人を尋ねて古い時代の思い出を聞いて帰りました。之も実は本号にと思いましたが頁の都合上巳むを得ず四月特別号へ譲って本号には老人の最近の小照《しょうしょう》のみを掲載して置きました。

とある。つまり、編集部の強い要請を受けての「彌太吉老人捕物帳」執筆と窺えるのである。

この「彌太吉老人捕物帳」は、のちに『旧幕与力　彌太吉翁実話　乱刀』（白水社　一九一八）として刊行された。「乱刀」「左官の土」「金時金平」「花扇の死」「七人組」の全五篇を収録している（『旧幕与力　彌太吉翁実話　乱刀』は東都我刊我書房で復刻予定）。このうち「花扇の死」は、本書所収の「遊女花扇の死」を、「七人組」は「百本杭の首無死体」を改稿、改題のうえ再編したものである。とりわけ「七人組」は、彌太吉老人に会いに行くくだりが全面的に削除され、細部に至る語句の修正が施されており、本書に収録した初出版の「百本杭の首無死体」は非常に貴重なものとなっている。いずれにしろ兄鏡花もそうだが、斜汀も作品に細かい改訂を施す作家だったことは窺えるのである。

本書付録の井上精二によるルポ「幕末名探偵彌太吉老人を訪う」では「長敬《ちょうけい》」とルビが付されているが、「彌太吉」は佐久間長敬《さくまおさひろ》（一八三九〜一九二三）という徳川幕藩体制下の南町奉行所与力だった人物の幼名である。この人物は、旧幕府の奉行所の資料を管理して、新政府の市政裁判所へと引き渡し、明治維新後は新政府の要職を歴任した。新政府へ引き渡した資料には『御仕置例類集』『御触書集成』『市中取締類集』などがあり、

なかでも『御仕置例類集』には、「鬼平」の名で知られる火附盗賊改長谷川平蔵による仕置伺も掲載され、盗みや火附に対して、評定所でどのような裁定が下されたのかもわかるようになっている。これらの資料の内容を骨の髄まで叩き込まれた元与力の老人が原案を出しているわけだから、斜汀の「捕物帳」は、岡本綺堂の『半七捕物帳』や池波正太郎の『鬼平犯科帳』とはまた一味違った、小説とノンフィクションの狭間に屹立するような作品に仕上がっている。本物の盗賊たちの紡ぎ出した、生々しくほの昏い〈江戸の闇〉が、浮かび上がってくるようである。とりわけ初めての単行本収録となる作品の一つ「破れた錦絵」などは、インクエストであり、ノワールであり、ハードボイルドな展開で、凡百のミステリでは太刀打ちできない仕上がりとなっており、いま読んでも何ら遜色ない。なぜいままで埋もれていたのかもわからないほどである。二流雑誌に転落したというような表現を伊狩章はしているが、斜汀は当時の大衆雑誌に舞台を移し、活躍し始めていた。

彌太吉翁の詳しい来歴については、井上精二の「幕末名探偵彌太吉老人を訪う」に詳しいので参照されたいが、この佐久間長敬の著書としては『刑罪詳説』『拷問実記』『江戸町奉行事跡問答』などがある。いずれも江戸時代の刑罰や法令を知るうえでの基本文献である。「彌太吉老人捕物帳」以外の本書収録作品「恋の火柱」「女の血刀」も、おそらくは佐久間長敬が提供した素材を小説化したものであろう。

大衆小説作家としての泉斜汀は、泉鏡花がしたように、佐久間長敬の話を真摯に聞くことで、大輪の花を咲かせてゆくことになる。そして、大正の半ばから終わりにかけて、鏡花の影響を排することができた。だが、それはまた、一筋縄ではいかない苦難を伴ったものだったとも、推測されるのである。

改造社の編集者だった作家の上林暁は、昭和二年（一九二七）を振り返り、改造社の校正係として勤めていた晩年の泉斜汀を「青春自画像」（『入社試験』河出新書　一九五五）で描いている。ここで斜汀は二人目の細君と三歳になる息子櫻を上林に紹介している。上林は、校正者となった斜汀を出版社に紹介したのは鏡花だと推測している。上林の推測が正しければ、鏡花は斜汀をぎりぎりのところで助けたことになる。その意味では、兄弟仲は決定的な断絶には至らなかったとも思える。あわせて、最初の夫人と死別または別れたあと、大正末から昭和の初めに、斜汀は、二回目の結婚に臨んだこともわかる。なお上林の「遺児」(『入社試験』)は、「青春自画像」発表後、斜汀の息子が上林のもとを訪れたことを描いている。

泉斜汀の後期作品群は、大衆作家としての、まさに苦闘の証でもある。たとえば泉鏡花、たとえば正岡容、たとえば倉田啓明、といった物語を豪快に破綻させることをものともせぬ破天荒さは、斜汀のなかには潜んでいない。どこまでも実直に、尾崎紅葉仕込みの文章を綴ってゆく。また、驚異の素材から構築された譚《ものがたり》を顧みるに、兄鏡花に聞いたこともいくつか採用したのであろう。人柱にされる女性の悲劇に取材した本書所収の「お道松太郎　酒匂川氾濫」など、鏡花的なものを強く感じる。その意味では、紅葉や鏡花に教えられたことは、大衆作家としての生き残りを懸けた斜汀の大きな血肉になったとも言えるであろう。そして、斜汀が傾斜したものは、吾《わたし》には、歌舞伎的な絢爛豪華さから、講談的な表現への転換に思える。簡単に言えば、より大衆に寄り添う作風に変化したと見えるのである。

鏡花の描く歌舞伎的世界は、敷居が高い。だが、講談や落語のような大衆芸能は、ジャンルごとの寄席が町単位で存在し、庶民の気軽な娯楽として成立していた。なかでも〈太平記読み〉に始まる講談は歴史も古く、連続した演目をかけることも多かった。幾晩にもわたり連続する演《だ》し物は、現代の連続ドラマのように庶民に親しまれた。講談は、わかりやすい解説を入れながら、謳い上げるように物語を紡いでゆく。そして素材も「太平記」から同時代の三面記事まで幅広く扱った。

吾には、斜汀の後期作品の世界が、まさに〈読む講談〉なのである。これが「新講談」と呼ばれる、今日で言うところの大衆小説の始まりなのである。その一翼を岡本綺堂(本人は強く否定しているが)や泉斜汀が、懸命に切り拓いていったのである。

本書付録の「斜汀泉豊春論」で伊狩章も引用しているが、徳田秋声が「和解」(「新潮」一九三三/『徳田秋聲全集　第十七巻』八木書店　一九九九)で描いた昭和八年の泉斜汀臨終の情景は、とても寂しいものがある。歴史にたらればは禁物だが、仮に斜汀が、もう少し長く生きていたら、大衆小説の歴史も大きく変わっていたのではないだろうか。斜汀の作品はなぜ今日まで埋もれてしまっていたのかと、本書の読者も思うはずである。期せずして逝ったであろう斜汀の作品群には、密やかに咲いた仇花のような無念の思いが、墓碑銘として深々と刻みつけられている。

泉斜汀　いずみ しゃてい
本名、泉豊春。明治十三年（一八八〇）一月三十一日、金沢生まれ。実兄は泉鏡花。硯友社の尾崎紅葉の秘書を長く務める。これまで情報が少なく、碌な調査もなされてこなかったため、兄鏡花の蔭に隠れて、あまり成功しなかったというような記述も散見されるが、それなりの内容の作品と、数多の著作が認められており、とくに大正中期を節目に、紅葉および鏡花仕込みの華麗な文体を駆使して、大衆小説への転換を図った。近年、新たに続々と作品が再発見され、評価も改められつつある。なかでも旧幕府の与力だった彌太吉老人こと佐久間長敬に取材した「百本杭の首無死体」をはじめとする一連の「彌太吉老人捕物帳」は、池波正太郎の『鬼平犯科帳』の源泉と目され、また、岡本綺堂の『半七捕物帳』とほぼ同時期に書かれた時代ミステリの嚆矢の一つともされている。著書に『深川染』（春陽堂　一九〇七）、『松葉家乃娘』（鳳鳴社　一九一四）等。昭和八年（一九三三）三月三十日歿。

＊　＊　＊

善渡爾宗衛　よしとに むねえ
探偵小説、文芸資料等の調査、研究を主として行なっている。これまでに『左川ちか資料集成』、伊庭心猿『真間』、マルセル・シュオッブ著、矢野目源一訳『吸血鬼』、大下宇陀児『空魔鉄塔』、橘外男『死の谷を超えて』等の編纂、平井功『驕子綺唱』、『火の後に　片山廣子翻訳集成』の共同編纂、『月夜に傘をさした話　正岡容単行本未収録作品集』の資料収集、解説等に携わる。日本古典SF研究会、愛蘭土文学研究会会員。著述多数。

杉山淳　すぎやま あつし
国文学研究者。第一回日本SF評論賞で「黄金律の探索者――星新一試論」が最終候補。編著に蜂須賀正氏『世界一の珍しい鳥』、『泉斜汀探偵小説撰集　人買船』がある。共編著に『火の後に　片山廣子翻訳集成』、山田一夫『初稿夢を孕む女』がある。『月夜に傘をさした話　正岡容単行本未収録作品集』は解説を担当。専門は芥川龍之介。日本古典SF研究会、愛蘭土文学研究会、日本キリスト教文学会会員。

泉《いずみ》斜《しゃ》汀《てい》幕《ばく》末《まつ》探《たん》偵《てい》奇《き》譚《たん》集《しゅう》

百《ひゃっ》本《ぽん》杭《ぐい》の首《くび》無《なし》死《し》体《たい》

二〇一九年八月十七日　第一刷発行

著　者　泉斜汀

編　者　善渡爾宗衛、杉山淳

発行者　田尻勉

発行所　幻戯書房

郵便番号一〇一－〇〇五二

東京都千代田区神田小川町三－十二

電　話　〇三－五二八三－三九三四

ＦＡＸ　〇三－五二八三－三九三五

ＵＲＬ　http://www.genki-shobou.co.jp/

印刷・製本　美研プリンティング

2019, Printed in Japan
ISBN978-4-86488-174-6 C0093